BIENVENUE À L'HÔTEL SAVOY

LE CRIME DE LA CHAMBRE 705

Les auteurs

Prudence Emery est née en Colombie-Britannique à Nanaimo, a grandi à Vancouver et vécu à Londres (Royaume-Uni) et Toronto (Ontario) avant de s'installer à Victoria (Colombie-Britannique). Elle a travaillé comme attachée de presse au prestigieux hôtel Savoy à Londres, où elle a fréquenté des célébrités et des politiciens tels que l'ancien Premier ministre du Canada, Pierre Elliott Trudeau, et l'actrice Marlene Dietrich. Elle a également travaillé sur la production de plus d'une centaine de films et est l'autrice du best-seller autobiographique *Nanaimo Girl* (Cormorant Books, 2020).

Ron Base a été journaliste pour la presse quotidienne et la presse magazine, mais aussi critique de cinéma. Parmi ses œuvres, vingt romans, deux novellas et quatre ouvrages de non-fiction. Il a été publié aux États-Unis, au Canada et en Grande-Bretagne. Il a écrit des scénarios et collaboré avec des réalisateurs légendaires, comme John Boorman (*Délivrance*) et Roland Joffé (*La Déchirure*). Actuellement, il partage son temps entre Milton, dans l'Ontario, et Fort Myers, en Floride.

Ron Base & Prudence Emery

BIENVENUE À L'HÔTEL SAVOY

LE CRIME DE LA CHAMBRE 705

Traduit de l'anglais par Isabelle Troin

Éditions
de La Martinière

Illustrations du livre : © Maëlys Chay
L'éditeur remercie l'agence Pekelo pour son aide précieuse
dans la conception graphique de l'ouvrage.

Titre original : *Death at the Savoy*
publié par Douglas & McIntyre, Canada, 2013

ISBN : 979-1-0401-1874-9

Pour Mollie Patterson et Elisa McLaren
qui ont été des amies fidèles
durant les années de hauts et de bas vertigineux,
dont des aventures au Savoy.
Et pour Carl Jongbloed,
avec qui j'ai partagé un autre type d'aventures.
– P. E.

Pour Kathy, grâce à qui tout en vaut la peine.
– R. B.

L'HOTEL SAVOY

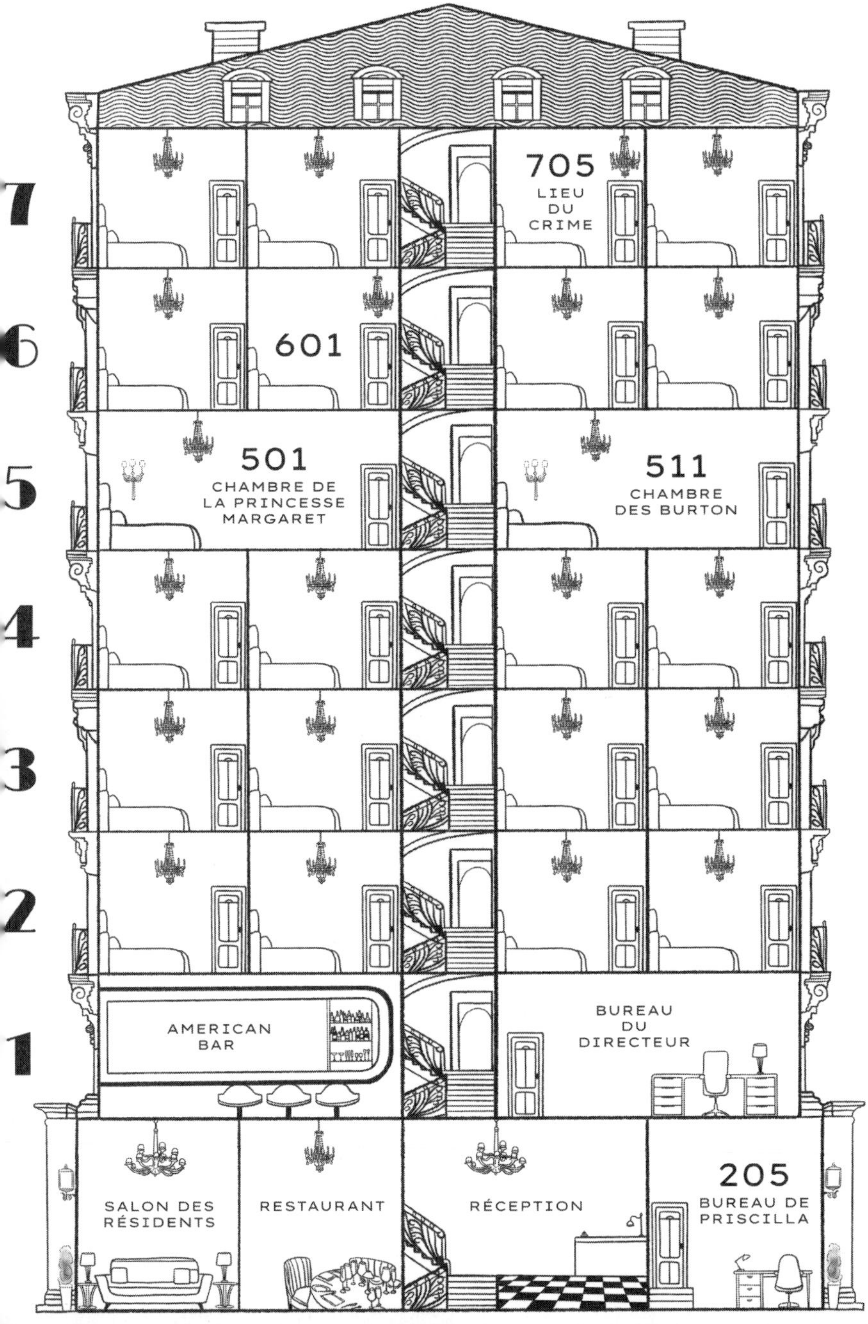

Personnages

Priscilla Tempest

Avec ses cheveux courts et son look à la Marie Quant, Priscilla Tempest est la plus anglaise des canadiennes. Récemment installée à Londres, elle est l'attachée de presse du prestigieux hôtel Savoy. Sa principale mission : garder les scandales le plus éloigné possible de l'établissement de luxe. Pas si facile, lorsqu'on a un penchant pour le champagne, les hommes, et une forte tendance à s'attirer des ennuis.

Clive Banville

La cinquantaine, toujours tiré à quatre épingles, Clive Banville est la personnification de l'establishment britannique. Directeur du Savoy, il est à ce titre obsédé par l'image et la réputation de l'hôtel et ne tolère aucun écart. Son bureau est surnommé « le lieu des exécutions ». Mais sous ses dehors autoritaires, Clive Banville peut parfois se laisser intimider – surtout quand il s'agit de répondre aux besoins de sa belle-mère.

Percy Hoskins

Le meilleur journaliste de l'*Evening Standard*, vous dirait-il. Percy Hoskins a la fâcheuse habitude de fourrer son nez partout, surtout aux endroits où il ne devrait pas. Décidé à dénicher les secrets les plus tabous de l'hôtel Savoy, il donne bien du fil à retordre à la jeune attachée de presse de l'établissement, Priscilla Tempest. Malgré ses airs exaspérants, son charme négligé ne laisse pas tout le monde indifférent. Et sa loyauté pourrait bien s'avérer être un atout de taille.

Noël Coward

Habitué de l'hôtel, et surtout du comptoir de l'American Bar, le célèbre dramaturge et acteur britannique ne dit jamais non à un Buck's Fizz. Le bar est en effet l'endroit idéal pour qui veut connaître tous les ragots de l'hôtel. Confident hors-pair, il n'est d'ailleurs pas rare de croiser Richard Burton, Elizabeth Taylor, ou encore Priscilla Tempest à sa table.

Elizabeth Taylor et Richard Burton

Couple mythique d'Hollywood, les amants terribles du cinéma américain se plaisent à descendre à l'hôtel Savoy quand ils sont de passage à Londres. Mais même l'air de la Tamise ne semble pas capable d'adoucir leurs tempéraments volcaniques. Quand ils ne se chamaillent pas en plein milieu du lobby, il est possible de les croiser à l'American Bar, en compagnie de leur cher ami Noël Coward.

Tous les bons hôtels incitent les gens à faire des choses qu'ils ne feraient pas nécessairement chez eux.

André Balazs

Si l'on boit une bonne partie du contenu d'une bouteille portant l'étiquette : poison, ça ne manque presque jamais, tôt ou tard, d'être mauvais pour la santé[1].

Lewis Carroll,
Alice au pays des merveilles

1. Traduction de Patrice Salsa, pour les éditions du Chêne.

Note des auteurs

Il y a l'hôtel Savoy du XXIe siècle, qui perpétue sa splendide tradition de service raffiné malgré le fait que l'ère moderne n'accorde pas toujours beaucoup d'importance à ce genre de chose. Il y a l'hôtel Savoy tel qu'il était à la fin des années 1960, très différent de celui d'aujourd'hui, mais en aucun cas moins fidèle aux critères d'excellence établis par son fondateur, Richard D'Oyly Carte.

Et puis il y a le Savoy des auteurs, un hôtel fictif, né dans les pages de ce livre. Même si nous l'avons créé avec une immense affection et une admiration infinie, il n'est pas réel. Les personnages nobles, riches et célèbres, qui y évoluent existent uniquement dans le monde que nous avons façonné pour eux. Ils n'ont pas de vie propre au-delà des limites de notre imagination.

Nous avons passé un moment merveilleux dans notre version du Savoy, à peindre le portrait de personnalités iconiques telles qu'elles et l'hôtel lui-même étaient il y a plus d'un demi-siècle. Nous espérons que l'on voudra bien nous pardonner les égarements occasionnels d'une princesse, ainsi que les cadavres qui se sont parfois invités dans les lieux, alors que nous avions le dos tourné.

Le corps dans la suite 705

Il était 9 h 30 lorsque la gouvernante de l'hôtel Savoy découvrit le corps qui gisait sur la moquette de la suite 705 avec vue sur le fleuve.

Millicent Holmes commença par téléphoner à la sécurité ; comme personne ne décrochait, elle appela la réception.

– Il y a un cadavre dans la 705.

– Pardonnez-moi, que venez-vous de dire, madame Holmes ? demanda Vincent Tomberry, l'adjoint au chef de la réception, qui était de service ce matin-là.

En effet, le règlement très strict du Savoy interdisait aux employés de s'appeler par leur prénom.

– J'ai dit : un cadavre, il y a un cadavre, répéta Mme Holmes.

– Vous avez prévenu le major O'Hara ? interrogea calmement Tomberry.

Étant donné l'âge moyen de la clientèle, une telle découverte n'était pas inconcevable.

– J'ai essayé, mais personne n'a répondu. C'est pourquoi je vous ai appelé.

– Que faisiez-vous dans cette suite de si bonne heure ?

C'était le point qui, si Millicent n'y prenait garde, risquait de lui attirer des ennuis.

– Je vérifiais que le client avait tout ce qu'il lui fallait. Nous étions censés lui apporter des oreillers supplémentaires, et je voulais m'assurer qu'il les avait bien reçus.

Voilà, songea Millicent. C'était une explication tout à fait acceptable. Après tout, ce genre de requête n'avait rien d'inhabituel dans un hôtel de luxe qui s'enorgueillissait de satisfaire les besoins de ses clients à toute heure du jour et de la nuit. Une anecdote avait récemment circulé au sein du personnel, à propos d'une duchesse ayant voulu dîner dans sa chambre à 3 heures du matin. Bien entendu, l'une des deux cuisines qui fonctionnaient sans interruption avait été ravie de la satisfaire. Les demandes spéciales des clients étaient d'ailleurs archivées sur des fiches de bristol pour consultation ultérieure.

Le major Jack O'Hara, retraité de l'armée et chef de la sécurité du Savoy, venait juste de prendre son poste. Il était en train de lisser soigneusement sa moustache en s'aidant du miroir à main qu'il gardait dans un tiroir de son bureau lorsqu'il fut interrompu par M. Tomberry.

– J'ai reçu un appel du service d'étage, l'informa ce dernier. Apparemment, il y a un cadavre dans la suite 705.

Le major O'Hara n'était pas certain d'avoir bien entendu.

– Qu'est-ce que vous venez de dire ?

– Un cadavre, répéta M. Tomberry.

– Mort ?

– Je ne crois pas qu'il en existe une autre sorte, répliqua M. Tomberry sur un ton hautain.

– Vous êtes certain qu'il n'y a pas d'erreur ? insista le major.

– Justement, j'ai besoin que vous montiez dans la 705 pour vérifier.

– Très bien, soupira le major, résigné.

Franchement, le personnel était parfois impossible.

– Qui occupe cette suite ?

– C'est tout le problème, s'impatienta M. Tomberry. Il s'agit de M. Amir Abrahim.

– Le marchand d'armes étranger, précisa le major O'Hara.

– Oui, enfin, M. Abrahim est surtout un client *régulier*.

– Je monte dans une minute, promit-il.

Il finit d'égaliser sa moustache, rangea le miroir, tira sur les pans de la veste de son costume sur mesure, ajusta sa cravate, sortit de son bureau et se dirigea vers l'ascenseur qui montait au septième étage.

Mme Holmes l'attendait dans le couloir. Le major O'Hara remarqua qu'elle tremblait.

– Là-dedans, dit-elle en désignant la porte de la 705.

Le major toqua délicatement à la porte ; en l'absence de réponse, il ouvrit et entra.

Le corps gisait sur le dos dans un rayon de soleil matinal. Le major O'Hara se baissa, posant un genou à terre, pour s'assurer que M. Amir Abrahim – un client *régulier*, donc – était bel et bien mort. Pour autant qu'il pouvait en juger, c'était le cas. Parfaite rigidité cadavérique.

Le major souffla en se relevant et lança tout haut :

– Doux Jésus !

Regardant autour de lui, il avisa la bouteille de Moët & Chandon dans son seau à champagne où les glaçons avaient fondu, et les deux flûtes posées sur la table basse. L'une d'elles s'était renversée, répandant son contenu.

Le major O'Hara se dirigea vers le téléphone de l'hôtel, décrocha le combiné et composa le numéro de poste du directeur. Lorsque Clive Banville décrocha, il dit :

– Monsieur, je crains que nous n'ayons un léger problème.

Bienvenue au Savoy

Le Savoy ! Ce nom seul suffisait à vous faire frémir d'impatience. Après tout, il était devenu synonyme du luxe et du service raffiné auxquels seuls pouvaient prétendre des clients très spéciaux – des clients capables d'apprécier le meilleur et qui, par conséquent, l'exigeaient. En résumé, des clients qui avaient beaucoup, beaucoup d'argent. Le Savoy s'enorgueillissait de fournir le meilleur à ces personnes très riches dotées des relations les plus influentes, et ce, vingt-quatre heures sur vingt-quatre.

Même les plus blasés, qui connaissaient la réputation irréprochable de l'hôtel, ne pouvaient s'empêcher d'être éblouis à leur arrivée dans ce lieu exceptionnel. Après tout, ils se trouvaient… *au Savoy*. Et ils faisaient partie intégrante de ce luxe, fût-ce l'espace d'un bref séjour. Loger au Savoy, c'était l'assurance de se distinguer du commun des mortels – de manière *indiscutable*.

On y accédait par la cour qui donnait sur le Strand, sous la supervision hautaine de la statue du comte Pierre de Savoie, juchée sur la canopée Art déco en acier inoxydable. Le terrain sur lequel se dressait l'hôtel avait été offert au comte par le roi Henri III d'Angleterre, au milieu du XIIIe siècle. Après avoir reçu sa bénédiction, vous aviez droit à un signe de tête amical du portier en chef, qui vous identifiait au premier coup d'œil comme le type de client que vous étiez – celui qui méritait le meilleur, donc. Il vous désignait la porte à tambour, devant laquelle des porteurs en livrée gris tourterelle se tenaient prêts à vous délester de vos encombrants bagages Louis Vuitton.

Une fois dans le hall d'entrée, vous pouviez admirer le mélange de styles édouardien et Art déco, la marqueterie en acajou qui reflétait l'éclat du sol en marbre à damier noir et blanc. Face à la porte principale, un large escalier menait au restaurant surplombant la berge de la Tamise.

Près de la réception, de jeunes grooms attendaient au cas où leurs services seraient requis. Sur la gauche de l'entrée, le concierge était toujours disponible pour vous réserver une table dans les meilleurs restaurants de Londres, ou des places de théâtre pour aller voir les plus grands succès du West End – vous savez, ceux pour lesquels il était impossible de se procurer des billets *à moins* d'être un client du Savoy. Si jamais vous souhaitiez envoyer un bouquet – à votre maîtresse, par exemple –, le Savoy n'employait pas moins de vingt personnes dans sa boutique de fleurs.

Sur la droite, le Bureau des Communications ne serait que trop heureux de se charger de votre courrier et de vos messages, ou d'envoyer un télégramme de votre part.

Lors de votre enregistrement, on vous informait que le Salon des Résidents voisin restait accessible à toute heure du jour ou de la nuit. Ici, un avertissement est de mise : la chanteuse et actrice américaine Elaine Stritch pouvait y faire une apparition aussi inattendue que fracassante – ou tapageuse, selon votre point de vue – et tenir sa cour, un verre à la main, jusqu'aux petites heures du jour.

Près du Salon des Résidents, un escalier montait jusqu'à l'American Bar, l'un des meilleurs de Londres et, selon la légende, le premier de la ville à avoir ajouté des glaçons dans ses verres – d'où son nom. En chemin, vous pouviez décider de faire une halte au Grill qui vous régalerait à l'heure du dîner et qui, naturellement, possédait sa propre cuisine.

Et lorsque vous décidiez de vous retirer pour la nuit, l'ascenseur situé sur le côté du hall d'entrée vous accueillait dans sa cabine enduite d'une somptueuse laque de Chine rouge.

Si jamais vous étiez davantage qu'un client très spécial du Savoy, si vous aviez été élevé au rang de dieu ou de déesse de la culture populaire – une célébrité, comme on les appelle –, vous souhaiteriez probablement vous rendre au bureau de presse. Pour cela, vous devriez gravir trois marches puis longer un couloir, passer le guichet où l'on retirait les places de théâtre sur la gauche et le salon de coiffure sur la droite et marcher jusqu'à la chambre 205, simplement appelée « la 205 ». Un deuxième ascenseur s'ouvrait face à sa porte.

Une fois à l'intérieur de la 205, toute célébrité en visite ou – le Ciel nous en préserve ! – tout membre de la presse désireux de se faire offrir un verre découvrirait deux bureaux lambrissés de bois blond, ainsi qu'un mur couvert de photos signées par les autres dieux et déesses qui, au fil des ans, avaient gratifié le Savoy de leur présence.

Dans l'un de ces bureaux, vous trouveriez la jeune – *trop* jeune, diraient certains – attachée de presse de l'hôtel, Miss Priscilla Tempest. Ah, oui. Miss Tempest. Elle détonnait un peu dans ce cadre, n'est-ce pas ? Cela étant, vu le poste qu'elle occupait, on n'attendait pas grand-chose de sa part.

Quels que pussent être ses défauts, Miss Tempest n'était pas désagréable à regarder, comme la plupart des employés masculins du Savoy ne tardaient pas à s'en apercevoir – et la plupart des employés étaient du genre masculin. Tel était justement le problème de Miss Tempest, voyez-vous. Au bout du compte, malgré tout ce qu'on pouvait entendre au sujet de la décontraction et de l'ouverture d'esprit qui régnaient dans le Swinging London de 1968, le Savoy demeurait un luxueux bastion aux mains des hommes.

Il suffisait d'apercevoir Miss Tempest tandis qu'elle traversait le hall d'entrée d'un pas pressé pour se rendre compte qu'elle était, eh bien… *différente*. Elle avait des cheveux blond-roux coupés court comme le voulait la tendance du moment, un petit visage triangulaire de lutin très à la mode, que la plupart des hommes trouvaient irrésistible, ainsi que de longues jambes qu'elle aimait mettre en valeur avec tout un assortiment de minijupes non moins à la mode. On pouvait affirmer que la plupart des hommes trouvaient ses jambes encore plus irrésistibles, du point de vue de la mode.

Même si elle l'avait souhaité, Miss Tempest n'aurait pas pu y faire grand-chose. Voyez-vous, le règlement intérieur très strict du Savoy interdisait l'entrée de ses restaurants aux femmes en pantalon. Lors d'un incident célèbre, Katharine Hepburn s'était vu refuser la possibilité de déjeuner au Claridge's, l'un des établissements du groupe Savoy, parce que – horreur, malheur ! – elle portait un de ses emblématiques pantalons.

De façon assez ironique, en revanche, la culture archi-traditionaliste du Savoy autorisait sans broncher les jupes les plus courtes. D'où Priscilla. D'où ses jupes. D'où l'admiration masculine générale.

On se doit toutefois de noter que, outre ses longues jambes et son délicieux visage de lutin qui lui conféraient bien davantage de libertés que ne l'aurait fait un physique banal, Priscilla était canadienne, ce qui la rendait encore plus suspecte. Pensez donc : une étrangère au bureau de presse ! Une étrangère absolument ravissante, certes. Mais tout de même. Les sourcils levés, on spéculait à voix basse : comment une jeune femme d'à peine plus de vingt ans, et qui ne possédait qu'une brève expérience préalable dans une petite agence de relations publiques, avait-elle décroché un emploi aussi prestigieux dans le plus bel hôtel du monde ?

Ce matin-là, Priscilla était préoccupée par l'arrivée imminente de Bob Hope, qui devait se produire plusieurs soirs au London Palladium. Il était attendu à l'hôtel le lendemain et avait accepté de tenir une conférence de presse pour promouvoir son spectacle.

Il fallait donc téléphoner aux journalistes afin qu'ils confirment leur présence.

Le Premier ministre australien et son entourage, eux, arriveraient en fin de semaine. Louis Armstrong reviendrait bientôt et réclamerait sa suite insonorisée habituelle, tout comme Tony Bennett. La Reine mère était attendue pour le déjeuner. La marquise de Lothian avait appelé : elle souhaitait qu'on fasse de la publicité pour la soirée caritative qu'elle organisait dans la Salle des Gondoliers.

Et ainsi de suite. Les gens riches et célèbres, les têtes couronnées et les aristocrates se succédaient, comme toujours depuis que l'imprésario Richard D'Oyly Carte, qui avait fait fortune en produisant les opérettes de Gilbert et Sullivan, avait construit le Savoy Theatre sur le Strand en 1881, puis ouvert l'hôtel du même nom juste à côté en 1889.

D'Oyly Carte avait été inspiré par les établissements de luxe visités sur le continent européen et en Amérique, où dîner au restaurant était devenu très populaire, mais nul ne pensait que le concept prendrait à Londres. Après tout, les riches et les aristocrates recevaient dans leurs maisons somptueuses. Pourquoi se rendraient-ils dans un hôtel pour manger ? Et puis – oserait-on le mentionner ? –, seuls les étrangers logeaient à l'hôtel. Ces touristes servaient à faire marcher le commerce local, mais la haute société ne voudrait certainement pas se mêler à eux. Sans se laisser infléchir par ces critiques, D'Oyly Carte avait mis son projet à exécution, bâtissant un hôtel qui jouissait d'une vue sur la Tamise et sur le Parlement, vue si belle que Monet l'avait peinte depuis la fenêtre d'un des étages supérieurs.

Bientôt, tout Londres n'avait plus parlé que des ascenseurs du Savoy, appelés « cabines montantes », de ses salles de bains (chaque suite possédait la sienne, du jamais-vu) et – Seigneur, n'était-ce pas dangereux ? – de son *électricité*. De la lumière vingt-quatre heures sur vingt-quatre ! Et imaginez : un téléphone dans chaque pièce, salles de bains incluses !

N'allons pas non plus oublier les inventions gastronomiques, les délices culinaires qui poussaient la haute société à s'aventurer hors de ses belles demeures. Elles étaient supervisées par le directeur suisse César Ritz, avec des recettes réalisées par le légendaire Georges Auguste Escoffier et une petite armée de cuisiniers français importés – seulement des hommes, *s'il vous plaît*. Les femmes n'auraient réussi qu'à les distraire, et elles n'auraient pas eu la force de soulever les marmites pleines. Des truffes ! Du foie gras ! Du caviar ! Six cents plats à base d'œufs ! Et bien entendu, le dessert signature d'Escoffier, la pêche Melba (en hommage à la cantatrice australienne Dame Nellie Melba), recouverte d'un voile de feuille d'or et servie sur le dos d'un cygne sculpté dans de la glace.

Étant donné la riche histoire du Savoy, ses traditions raffinées et ses superviseurs masculins à l'attitude glaciale qui affichaient une mine contrariée lorsqu'il était question de femmes, Priscilla ne pouvait que s'émerveiller d'avoir toujours un emploi un an après son arrivée, et ce malgré sa nervosité tenace. Dans ses moments de doute, elle se voyait comme une usurpatrice qu'on ne tarderait pas à démasquer et à licencier sans sommation. Pas étonnant qu'elle ait une migraine ce matin-là.

Les migraines étaient monnaie courante au bureau de presse, occasionnées non pas tant par la charge de travail que par la constante nécessité de divertir les journalistes et les célébrités qui passaient sans prévenir et s'attendaient à ce qu'on leur serve des rafraîchissements.

Pour faire venir les rafraîchissements en question, il suffisait à Priscilla d'appuyer sur le bouton « Serveur » enchâssé dans une plaque en argent ovale et surnommé le bouton « Bibine ». Deux autres boutons permettaient d'appeler une femme de chambre ou un valet. Au bureau de presse, ils ne servaient jamais.

Une pression du bouton Serveur fit apparaître Karl Steiner, un élégant Autrichien à la chevelure argentée et aux yeux bleus perçants, vêtu d'une jaquette et d'un pantalon noirs. S'il reconnaissait le visiteur, ce qui était généralement le cas, Karl se contentait de demander : « Comme d'habitude, Monsieur ? » (ou « Madame »). Et sans que personne ait besoin de rien ajouter, la boisson de prédilection du visiteur lui était présentée peu de temps après sur un plateau d'argent.

La migraine de ce matin-là était essentiellement due – Priscilla devait bien l'admettre – à tout le champagne bu la veille à la première du *Rigoletto* de Verdi, interprété par Luciano Pavarotti à Covent Garden. C'était toujours un ravissement de voir le grand Pavarotti se produire sur scène, et Priscilla l'appréciait beaucoup à titre personnel, mais rester assise jusqu'à la fin de l'opéra avait été une véritable épreuve, quelque peu adoucie il est vrai par le champagne servi durant le reste de la soirée… trop généreusement, sans doute.

Le téléphone sonna, faisant sursauter Priscilla.

Décidément, elle était bien nerveuse ce matin. Elle décrocha le combiné.

– Bureau de presse du Savoy, Priscilla Tempest. Comment puis-je vous aider ?

– Montez immédiatement dans la 705 ! La voix distinguée mais très agitée du directeur de l'hôtel, Clive Banville. Avant que Priscilla ait pu lui demander pourquoi, il raccrocha.

Seigneur, que se passait-il ? Indépendamment de la nervosité que lui inspirait le maintien de son emploi, Priscilla avait une fâcheuse tendance à se mettre Banville à dos, d'autant que celui-ci n'avait pas eu son mot à dire dans son embauche.

L'assistante de Priscilla, Susie Gore-Langton – des cheveux couleur de miel qui lui balayaient les épaules, une silhouette à tomber à la renverse et la sale manie d'arriver toujours en retard –, fit irruption dans la pièce. Susie était issue d'une famille d'aristocrates dont la chance avait plutôt tourné au cours des années précédentes. En raison de ses origines, elle ne s'imaginait pas travailler ailleurs qu'au Savoy. Elle craignait plus que tout de perdre son emploi, ce qui aurait attiré la honte sur ses parents et, pire encore, l'aurait forcée à s'abaisser à des tâches jugées indignes d'elle. Néanmoins, la ponctualité était un concept qu'elle avait encore du mal à appréhender. Le souffle court, elle lança gaiement :

– Tu vas où ?

– Le directeur veut me voir.

– Des ennuis en perspective ?

– Forcément, répondit Priscilla. Tu t'occupes du téléphone en mon absence, d'accord ? J'ai besoin que tu appelles les journalistes pour leur rappeler la conférence de presse de Bob Hope, demain soir.

– Bon sang ! s'exclama Susie. Tu n'as pas l'air en forme, si je peux me permettre.

– Tu ne peux pas, répliqua Priscilla, irritée, car elle croyait avoir réussi à dissimuler les traces des excès de la veille.

– Mauvaise soirée à l'opéra ? continua Susie qui ne se laissait jamais démonter par le ton de Priscilla.

– Je ne veux pas en parler, grogna celle-ci.

Elle prit l'ascenseur jusqu'à l'étage de la suite avec vue sur le fleuve. Elle longeait le couloir d'un pas vif lorsque le major O'Hara fit son apparition. Il lui parut encore plus sinistre que d'habitude.

– Préparez-vous, annonça le major à son approche.

– Me préparer à quoi ?

Au lieu de répondre, il poussa la porte de la suite et lui fit signe d'entrer. La première chose que vit Priscilla fut la grande silhouette maigre comme un clou de Clive Banville, très pâle et l'air encore plus perplexe que d'habitude. La deuxième fut la minuscule et délicate Millicent Holmes, plaquée contre le mur, ses yeux sombres allant et venant nerveusement de son patron au corps tordu sur le sol.

– Mon Dieu, hoqueta Priscilla.

– Hélas, Dieu ne va pas nous être d'un grand secours, répliqua tristement Banville. (Il lui jeta un coup d'œil.) Ça va aller ?

Comment cela aurait-il pu aller ? Après tout, l'homme dont elle contemplait le corps était celui qui l'avait accompagnée à l'opéra la veille.

3

La femme mystérieuse

– Que s'est-il passé ? s'enquit Priscilla lorsqu'elle se fut ressaisie.

Le dos droit comme un I et l'air grave, le major O'Hara était entré dans la chambre et avait fermé la porte derrière lui.

– Nous l'ignorons, dit Banville. Il n'y a aucun signe d'agression, n'est-ce pas, major ?

– Rien d'évident pour le moment. Mais bien entendu, on ne sait jamais. M. Amir est un personnage assez connu.

Banville parut mécontent de cette réponse.

– Je préférerais que vous me disiez qu'il n'y a pas eu d'agression.

– Nous ne pouvons pas tirer de conclusions hâtives, fit valoir le major O'Hara.

– Que suggérez-vous que nous fassions ?

Priscilla mit quelques instants à comprendre que Banville s'adressait à elle.

– Que nous fassions ?

Elle tenta désespérément de se concentrer, réprimant l'idée qu'elle n'avait aucune expérience de la prise en charge de morts dans des chambres d'hôtel.

Enfin, elle parvint à rassembler ses pensées.

– Le moindre faux pas pourrait avoir un impact très négatif sur l'image du Savoy. Bien entendu, ce n'est pas ce que nous désirons, hasarda-t-elle.

Les deux hommes accueillirent sa déclaration avec un grand sérieux. Le major O'Hara hocha la tête.

– Toute la question est de savoir comment éviter une publicité négative, dit-il.

– Raison pour laquelle j'ai fait venir Miss Tempest, acquiesça Banville. Pour nous aider à gérer cette situation en minimisant au mieux les dégâts infligés à la réputation de l'hôtel.

– Naturellement, approuva le major O'Hara.

Priscilla se racla la gorge et dit la seule chose qu'elle avait trouvé à dire.

– Pour commencer, il faut appeler la police.

Banville la dévisagea, surpris.

– La police ?

Le major O'Hara s'avança.

– Après tout, il s'agit d'Amir Abrahim, dit-il sur un ton autoritaire.

– Ainsi que vous ne cessez de le répéter, répliqua Banville, irrité, comme s'il avait fallu taire le nom de la victime.

– En effet, il est bon de nous rappeler que ce type est assez célèbre dans le milieu des affaires internationales.

Sa surprise de découvrir que l'homme qui gisait sur le sol était « assez célèbre » n'empêcha pas Priscilla de remarquer combien le major O'Hara jouissait de son rôle très vite adopté de biographe bien renseigné sur les antécédents douteux d'un client.

– Parmi ses associés, poursuivit-il, Amir Abrahim est – ou était – connu sous le nom de Monsieur Trois Pour Cent, en raison du fait que lui et certains membres de sa famille servent d'intermédiaires entre les marchands d'armes occidentaux et leurs clients arabes, en échange d'une commission de ce montant.

Banville dévisagea Priscilla.

– Dites quelque chose, Miss Tempest. Un client important vient de décéder dans notre hôtel. Nous prenons grand soin de nos hôtes, morts ou vifs. Par conséquent, nous devons faire preuve de la plus grande discrétion dans cette affaire. Que suggérez-vous ?

De nouveau prise de court, désarçonnée que le directeur de l'hôtel s'en remette à elle pour la conduite à suivre, Priscilla inspira à fond et se ressaisit suffisamment pour répondre :

– La presse va avoir vent de la découverte du corps, ce n'est qu'une question de temps. Je ne vois aucun moyen de l'éviter une fois que la police aura été prévenue. Tout ce que nous pouvons espérer, c'est que M. Abrahim est bien décédé de mort naturelle. Entre-temps, faisons savoir que le personnel de l'hôtel a déployé tous les efforts humainement possibles pour faire face à cette situation tragique, et que nous coopérerons par tous les moyens à notre disposition, car le confort et la sécurité de nos clients sont notre priorité absolue.

– Je crois que Miss Tempest a raison, déclara le major O'Hara, au plus grand soulagement de la jeune femme.

– En réalité, coupa Banville avec le ton autoritaire qui seyait à ses fonctions, ce que nous devons faire, c'est informer le président du conseil d'administration ainsi que tous les chefs de service, afin de définir la meilleure stratégie à adopter pour gérer ce problème avec l'efficacité dont nous faisons toujours preuve en cas de problème.

– Malheureusement, il y a un homme mort sur le plancher de cette chambre, lui rappela le major. Ce qui ne nous laisse guère de temps pour les réunions stratégiques.

– Tout de même, la police…, insista Banville comme s'il avait du mal à se résoudre à faire quoi que ce soit sans l'approbation du président. Sommes-nous absolument certains que son intervention est nécessaire ?

– J'ai un contact au New Scotland Yard. L'inspecteur principal Robert Lightfoot. Un type discret, ce Bobby, affirma le major O'Hara. Il a l'habitude des situations délicates. Je vais l'appeler.

Priscilla se tourna vers Millicent Holmes, que tout le monde avait oubliée jusqu'alors, mais qui se tenait toujours contre le mur.

– Et vous, madame Holmes ? Pouvez-vous nous dire si vous avez vu quoi que ce soit de louche en pénétrant dans la suite ?

– De louche ? répéta la gouvernante, ébranlée.

– Quelque chose qui vous a paru déplacé. Inhabituel.

– Vous voulez dire, à part le cadavre sur la moquette ?

Mme Holmes s'interrompit comme si elle cherchait ses mots.

– Parlez, femme, ordonna Banville. Nous n'avons pas de temps à perdre en cachotteries.

– Eh bien… il y avait une dame…, commença la gouvernante, plus hésitante et effrayée que jamais.

– Une dame ? Quelle dame ?

– Au moment où je suis sortie de l'ascenseur, elle longeait le couloir en courant. J'ai pensé qu'elle devait sortir de la suite de M. Abrahim. Voyez-vous, ce n'était pas la première fois que des dames… lui rendaient visite.

– Quelle heure était-il ? s'enquit le major O'Hara.

– Environ 9 h 30, une ou deux minutes avant que j'entre dans la suite.

– À quoi ressemblait cette personne ?

– Elle était jeune, évidemment, mais pas autant que certaines des autres fréquentations de M. Abrahim.

– Autre chose, madame Holmes ? interrogea Banville avec une douceur surprenante. Un détail qui pourrait nous aider ?

– Bien sûr, ça ne pouvait pas être elle.

La gouvernante commençait à paniquer.

– Qui ça ?

Cette fois, la voix de Banville avait claqué comme un coup de fouet.

Mme Holmes déglutit et débita d'un trait :

– La dame en question ressemblait un peu à Son Altesse Royale la princesse Margaret.

4

Le caviar espagnol

Quand Priscilla regagna la 205, Susie était au téléphone, occupée à rappeler au monde entier – du moins, à celui de Fleet Street, le cœur de la presse britannique – l'imminente conférence de presse de Bob Hope.

Encore en état de choc, Priscilla s'assit à son bureau, tentant d'assimiler ce qu'elle venait de voir et d'entendre. Amir, mort ? La princesse Margaret, s'enfuyant de sa suite ? Comment cela se pouvait-il ? Avec ce que savait Priscilla, comment la princesse Margaret aurait-elle pu se trouver avec Amir ? Pourtant, la gouvernante avait vu quelque chose, et il n'y avait aucune raison de croire qu'elle mentait.

Enfin, Susie raccrocha et passa la tête dans le bureau de Priscilla.

– Un problème ?

– Presque rien, hormis le cadavre dans la suite 705.

– Un cadavre ? répéta Susie, éberluée. Tu veux dire que quelqu'un est *mort* ?

Priscilla acquiesça.

– La suite 705, c'est celle de M. Abrahim, non ?

– C'est lui, le cadavre, admit Priscilla.

– Oh mon Dieu ! s'écria Susie. Il était là hier

après-midi quand Pavarotti est passé ! Il voulait que tu l'accompagnes à l'opéra.

– Et je l'ai fait, révéla Priscilla.

Susie écarquilla de grands yeux.

– Il allait bien ?

Bien, et même mieux que bien, songea Priscilla. Il avait les mains très baladeuses, comme beaucoup d'hommes qu'elle rencontrait. Qu'est-ce qui, chez elle, pouvait bien leur donner des fourmis dans les doigts ?

Celles d'Amir s'étaient déclarées durant l'après-midi, dans la salle historique Abraham Lincoln – là où Winston Churchill avait jadis plaidé pour que l'Amérique s'implique dans la Première Guerre mondiale.

– Les chiffres sont assez étonnants, était en train d'expliquer Priscilla à un petit groupe de clients. L'an dernier, nous avons importé trente-neuf tonnes de beurre depuis la Norvège, ainsi que deux tonnes de foie gras, un demi-million d'huîtres et trois mille cinq cents quarts de champagne. Dont la plupart, je le crains, ont été consommés au bureau de presse...

Elle s'était interrompue pour laisser rire son auditoire, mais n'avait eu droit qu'à quelques gloussements décevants.

– Mais le plus important, avait-elle repris, et la raison qui nous amène ici aujourd'hui, c'est que le Savoy est fier de servir chaque année une demi-tonne de caviar frais. Un parfait exemple de ce qui nous distingue des autres établissements : déguster du caviar, c'est goûter à ce qui fait de nous le meilleur hôtel de luxe du monde.

« Notre caviar est produit à partir des œufs de l'esturgeon béluga, une espèce que l'on trouve essentiellement dans la mer Caspienne – la région de Russie qui nous approvisionne par l'intermédiaire de gens tels que M. Grégoire Balandin. Il est avec nous cet après-midi pour répondre à toutes les questions que vous pourriez avoir, et qui dépasseraient mes connaissances très limitées en la matière.

Grégoire Balandin, un homme barbu aux cheveux d'un noir de jais dont le costume bleu marine peinait à contenir le corps musclé de lutteur, se tenait au fond de la salle. Quand Priscilla avait mentionné son nom, il avait hoché la tête d'un air impérieux sans se donner la peine de sourire. Ce qui était très russe de sa part, avait songé Priscilla. Il n'irradiait pas particulièrement le charme, ni une envie folle de répondre aux éventuelles questions.

Priscilla poursuivit :

– Il faut vingt ans pour que l'esturgeon béluga arrive à maturité, et ce sont les œufs plus clairs des poissons les plus âgés qui sont les plus convoités. Le caviar le plus rare de tous, l'un de ceux que vous pourrez goûter cet après-midi, est celui du béluga albinos, un caviar doré issu des œufs d'une femelle albinos. Des spécimens qui peuvent atteindre l'âge de cent ans. (Priscilla s'était tournée vers l'exportateur.) Est-ce bien exact, monsieur Balandin ?

Comme ce dernier s'avançait, Priscilla n'avait pu s'empêcher de remarquer la noirceur intense de ses yeux – un reflet, peut-être, de l'impénétrable mystère que constituait l'Union soviétique. Et aussi l'impression de danger qui émanait de lui. *Ridicule*, s'était-elle morigénée. Cet homme était un simple fournisseur de caviar, pour l'amour du Ciel. Elle devait vraiment apprendre à maîtriser ses pensées vagabondes.

– Nous l'appelons l'or noir, avait annoncé Balandin avec un accent épais. C'est le plus cher et le plus délicieux.

Il s'était tu, estimant sans doute en avoir assez dit. Priscilla avait repris :

– Aujourd'hui, nous goûterons plusieurs variétés. Veuillez noter que nous utilisons de petites cuillères en nacre, jamais en métal, parce que cela interférerait avec le goût délicat du produit.

Les hôtes s'étaient avancés vers les tables où les serveurs avaient déposé différentes variétés de caviar. Peu de temps après, un brun ténébreux aux yeux bleus s'était approché de Priscilla. C'était le genre de jeune homme qu'elle avait l'habitude de trouver bien trop désirable ; aussi avait-elle décidé de lui résister avant même qu'il ouvre la bouche. Ou du moins, d'essayer.

« Le caviar espagnol » avaient été les premiers mots lancés par une bouche diablement séduisante selon les critères de Priscilla.

– Je vous demande pardon ?

– Le caviar espagnol, avait répété le jeune homme. Tout aussi bon que le béluga, mais beaucoup moins cher.

– Seriez-vous producteur de caviar espagnol ? avait demandé Priscilla.

– Je suis Amir Abrahim.

– Ça ne sonne pas très espagnol.

– Ça ne l'est pas. Je suis égyptien de naissance. Mais je m'intéresse beaucoup au caviar espagnol. Les esturgeons bélugas deviendront bientôt une espèce menacée. Les Russes sont fous. Ils épuisent les ressources de la mer Caspienne. L'avenir, c'est le caviar espagnol.

– Je n'oublierai pas, avait répondu Priscilla. Vous êtes client de l'hôtel ?

– Comment pourrais-je loger ailleurs ?

– Dans ce cas, je suis surprise que nous ne nous soyons jamais rencontrés.

– J'en suis moins surpris que choqué, avait répliqué Amir. Mais à présent, nous nous connaissons, et cela change tout.

– Vraiment ?

Priscilla n'en était pas si certaine. Elle était une employée de l'hôtel et lui un client. Et elle ne devrait pas flirter avec les clients, même ceux dotés d'yeux d'un bleu profond et de mâchoires admirablement dessinées.

Mais elle ne pensait plus à rien de tout ça lorsque, plus tard dans la soirée, Amir s'était penché pour lui chuchoter à l'oreille :

– Vous me plaisez beaucoup, Priscilla.

À ce moment-là, ils sirotaient du champagne parmi la foule des spectateurs au bar du Royal Opera House, durant l'entracte de la première de *Rigoletto*. Priscilla avait eu le temps de déterminer que son compagnon aux yeux bleus était le genre de riche play-boy londonien dont une jeune femme célibataire comme elle aurait dû se tenir à l'écart. Mais c'était justement son problème : être incapable de se tenir à l'écart du genre d'homme dont elle aurait dû se tenir à l'écart.

– Vous avez un côté gamine que je trouve irrésistible, avait déclaré Amir. Une vraie rose anglaise.

– En réalité, je suis une rose canadienne, avait répliqué Priscilla.

– Canada ? Je ne connais rien du Canada.

– C'est la grande étendue de terre située juste au-dessus des États-Unis.

– Vous pourrez m'apprendre tout ce que vous voudrez sur votre pays du moment que nous ne sommes pas obligés de subir le reste de cet opéra. Il est si ennuyeux !

– C'est *Rigoletto*. Et c'est Pavarotti, qui est toujours merveilleux.

– Oublions Pavarotti et allons-nous-en.

– Je ne peux absolument pas faire une chose pareille. Luciano ne me le pardonnerait jamais. D'autant qu'il m'a invitée à la soirée donnée après la représentation.

– Que lui direz-vous quand il vous demandera votre avis ?

Priscilla avait souri malicieusement.

– Je ne mentirai pas. Je lui dirai que le grand Pavarotti était sensationnel en duc de Mantoue, ce qui est la vérité. Et je ne parlerai pas du reste de l'opéra.

– Je crois qu'il veut coucher avec vous, avait dit Amir.

– C'est un habitué de l'hôtel, rien de plus.

– Moi aussi, je suis un habitué de l'hôtel, et je veux coucher avec vous.

– Et ensuite ? demanda Susie, arrachant brutalement Priscilla à sa rêverie.

Elle s'était affalée sur le canapé à côté du bureau de Priscilla.

– Ensuite quoi ?

Priscilla rechignait à répondre mais sentait bien que Susie ne la lâcherait pas tant qu'elle ne lui aurait pas tout raconté.

– Tu as couché avec lui ?

– Il m'a fait monter dans sa suite, concéda Priscilla.

À présent, les yeux de Susie étaient si écarquillés qu'ils lui sortaient presque de la tête. Elle se pencha en avant avec une vive attention.

– Et ensuite ?

– Ensuite, il y avait du champagne. Dans ce genre de situation, il y a toujours du champagne, affirma Priscilla. Ce qui est bien dommage, car j'ai un faible pour le champagne, et parfois pour les hommes qui m'en servent.

– *Et ?* s'impatienta Susie.

– Je sais ce que tu penses, mais non, je n'ai pas couché avec lui. Je suppose que j'étais tentée. Mais il était soûl et pas moi, donc je me suis abstenue.

Les yeux de Susie reprirent un diamètre plus normal, et elle se redressa légèrement.

– Quand même, tu es peut-être la dernière à l'avoir vu vivant.

– Sauf s'il a été assassiné.

– *Assassiné ?* (Les yeux de Susie s'exorbitèrent de nouveau.) Tu n'es pas sérieuse !

– Amir allait très bien quand je suis partie. Et ce matin, il est mort. Il est trop tôt pour affirmer quoi que ce soit, mais j'ai du mal à imaginer un homme en bonne santé décédant subitement, même après avoir un peu trop bu. Il a dû se passer quelque chose.

– Un *meurtre* ? Au Savoy ? chuchota Susie. Qui imaginerait une chose pareille ?

– Le major O'Hara va appeler Scotland Yard. Nous verrons bien.

– La *police*, souffla Susie.

– Écoute, pour le moment, on doit garder ça pour nous, d'accord ?

– Et ne pas dire où tu étais hier soir ?

– Et ne surtout pas dire où j'étais hier soir. M. Banville craint déjà pour la réputation de l'hôtel, et il s'attend à ce qu'on étouffe dans l'œuf toute publicité négative.

– Et comment allons-nous faire ça ?

– En restant bouche cousue, répondit Priscilla au moment où le téléphone sonnait. (Elle décrocha.) Bureau de presse de l'hôtel Savoy. Comment puis-je vous aider ?

– Priscilla !

La jeune femme se figea. Cette voix familière appartenait à Percy Hoskins qui, si vous n'étiez pas déjà convaincu qu'il était le meilleur journaliste de l'*Evening Standard*, s'empresserait de vous en informer.

– Percy, qu'est-ce qui me vaut le plaisir ?

– Dis-moi tout, Priscilla.

– Te dire tout quoi ?

– Dis-moi tout au sujet du meurtre au Savoy.

5

Un inspecteur en visite

Priscilla se laissa le temps de prendre une inspiration profonde avant de répondre :

– Je n'ai pas la moindre idée de ce dont tu parles.

– Bien sûr que si, chérie, répliqua Percy de cette voix grondante qui charmait la jeune femme ou l'irritait selon son humeur.

Ce jour-là, elle l'effrayait.

– Tu te fais des idées, Percy, insista Priscilla sur le ton ferme qu'elle employait avec la presse. C'est l'hôtel Savoy. Il n'y a jamais de meurtre au Savoy.

– Un corps a été découvert ce matin dans l'une des suites, continua Percy sur le ton las qu'il employait pour parler aux gens comme Priscilla, dont le travail consistait à lui dissimuler des informations. Ce n'est peut-être pas un meurtre, mais il y a un cadavre, et la police a été prévenue.

De l'autre côté de la pièce, Susie raccrocha le téléphone. Les yeux de nouveau écarquillés, elle articula silencieusement à l'intention de Priscilla :

– La police est là !

– La police n'est pas au Savoy, dit Priscilla. Franchement, Percy, je suis très occupée. Je pensais que tu appelais au sujet de la conférence de presse de Bob Hope.

– Est-ce que Bob est mort dans sa suite au Savoy ?

– Non, bien sûr que non.

– Dans ce cas, ça ne m'intéresse pas.

– Je n'ai pas de temps pour ces bêtises, répondit Priscilla d'un ton sec.

– J'arrive, annonça Percy.

– Au revoir, Percy, dit Priscilla en raccrochant.

Elle regarda Susie, qui avait toujours l'air aussi stupéfaite.

– C'était Percy Hoskins de l'*Evening Standard*, expliqua-t-elle. Il sait qu'il se passe quelque chose.

– Oh, mon Dieu ! lâcha Susie.

Le téléphone de Priscilla sonna de nouveau. Elle ferma brièvement les yeux avant de décrocher.

– Auriez-vous la gentillesse de nous rejoindre dans la 705 ? demanda Clive Banville sur un ton autoritaire.

– Il faut que je remonte, dit Priscilla à Susie. Je te laisse gérer. Si des journalistes appellent, dis-leur que tu n'es au courant de rien, particulièrement en matière de cadavres.

Susie acquiesça.

Dans le hall d'entrée, Priscilla aperçut des bobbies en uniforme. Si Percy Hoskins était déjà en train de fouiner, il ne s'écoulerait guère de temps avant que la crème de Fleet Street débarque à l'hôtel. Priscilla s'arma de courage en pénétrant dans l'ascenseur qui la ramènerait au septième étage.

Quand elle en sortit, un agent de police montait la garde dans le couloir. Priscilla tentait de lui expliquer qui elle était et ce qu'elle faisait là lorsque Clive Banville apparut, dit au bobby qu'il pouvait la laisser passer et fit signe à la jeune femme de le suivre.

– Par ici, s'il vous plaît, Miss Tempest, dit-il avec une politesse exagérée.

La suite grouillait d'hommes en costume sombre qui arboraient une mine funeste. L'un d'eux se détacha du groupe pour s'approcher de Clive Banville et de Priscilla.

– Miss Tempest, je vous présente l'inspecteur principal de Scotland Yard Robert Lightfoot, dit le directeur de l'hôtel.

Robert Lightfoot était un type costaud, dont la mâchoire carrée et les cheveux d'un gris métallique collaient parfaitement avec l'image qu'on se faisait d'un inspecteur de Scotland Yard. Même son regard était d'acier. Il le braqua sur Priscilla d'une manière que la jeune femme estima assez peu amicale.

– Miss Tempest, commença-t-il d'une voix rocailleuse qui, elle aussi, seyait à merveille à sa profession.

Priscilla la trouva étrangement séduisante – c'était le genre de voix dont le grondement sourd pouvait vous calmer en pleine nuit. La jeune femme repoussa très vite cette pensée : le propriétaire de cette voix était plus susceptible de lui attirer des ennuis que de la tranquilliser, à quelque moment de la journée que ce soit.

– Inspecteur principal, le salua-t-elle en s'efforçant de ne pas laisser transparaître sa nervosité.

Après tout, se raisonna-t-elle, je n'ai rien à cacher. Ou plutôt, *pas grand-chose* à cacher.

Derrière Robert Lightfoot, Priscilla aperçut le corps d'Amir Abrahim, désormais recouvert d'un drap. Elle détourna très vite les yeux. À bien y réfléchir, elle avait des tas de choses à cacher.

– J'ai quelques questions à vous poser, si ça ne vous dérange pas, lui déclara l'inspecteur Lightfoot.

– Pas du tout, répondit Priscilla en songeant qu'elle ne serait jamais capable de mentir pendant un interrogatoire de police.

– Où étiez-vous hier soir ?

Et voilà. Qu'était-elle censée répondre à ça ? La vérité ? Impossible de faire autrement, étant donné l'endroit où Amir et elle étaient allés et le nombre de gens qui avaient dû les voir.

– À l'opéra.

– C'est bien ce qu'il me semblait, acquiesça l'inspecteur Lightfoot, et Priscilla se réjouit en silence de ne pas avoir tenté de lui mentir sur ce point. Et avec qui y étiez-vous ?

– M. Luciano Pavarotti, dit-elle sans hésitation. Il se produit actuellement dans *Rigoletto* au Royal Opera House, et il m'avait invitée à la première.

– Oui ?

– Il se trouve que M. Amir Abrahim est passé au bureau de presse en même temps que M. Pavarotti.

– Poursuivez.

– Même si je n'avais aucune envie d'emmener M. Abrahim, celui-ci a manifesté le désir d'assister à la représentation, et M. Pavarotti lui a suggéré de m'accompagner.

Priscilla respirait mieux à présent, et les réponses aux questions de l'inspecteur lui venaient beaucoup plus aisément. Dire la vérité est tellement plus facile que mentir !

– En d'autres termes, vous êtes allée à l'opéra avec Amir Abrahim, c'est bien cela ?

– En effet, acquiesça-t-elle.

– Et que s'est-il passé ensuite ?

– Il y avait une soirée à l'opéra, à laquelle j'ai également assisté sur l'invitation de M. Pavarotti.

– M. Abrahim était-il toujours avec vous ?

– Oui.

– Et après cette soirée ?

– Je suis rentrée au Savoy, répondit Priscilla.

À présent, ils s'aventuraient dans un territoire plus obscur, non loin du terrier de lapin qui pouvait très vite les précipiter dans un tissu de mensonges.

– Avec M. Abrahim ?

Il n'y avait pas moyen d'éluder la question, n'est-ce pas ? Priscilla opina et répondit doucement :

– Oui.

– Vous êtes montée ici, dans sa suite ?

Du coin de l'œil, la jeune femme aperçut l'air mécontent de Clive Banville, cet air dont elle était certaine qu'il signifiait « Vous êtes virée ». Elle déglutit avant de répondre :

– Brièvement, oui.

– Brièvement. Combien de temps diriez-vous que vous y êtes restée ?

– Environ vingt minutes.

– Et que s'est-il passé durant ce laps de temps ?

– Pas grand-chose. M. Abrahim avait une bouteille

de champagne que quelqu'un lui avait fait apporter, d'après ce qu'il m'a dit.

– A-t-il précisé qui ?

– Non.

Sur le coup, Priscilla ne l'avait pas cru. Elle l'avait soupçonné d'avoir lui-même commandé le champagne pour le cas où il parviendrait à l'attirer dans sa suite.

– Toutefois, ajouta-t-elle, je me souviens qu'il semblait intrigué par l'identité de cette personne.

– Très bien. Que s'est-il passé ensuite ?

– Il a débouché la bouteille.

– Avez-vous consommé de ce champagne ?

– Non. Il me semblait que j'avais déjà suffisamment bu, et je voulais juste rentrer chez moi.

– Mais M. Abrahim, lui, en a bu.

– Oui. Une bonne partie de la bouteille, en fait. Pourquoi ?

– Nous n'en serons pas certains avant de recevoir les résultats des analyses mais, pour le moment, il semble que M. Abrahim ait succombé après avoir ingéré un poison, qui se trouvait probablement dans ce champagne.

– Mais il allait bien quand je suis repartie, protesta Priscilla, s'efforçant une fois de plus – sans grand succès – de réprimer une appréhension grandissante.

– Vous en êtes certaine ? demanda l'inspecteur Lightfoot sur un ton qui parut sceptique à la jeune femme.

– Il avait trop bu, et il était mécontent que je m'en aille. Mais à part ça…

À part ça, quoi ? songea Priscilla. Amir était un homme soûl, désireux d'attirer dans son lit une jeune femme qui était tout aussi désireuse de ne pas l'y suivre. Ce même scénario s'était sans doute joué de multiples fois à travers tout Londres le même soir. Sur le coup, il ne lui avait pas semblé particulièrement inhabituel.

– Et quelle heure était-il quand vous êtes partie ? interrogea l'inspecteur.

– Je n'ai pas regardé ma montre, mais probablement un peu plus de minuit.

– Et où êtes-vous allée après avoir quitté M. Abrahim ?

– Le portier m'a appelé un taxi, et j'ai regagné mon appartement de Knightsbridge.

– Et vous n'avez croisé personne d'autre ?

– Personne.

– Pas d'autre femme ?

Qui ressemblait à la princesse Margaret ? songea Priscilla.

– Non, se contenta-t-elle de répondre.

Le silence qui suivit lui permit de remarquer deux choses : l'expression de plus en plus sombre de Clive Banville et le jeune policier qui, tout près d'eux, griffonnait dans son calepin.

L'inspecteur Lightfoot prit une grande inspiration et lança :

– Très bien, Miss Tempest. Ce sera tout pour le moment. Si vous voulez bien rester à notre disposition, nous aurons peut-être d'autres questions à vous poser plus tard. Par ailleurs, nous vous demanderons d'aller faire une déposition officielle à Scotland Yard.

– Et moi, je voudrais vous parler dans mon bureau, ajouta sévèrement Banville.

– Bien entendu, acquiesça Priscilla.

Tétanisée et vaguement nauséeuse, elle sortit dans

le couloir où se tenaient d'autres agents de police. Tous tournèrent vers elle un regard… accusateur ? Se demandaient-ils s'ils suivaient une meurtrière des yeux ?

À défaut d'une meurtrière, une jeune écervelée qui se laissait trop facilement convaincre de faire des choses qu'elle ne devrait pas. Priscilla culpabilisait d'être assez faible pour ne serait-ce qu'avoir envisagé de monter avec Amir dans sa suite, et plus encore pour y être finalement allée. Chaque fois qu'elle se jurait d'être plus prudente à l'avenir, de ne rien faire qui puisse menacer son emploi, elle finissait par faire exactement le contraire. *Vraiment un cas désespéré*, songea-t-elle en émergeant dans le hall d'entrée.

Le major O'Hara se trouvait là, caressant machinalement sa moustache. Il lui jeta un regard neutre, dans lequel Priscilla crut déceler une lueur de soupçon. Gêné, il baissa la main et tira sur le bas de sa veste comme s'il s'apprêtait à faire quelque chose de très déplaisant et tenait à être correctement mis pour cela.

– La police empêche les journalistes d'entrer, annonça-t-il sur un ton bourru. Je ne comprendrai jamais comment diable ces enquiquineurs ont vent de tout ce qui se passe.

– Quelqu'un les renseigne, répondit Priscilla.

Elle regretta immédiatement ces mots en voyant le regard du major se faire encore plus soupçonneux. Cette fois, il entreprit de rajuster sa cravate.

– Qu'est-ce qui se passe là-haut ? demanda-t-il, une fois certain que son nœud Windsor n'était pas de travers.

– Ça enquête, répondit Priscilla.

– J'ai cru comprendre que, selon Scotland Yard, il a été empoisonné.

– Désolée, major, coupa-t-elle, mais je dois vraiment retourner à mon bureau.

Elle dépassa le major qui se raidit, comme prêt à bondir pour l'arrêter. Dieu merci, il ne bougea pas, mais son expression était devenue carrément accusatrice.

Priscilla poussa la porte de la 205, son refuge contre les exigences et les soupçons du reste du monde.

Du moins le croyait-elle, jusqu'à ce que quelqu'un s'écrie :

– Priscilla, ma chérie !

Avec sa tignasse en bataille, sa cravate desserrée autour de son col de chemise usé et son menton qui n'attirait qu'occasionnellement l'attention d'un rasoir, Percy Hoskins échouait à dissimuler son charme négligé tout en fournissant la preuve irréfutable qu'il était cette création unique de Dieu et de Fleet Street : un journaliste.

6

Un vaurien couvert de taches d'encre

– Qu'est-ce que tu fais ici ? demanda Priscilla.

Elle jeta un regard accusateur à Susie, la maudissant intérieurement d'avoir laissé Percy entrer dans son bureau et se mettre beaucoup trop à son aise sur le canapé.

– Je suis sortie un moment, se défendit Susie, penaude, en s'attardant sur le seuil de la pièce voisine. Il était déjà là quand je suis revenue.

– Ce n'est pas de sa faute, affirma Percy. J'ai profité de ce que personne ne surveillait les lieux pour me faufiler à travers les lignes ennemies.

– Je veux que tu sortes d'ici, répondit Priscilla en s'avançant dans son bureau, sur le ton le plus autoritaire qu'elle put mobiliser au débotté.

– Drôle de façon de traiter un membre respecté du Quatrième Pouvoir, répliqua Percy avec un grand sourire, sans faire mine de partir.

– Si un membre respecté du Quatrième Pouvoir se trouvait dans cette pièce, je réagirais peut-être différemment. Mais puisque ce n'est que toi : fous le camp.

– Et moi qui pensais que tu me tenais en haute estime !

– Percy, je ne plaisante pas. Je veux que tu sortes de ce bureau.

– Dès que tu m'auras dit qui est mort dans une des suites avec vue sur le fleuve.

– Sans commentaire.

– Donc, quelqu'un est bien mort.

– Je n'ai pas dit ça.

– Donne-moi son nom, à titre officieux. Ça reste entre nous et je file immédiatement.

– Je ne te donnerai rien du tout. Maintenant sors, ou j'appelle la sécurité.

– Tu parles du gardien du décorum, cet ennemi de la presse libre, le major Jack O'Hara ? J'en frissonne d'avance.

Mais Percy se leva quand même, dépliant son mètre quatre-vingt-dix de splendeur débraillée sous le regard songeur de Priscilla. On pouvait le trouver attirant, concéda-t-elle en son for intérieur. Éventuellement, s'il était le dernier homme hétérosexuel sur Terre.

Ou peut-être l'avant-dernier.

La sonnerie du téléphone coupa court à ses débats sur le pouvoir de séduction de Percy. Priscilla se jeta sur le combiné.

– M. Banville est prêt à vous recevoir dès que vous pourrez passer.

C'était la voix arrogante de Sidney Stopford, l'assistant du directeur que tout le reste du personnel surnommait El Sid.

– J'arrive tout de suite, promit Priscilla.

– J'en informe M. Banville.

La communication fut interrompue. Priscilla raccrocha. Percy l'observait d'un air interrogateur.

– On dirait que le boss veut te voir, commenta-t-il. Je me demande bien pourquoi.

– Fiche le camp, Percy. Tout de suite. Je ne veux plus rien entendre. Sors du côté de Savoy Hill pour que personne ne te voie et que je ne perde pas mon boulot.

– Tu as des ennuis, Priscilla ?

– Percy…

– À cause du cadavre, peut-être ?

– Insiste encore un peu et j'appelle le major O'Hara.

– Ok, ok, je m'en vais, chérie. Ne t'en fais pas. (Percy lui prit le coude et, jetant un coup d'œil en direction de Susie, lança :) Je peux te dire un mot dehors ?

Bien qu'exaspérée, Priscilla se laissa entraîner dans le couloir.

– Quoi encore ?

– Qui est chargé de l'affaire ? Bulldozer Lightfoot ?

– Qui ça ?

– L'inspecteur Robert Lightfoot. On le surnomme Bulldozer. Il se prend pour Jack Hawkins dans *Inspecteur de service*, mais si tu veux mon avis, c'est juste un gros balourd, probablement dévoué à l'establishment par-dessus le marché. C'est à lui qu'on a confié l'enquête ?

– Je ne peux rien te dire.

– Si c'est lui, tu peux être sûre que ce qui s'est passé en haut sera balayé sous le tapis. (Percy se pencha vers Priscilla et chuchota sur un ton de conspirateur :) Je sais que tu ne peux rien me dire, mais je suis presque certain que le macchabée est un dénommé Amir Abrahim. J'essayais de le contacter depuis plusieurs jours pour faire un article sur lui. Amir, son frère aîné et son père sont de gros malfrats.

– Il m'a dit qu'il faisait le commerce du caviar.

– Du caviar ?

– Oui. Du caviar espagnol.

– Tu plaisantes ? Amir appartient à la famille Abrahim. Ce sont des trafiquants d'armes notoires, de nationalité égyptienne. Je te jure qu'ils n'ont rien à voir avec le caviar.

– Si c'est un criminel, pourquoi n'est-il pas en prison ?

Percy se pencha encore davantage avant de répondre :

– Parce qu'une rumeur prétend qu'il a une liaison avec la princesse Margaret. Les maîtres de Bulldozer le tiennent bien en laisse. Si Amir était arrêté, on pourrait craindre un énorme scandale qui éclabousserait la princesse. Le palais de Buckingham fait pression sur Scotland Yard pour qu'ils ferment les yeux, et Bulldozer n'est que trop heureux de les obliger.

Priscilla songea à Millicent Holmes qui pensait avoir croisé la princesse Margaret dans le couloir du septième étage.

Son expression n'échappa pas à Percy.

– Tu viens de penser à quelque chose. C'est bien Amir qui est mort, pas vrai ?

– Je ne peux rien te dire.

– Mais si j'écris son nom dans mon article, je ne me tromperai pas ?

Priscilla garda le silence.

– D'accord. Si j'ai raison, ne dis rien. Si j'ai tort, dis seulement « Sans commentaire » et je te lâche la grappe, malgré le plaisir que j'aurais à m'attarder.

– J'ai un rendez-vous. Je dois y aller, le coupa Priscilla.

En passant devant Percy, elle remarqua le rictus

satisfait qui barrait son visage séduisant. Misère, elle devait arrêter de penser ce genre de choses ! Pourquoi ce type l'attirait-il autant ? Qu'est-ce qui clochait chez elle, bon sang ?

– Je ne plaisantais pas en disant que j'aimerais m'attarder, lança-t-il dans son dos.

– Va plutôt en enfer voir si j'y suis, répliqua Priscilla.

Et elle se sentit tout de suite mieux.

7

Le Lieu des Exécutions

Le cœur battant la chamade, Priscilla prit son courage à deux mains et pénétra dans le Lieu des Exécutions, également connu sous le nom de bureau du directeur. Y être convoqué n'était jamais une bonne chose ; c'était encore pire quand la personne convoquée – en l'occurrence, Priscilla – ne faisait pas exactement partie des chouchous de Banville, et qu'elle était en outre sortie avec un client que l'on avait par la suite retrouvé mort dans l'une des suites avec vue sur le fleuve.

Non, ce n'était pas bon du tout. Priscilla avait du mal à respirer quand elle entra dans l'antichambre où officiait le Gardien de la Porte, Sidney Stopford. Celui-ci ajusta ses lunettes rondes à monture dorée pour pouvoir lui jeter le même regard mort que celui des morues du marché aux poissons de Billingsgate.

– Qu'est-ce qui vous a retenue si longtemps ?

Les cheveux courts de Sidney étaient du même roux que la moustache qui ne semblait pas du tout à sa place au-dessus de sa petite bouche humide perpétuellement tordue par un rictus dédaigneux – surtout en présence de Priscilla.

– Pouvez-vous l'informer du fait que je suis là, je vous prie ?

Sidney secoua la tête, l'air apparemment désespéré de devoir supporter des créatures telles que Priscilla, avant de parler dans l'interphone.

– Miss Tempest est *enfin* arrivée.

– Faites-la entrer, répondit la voix amplifiée de Banville.

Sidney fit un signe de tête à Priscilla.

– Vous pouvez y aller.

La jeune femme poussa une des portes en lambris de chêne et pénétra dans le sanctuaire où Clive Banville se tenait debout, telle une imposante statue, tiré à quatre épingles dans son habit à queue-de-pie et pantalon rayé – le costume de rigueur pour ceux qui avaient la chance d'occuper de hautes fonctions dans la hiérarchie du Savoy. Priscilla, elle, ne portait pas d'habit ; aussi, du point de vue de gens comme Banville, elle travaillait au Savoy sans vraiment en faire partie. Elle n'aurait jamais sa place ici.

L'idée lui traversa l'esprit que tout irait peut-être mieux pour elle si elle se commandait un habit et le portait au bureau. Mais alors, elle ne pourrait plus pénétrer dans aucun des restaurants du Savoy, puisque les femmes en pantalon n'y étaient pas admises. Maudite si elle le faisait et encore plus maudite si elle ne le faisait pas.

– Restez debout, Miss Tempest, ordonna Banville en s'asseyant derrière l'immense bureau qui le protégeait de ses sous-fifres.

– Oui, monsieur.

– Miss Tempest, comme vous devez le savoir, je n'étais pas favorable à ce que le Savoy vous engage.

– En effet, vous m'avez déjà fait part de vos sentiments à ce sujet.

– Vous avez la chance immense de connaître des gens qui connaissent des gens qui connaissent les gens qui m'ont convaincu de ne pas m'opposer à votre embauche au poste que vous occupez actuellement. J'ai bien évidemment entendu les rumeurs…

– De quelles rumeurs parlez-vous, monsieur ? lança Priscilla sans réfléchir.

– Je n'écoute jamais les ragots et les commérages, aboya Banville. Jamais !

– Bien sûr que non, acquiesça Priscilla, qui fulminait mais luttait pour conserver une expression neutre.

– Malgré moi, j'ai donc laissé faire. Et c'était peut-être une erreur.

– Je suis navrée que vous le pensiez, monsieur.

– Durant les mois écoulés depuis votre arrivée, je n'ai rien vu qui me fasse changer d'avis à votre sujet, affirma Banville, accompagnant cette déclaration d'un geste péremptoire de sa main osseuse. Il faut apprendre rapidement pour mériter sa place au Savoy, dit-il sur un ton solennel. Une leçon qui semble vous passer tout à fait au-dessus de la tête.

Il s'interrompit pour prendre une inspiration avant de continuer.

– Ma conviction a été encore renforcée par votre comportement la nuit dernière. Non seulement vous êtes allée à l'opéra avec un client de l'hôtel, mais de votre propre aveu, vous êtes revenue ici, et avez passé du temps dans sa suite. À présent, ce client gît mort au septième étage, et le Savoy, le plus grand hôtel de luxe du monde, grouille de policiers suivis par l'habituelle meute grondante des limiers de la presse. Et au centre de cette affaire qui va potentiellement nous plonger dans un scandale, qui trouve-t-on ? Notre propre attachée de presse !

Banville n'avait pas bougé, mais il parlait si fort et sur un ton si coléreux que Priscilla n'aurait pas été surprise qu'il la saisisse à bras-le-corps pour la jeter hors de son bureau.

– Si je puis me permettre, monsieur…, avança-t-elle dans un couinement pathétique plus approprié pour un personnage de dessin animé que pour une employée coincée dans le bureau de son directeur. Je n'ai pas eu d'autre choix que de me rendre à l'opéra. Comme je l'ai dit à l'inspecteur de Scotland Yard tout à l'heure, M. Pavarotti a beaucoup insisté. J'avais rencontré M. Abrahim un peu plus tôt dans l'après-midi à la dégustation de caviar dans la salle Abraham Lincoln – dégustation qui a remporté un beau succès, entre parenthèses. Plus tard, il s'est trouvé dans le bureau de presse au même moment que M. Pavarotti, qui l'a également invité à l'opéra.

Banville ne parut guère impressionné.

– Que diable, ça n'explique pas ce que vous faisiez dans la suite de cet homme au lever du jour.

– Je ne suis pas restée jusqu'au lever du jour, protesta Priscilla. M. Abrahim avait beaucoup bu à la soirée donnée après la représentation. J'ai pensé que je rendrais un grand service à ce gentleman, et au Savoy également, en l'aidant à revenir jusqu'à sa chambre. Une fois là, il a ouvert une bouteille de champagne et m'a proposé de boire avec lui, mais j'ai refusé.

– Et c'est tout ? Il ne s'est rien passé d'autre ?

Était-ce tout ? *Seigneur*, songea Priscilla. Non, pas exactement *tout*. Pourquoi sa vie n'était-elle jamais simple ? Pourquoi fallait-il qu'il se soit passé autre chose ? Pourquoi fallait-il qu'il se passe *toujours* autre chose ?

– Venez, ma douce Priscilla. Vous devez m'aider à boire ce champagne.

Priscilla n'était pas certaine d'apprécier qu'on la qualifie de douce. Mais à cette heure de la nuit, et étant donné l'état d'Amir, mieux valait prendre les compliments là où ils se trouvaient.

– C'est du Moët, le meilleur de tous les champagnes, avait poursuivi Amir. Cadeau d'une adorable amie, je présume. Une charmante surprise en cette fin de soirée.

– Des femmes vous envoient du champagne, Amir ? C'est remarquable.

– Vous êtes jalouse, Priscilla ?

Pas vraiment, avait songé Priscilla. Elle se sentait plutôt soulagée. Mais elle avait répondu diplomatiquement :

– Je suis toujours ravie quand nos clients utilisent le merveilleux service d'étage de notre hôtel.

– Je ne peux pas boire tout seul. Enfin si, je pourrais, mais je préférerais partager cette bouteille avec vous, ma douce beauté.

– Votre douce beauté doit rentrer chez elle, avait contré Priscilla.

Mentalement, elle avait noté qu'à l'avenir, elle

devrait éviter les hommes mystérieux trop portés sur le champagne. Après quoi elle s'était souvenue d'avoir déjà souvent noté puis ignoré ce genre de choses.

– S'il vous plaît, avait imploré Amir. C'est peut-être ma dernière nuit sur Terre. Le moins que vous puissiez faire, c'est boire avec moi.

– Pourquoi serait-ce votre dernière nuit ?

– Malheureusement, Amir a de nombreux ennemis.

– Pauvre Amir, avait commenté Priscilla, soupçonnant que son ébriété le faisait divaguer.

– Je suis très sérieux. Mortellement sérieux, avait-il insisté d'une voix rendue pâteuse par les excès de la soirée. Dans mon secteur d'activité, voyez-vous, chaque fois que vous vous faites un ami, vous vous faites aussi un ennemi. Et le problème avec les ennemis, dans mon secteur d'activité, c'est qu'ils sont armés.

– C'est si dangereux que ça, le caviar espagnol ?

– D'après mon expérience, les gens armés sont généralement disposés à utiliser leurs armes pour vous tuer.

– Mais personne ne vous tuerait pour du caviar !

– On voit que vous ne connaissez pas les Russes. En matière de caviar et de Russes, le danger est sans limites. Ce sont des requins qui détestent la concurrence.

– Si je consens à vous croire – et je ne devrais probablement pas –, alors dites-moi : qui cherche à vous tuer ? avait demandé Priscilla, entrant dans son jeu. Des Russes ?

Pour toute réponse, Amir s'était laissé tomber sur le canapé, renversant le champagne que contenait sa flûte.

– Faites attention, s'il vous plaît, l'avait réprimandé Priscilla. Vous allez abîmer une moquette hors de prix.

– Pour le prix que je paye ces bougres, je peux abîmer toute la moquette que je veux, avait marmonné Amir, somnolent. Ma ravissante Priscilla, protectrice de la réputation et des tapis du Savoy.

– Des tapis, pour sûr.

– Si seulement vous saviez quelle quantité d'escrocs et de fripouilles du monde entier Londres accueille à bras ouverts ! marmonna Amir.

– Je suis sûre que vous vous trompez, avait protesté Priscilla, estimant que même à cette heure tardive, il était de son devoir de défendre la ville.

Amir avait agité la main d'un air méprisant.

– Des escrocs, des fripouilles, et des assassins, aussi. Ceux qui en ont après moi.

– Quelqu'un vous menace ? Qui donc ?

– Comme je viens de vous le dire, des salauds. Mais je suppose que c'est de ma faute. Je n'avais qu'à pas me laisser séduire aussi facilement.

– Qui vous a séduit, Amir ? La personne qui vous a envoyé ce champagne ?

– Vous aussi, vous m'avez séduit, et vous n'avez pas eu besoin de m'envoyer du champagne. (Amir avait levé la tête pour lui faire signe d'approcher.) Venez ici.

– Non, Amir. Je dois rentrer.

C'est le début des ennuis, avait songé Priscilla.

– Ma longiligne beauté… Venez, je vous en prie, avait insisté Amir d'une voix de plus en plus confuse.

Longiligne ? Priscilla ne savait pas trop si elle appréciait. Qu'est-ce que ça signifiait ? Qu'Amir la trouvait trop mince ? À contrecœur, et tout en ayant conscience de faire une erreur, elle s'était avancée. Dès qu'elle avait été suffisamment près, Amir s'était redressé brusquement et l'avait fait basculer sur lui. Avant qu'elle ait pu réagir, il avait posé sa bouche sur la sienne. Priscilla s'était dit qu'elle allait se dégager. Elle ne laisserait pas cet homme l'embrasser… avait-elle continué à se dire tout en lui rendant son baiser.

Enfin, elle s'était écartée, le souffle court.

– Arrêtez, avait-elle ordonné. Nous ne pouvons pas faire ça.

– Peut-être, mais nous le faisons quand même, avait marmonné Amir.

Il avait voulu l'attirer de nouveau vers lui, mais cette fois, Priscilla avait trouvé la force d'âme de se redresser en vacillant et de tirer sur l'ourlet d'une jupe déjà bien trop révélatrice à la base.

– Mon assassin, avait soupiré Amir en s'allongeant et en fermant les yeux.

– Il n'y a pas d'assassin, avait répliqué Priscilla.

– Si, avait-il murmuré. Ma dernière nuit. Mon assassin approche…

– Non.

– Il faut que je vous dise, avait-il insisté. C'est…

8

L'assassin dans les murs

– Miss Tempest, vous m'écoutez ? lança Banville avec une impatience évidente.

Priscilla se força à se concentrer sur le présent.

– Oui, monsieur.

Banville baissa la tête et se pinça l'arête du nez entre deux doigts. Puis il reprit :

– Vous dites que vous n'êtes pas restée longtemps dans la suite de M. Abrahim, et qu'il ne s'est rien passé d'inconvenant. Est-ce bien cela ?

Priscilla opina.

– Oui, M. Abrahim était en train de s'endormir sur le canapé quand je suis partie au bout de vingt minutes environ.

– Quelle que soit votre motivation, vous avez fait preuve d'un bien piètre jugement. Peu importent vos excuses. Vous êtes une jeune femme, une employée de cet hôtel, et vous êtes montée dans la chambre d'un homme connu pour son comportement, disons, discutable, particulièrement envers la gent féminine. Ce faisant, vous avez mis en danger votre réputation et, plus grave, celle de cet hôtel. Le comprenez-vous ?

– Oui, monsieur.

– Dans n'importe quelle autre circonstance, vous seriez immédiatement renvoyée. Néanmoins, je vais vous autoriser à poursuivre votre travail jusqu'à nouvel ordre. Nous attirons déjà suffisamment l'attention.

Priscilla ressentit un soulagement intense.

– Merci, monsieur.

– Quand les choses se seront tassées, je reparlerai de vous avec le président. Et je dois vous avertir, rien ne garantit que vous aurez encore un avenir ici, au Savoy.

– Je comprends, monsieur. Ce sera tout ?

– Pour le moment, oui. Retournez à votre bureau. Faites votre travail. Ne nous décevez pas.

– C'est promis, monsieur.

Priscilla se détourna pour s'en aller.

– Miss Tempest, la rappela Banville. Encore une chose…

Elle pivota vers lui, s'émerveillant de la capacité qu'avait cet homme à rester immobile tandis que ses lèvres fines s'entrouvraient juste assez pour lui lancer un dernier avertissement.

– J'entends ne voir dans les journaux aucune mention de ce qui s'est passé entre vous et M. Abrahim. C'est bien clair ?

– Oui, monsieur.

– Enfin, je veux m'assurer que vous nous avez dit, à la police et à moi, tout ce que vous saviez au sujet de cette fâcheuse affaire, et que vous ne nous cachez rien.

– Non, monsieur.

– Vous en êtes sûre ?

– Tout à fait sûre, monsieur, affirma Priscilla en se donnant beaucoup de mal pour avoir l'air sincère.

Même si ce n'était pas le cas.

Avant qu'Amir ait pu finir sa phrase, elle l'avait interrompu.

– Arrêtez. Vous me faites marcher, mais je ne vous embrasserai pas, quelles que soient les fariboles que vous me racontez.

Il avait lutté pour s'asseoir, et c'est alors qu'elle avait vu une lueur déconcertante dans ses yeux.

– Je suis fini. C'est terminé…

– Amir, vous me faites peur. Dites-moi de quoi vous parlez.

Les lèvres de l'homme d'affaires avaient remué tandis qu'il luttait pour prononcer quelques mots. Il s'était affaissé sur le canapé.

– Pardon ?

– Mon assassin…

– Oui, oui, s'était impatientée Priscilla. Dites-moi. Qui est-ce ?

– Vous, avait-il soufflé. C'est vous qui venez de me tuer.

9

Une erreur sur la personne

À 16 heures, le corps d'Amir Abrahim avait été emporté, et la plupart des policiers avaient quitté l'hôtel, laissant juste un agent en faction devant la suite 705 qui restait une scène de crime.

Afin que la presse n'envahisse pas les couloirs et que l'affaire reste discrète, Priscilla réserva la salle Pinafore, baptisée dans la tradition D'Oyly Carte du nom d'un opéra-comique de Gilbert et Sullivan.

L'inspecteur Robert Lightfoot s'adressa aux journalistes fébriles. Priscilla n'aperçut Percy Hoskins nulle part tandis qu'elle se faufilait derrière le policier pour écouter ce qu'il s'apprêtait à dire.

– Aujourd'hui, vers 9 h 30 du matin, une employée du service d'étage a découvert le corps d'un individu de sexe masculin dans l'une des suites avec vue sur le fleuve. Nous ne donnerons pas le nom de cette personne avant que sa famille ait été informée. Pour l'heure, nous traitons cette affaire comme une mort suspecte et attendons le résultat de l'autopsie.

Des flashs éclatèrent en même temps qu'une cacophonie de questions. Les journalistes exigeaient des réponses que l'inspecteur Lightfoot n'était pas disposé à leur fournir. Il prit congé et s'éclipsa rapidement, laissant Priscilla seule face à la presse.

– Je ne peux rien ajouter à ce que la police vous a déjà dit, hormis le fait que la sécurité et le bien-être de nos clients demeurent la priorité absolue de notre personnel.

– Mais nierez-vous les rumeurs selon lesquelles il y a eu un meurtre au Savoy ? lança un des journalistes, haussant la voix pour se faire entendre par-dessus la cacophonie.

– La police n'a rien dit de tel, répliqua sévèrement Priscilla. Comme l'inspecteur Lightfoot vient de vous l'expliquer, une enquête est en cours.

Cette déclaration ne suffit pas à endiguer le flot de questions.

– Ce sera tout pour le moment, conclut Priscilla avant d'imiter l'inspecteur et de battre précipitamment en retraite.

Elle traversait le hall d'entrée quand le major O'Hara l'intercepta, l'air encore plus sombre que d'habitude.

– Miss Tempest, puis-je vous dire un mot ?

Quoi encore ? grogna intérieurement Priscilla.

– Bien entendu, répondit-elle.

Et elle se laissa entraîner dans le Salon des Résidents, une pièce strictement réservée aux clients du Savoy, mais déserte à cette heure de la journée.

– J'imagine que vous venez de vous entretenir avec M. Banville, lança le major tout de go.

Priscilla ne vit pas de raison de nier.

– En effet.

– Très bien. Il reste une question dont nous devons discuter, une question que, je suppose, vous n'avez pas abordée avec M. Banville.

– Je l'ignore, major, répondit Priscilla, qui ne voyait pas du tout où il voulait en venir. De quoi voulez-vous parler ?

– De ces inepties au sujet de S.A.R. la princesse Margaret, lâcha O'Hara sur un ton sous-entendant qu'elle aurait dû s'en douter.

– Ces inepties ?

Priscilla ne comprenait pas. Quelles inepties ?

– Il semble qu'il y ait eu erreur sur la personne.

– Ah ? Vraiment ? (Le mystère commençait à s'éclaircir.) Vous parlez du fait qu'on aurait aperçu la princesse dans le couloir menant à la suite de M. Abrahim ?

Le major parut plus mécontent que jamais.

– J'en ai touché deux mots à Mme Holmes. Elle avait eu le temps de mieux réfléchir à sa version des faits et de changer d'avis.

– Tiens donc. Et pourquoi a-t-elle fait ça, à votre avis ?

– Sur le moment, elle a cru voir quelqu'un, mais en fait, elle s'est trompée, affirma O'Hara, comme si c'était l'explication la plus rationnelle.

– Vous voulez dire qu'elle n'a pas croisé la princesse Margaret au septième étage ?

– C'est exact. Vous serez donc d'accord avec moi pour dire qu'il n'est pas nécessaire de mentionner cette hallucination, conclut le major sur un ton qui n'admettait aucune réplique.

Aussi Priscilla jugea-t-elle préférable de s'abstenir.

– Après tout, poursuivit O'Hara, dans une situation comme celle-ci, embarrasser la famille royale est bien la dernière chose que nous souhaitons faire, n'est-ce pas ?

– Tout à fait, approuva Priscilla.

– Par ailleurs, Miss Tempest…

– Oui ?

– Au vu des événements de ce matin et du rôle que vous semblez y avoir joué, je dois vous prévenir qu'en tant que chef de la sécurité du Savoy, je vous ai à l'œil.

– Je vois, acquiesça Priscilla sur un ton qui se voulait calme et raisonnable. Est-ce une bonne ou une mauvaise chose ?

– Ici, on est d'avis que vous ne vous intégrez pas aussi bien qu'on pouvait l'espérer.

En dépit de tous ses efforts, Priscilla sentit son estomac se nouer.

– Je suis navrée de l'apprendre.

– Ne pas répandre de rumeurs au sujet de S.A.R. la princesse Margaret contribuerait grandement à améliorer votre position dans cet hôtel.

– En irait-il de même pour Mme Holmes ?

– Je pense qu'on peut le dire, oui, acquiesça le major.

– Je suis certaine que Mme Holmes et moi-même ne désirons rien tant qu'améliorer notre position au Savoy, dit Priscilla.

… *Espèce de vieux salopard*, ajouta-t-elle en pensée.

– Eh bien, c'est tout ce que j'avais à vous dire. Passez une bonne soirée.

Et le major O'Hara s'en fut, laissant Priscilla bouillonnant de rage et désespérant de réussir à conserver son emploi face à des hommes tels que l'ancien militaire, qui souhaitait son départ de manière si évidente.

La jeune femme redressa les épaules et prit une

grande inspiration. Elle ne les laisserait pas gagner. Elle persévérerait. Priscilla était coriace, capable d'affronter n'importe quel adversaire.

Ouais, c'est ça, songea-t-elle. *Bon courage.*

10

Un Buck's Fizz pour résoudre le problème

Le temps que Priscilla regagne son bureau, l'édition du soir de l'*Evening Standard* était arrivée. Le journal reposait sur son bureau, sa une se détachant en grandes lettres noires sur la première page :

UN TRAFIQUANT D'ARMES NOTOIRE
RETROUVÉ MORT AU SAVOY

L'article de Percy Hoskins identifiait Amir Abrahim comme le défunt, selon « des sources bien placées ». Priscilla ferma les yeux. Cette révélation provoquerait certainement les soupçons de Clive Banville et du major O'Hara.

La jeune femme marchait déjà sur des œufs. Elle n'avait vraiment pas besoin de ça. Repoussant le journal, elle s'assit à son bureau, l'esprit en ébullition, respirant profondément pour profiter des premiers instants de calme de la journée. Susie était partie aux toilettes des dames, une excursion qui pourrait bien durer une éternité. Priscilla se retrouvait enfin seule avec ses pensées. Elle passa en revue une douzaine de scénarios apocalyptiques. D'un côté, elle s'en voulait d'en avoir trop dit à Percy Hoskins ; de l'autre, elle se demandait si elle aurait dû en dire davantage à la police – notamment qu'Amir avait prédit sa propre mort dans un état d'ébriété avancée.

Quelqu'un allait le tuer, avait-il affirmé. C'était ainsi que ça se passait dans son secteur d'activité : les gens qui ne vous aimaient pas essayaient de vous éliminer. Mais quand Priscilla avait tenté de lui soutirer un nom, Amir avait répondu que c'était *elle* son assassin. Cela, supposait la jeune femme, ne la mettrait pas dans les bonnes grâces de la police, même si lorsqu'elle était partie en disant qu'elle en avait assez entendu, merci, Amir allait parfaitement bien. Groggy, certes, mais conscient, et pas du tout aux portes de la mort qu'il se prédisait. Priscilla était rentrée chez elle en se réjouissant d'avoir su se tenir, pour une fois. Une victoire modeste, et néanmoins remarquable.

Pour autant, la question de la femme qui avait envoyé le champagne à Amir demeurait en suspens, cette femme qui pouvait être ou ne pas être la princesse Margaret – même si l'opinion du major O'Hara était déjà faite, et s'il insistait pour que tous la partagent.

Dieu seul savait ce qui arriverait si Priscilla racontait la fin de sa soirée à la police. Ce serait la fin de son passage au Savoy.

Non : pour le moment, mieux valait garder ça pour elle.

– Miss Tempest, lança une voix tandis que la porte du bureau s'ouvrait, livrant passage à une tête chauve comme un œuf de Pâques.

– Monsieur Coward, s'écria Priscilla, ravie.

– Je peux entrer ? demanda Noël Coward de cette

voix nasillarde que Priscilla et le reste du monde anglophone auraient reconnue n'importe où.

– Vous êtes le bienvenu ici, plus que nulle part ailleurs dans cet hôtel, affirma Priscilla. Entrez, Noël, je vous en prie.

Grand et bronzé, très élégant dans un costume bleu marine fabriqué sur mesure par son tailleur – Ede & Ravenscroft, dans Savile Row –, Noël s'approcha de son bureau en levant des sourcils insouciants. De façon quelque peu inattendue, ils étaient devenus amis peu de temps après l'arrivée de Priscilla au Savoy. Un après-midi, il s'était aventuré jusqu'au bureau de presse en quête d'un stylo avec lequel signer la version imprimée de sa pièce de théâtre *L'esprit s'amuse* pour une fan qui attendait dans le hall. Même si, à l'époque, elle n'avait pas encore rencontré beaucoup de célébrités, Priscilla lui avait tendu son stylo-plume sans se troubler.

Noël l'avait pris en levant des sourcils surpris.

– Une ravissante jeune femme qui écrit avec un stylo-plume, avait-il commenté sur un ton admiratif. C'est très inhabituel.

– Il est tout neuf ; merci de ne pas casser la plume en appuyant trop fort dessus, avait lancé Priscilla sans réfléchir.

Noël lui avait jeté un regard de reproche pénétrant. Puis ses sourcils avaient bondi très haut sur son front immense, et il avait éclaté de rire. Extrêmement soulagée qu'il trouve son impertinence amusante, Priscilla lui avait offert une flûte de champagne qui, conjuguée au stylo-plume, avait suffi pour sceller leur amitié. Depuis, Noël rendait régulièrement visite à Priscilla au bureau de presse.

– Je rentre à l'instant de Jamaïque, annonça-t-il, et je suis à la recherche d'un comparse avec qui partager un Buck's Fizz. J'ai immédiatement pensé à vous, Priscilla. Et puis la police a essayé de m'empêcher d'entrer dans l'hôtel, et paranoïaque comme je suis, j'ai pensé que peut-être, vous ne vouliez plus rien avoir à faire avec moi.

– Aucune chance, répondit joyeusement Priscilla. Je suis ravie de vous voir. J'ai désespérément besoin d'un Buck's Fizz – ou de trois, après la journée que je viens de passer. J'imagine que vous êtes au courant ?

– J'ai cru comprendre qu'on avait découvert un Égyptien mort. Décédé au Savoy, Seigneur. Un meurtre odieux, à votre avis ?

– La police ne se prononce pas encore. Pour le moment, elle traite l'affaire comme une mort suspecte.

– Accessoirement, ce n'est pas la première fois qu'on retrouve un Égyptien mort dans cet hôtel, l'informa Noël. En 1923, la princesse et le prince Fahmy – dont l'authenticité du titre est discutable – sont descendus au Savoy. L'hôtel était alors au summum de sa grandeur, et votre serviteur y séjournait régulièrement pendant qu'il jouait le jeune premier dans *L'Appel de Londres !* et mettait la dernière main à l'écriture du *Vortex*. À peine le couple a-t-il pris possession de sa suite que la princesse a décidé de tirer sur son mari. Par trois fois.

– Je n'ai jamais entendu parler de cette histoire, dit Priscilla.

– Ça ne m'étonne pas. La direction de l'hôtel n'aime pas se remémorer ce genre de choses, et on peut difficilement lui en vouloir. Mais je traîne mes guêtres au Savoy depuis 1922, donc, un vieux bouc dans mon genre se souvient.

– Qu'est devenue la princesse ?

– Durant son procès, elle a révélé que son époux était un être bestial et dépravé. Elle n'aimait pas les pratiques qu'il lui imposait, donc, elle l'a abattu. Bien entendu, le jury anglais, fermement opposé à ce type de comportement – surtout de la part d'un étranger – l'a acquittée.

– Rien de tel, cette fois, affirma Priscilla.

– À ce que vous en savez, répliqua Noël en levant les sourcils de manière spectaculaire.

En effet, songea-t-elle – mais elle en savait beaucoup plus qu'elle n'avait décidé de l'admettre.

Tout haut, elle lança :

– Venez, sortons d'ici.

Attrapant son sac à main, elle entraîna Noël vers le hall d'entrée puis dans l'escalier qui menait à l'American Bar. Avec sa décoration d'inspiration Art déco dans les tons crème et bordeaux, le plus ancien bar à cocktails de Grande-Bretagne – il avait ouvert en 1893 – était le royaume de l'extraordinaire barman Joe Gilmore. Resplendissant dans le gilet blanc dont il avait fait son uniforme, Joe adressa un sourire de bienvenue aux nouveaux arrivants.

– Deux Buck's Fizz en préparation ! lança-t-il. Et j'ai réservé la table du coin pour M. Coward.

– Mille mercis, Joe, répondit Noël.

Le barman ne connaissait que trop bien ses clients.

Noël et Priscilla se faufilèrent entre les tables occupées par la clientèle nombreuse bien habillée du début de soirée. Le brouhaha plaisant des conversations les enveloppa tandis qu'ils s'installaient à leur table habituelle, près de la fenêtre. Dehors, la Tamise était bleu-gris à cette heure de la journée. Pour la première fois depuis qu'elle était arrivée au travail le matin, Priscilla commença à se détendre. *Merci mon Dieu pour Noël et les Buck's Fizz*, songea-t-elle.

Le dramaturge allumait une cigarette quand le serveur en costume noir apporta leurs boissons.

– Champagne et jus d'orange, le parfait remontant pour une fin d'après-midi, dit Noël.

Il souffla un nuage de fumée avant de poser une main réconfortante sur le bras de Priscilla.

– Vous avez l'air stressée, ma chère.

– Un cadavre dans l'hôtel, ça a de quoi mettre tout le monde sur les nerfs, moi y compris.

– C'était très impertinent de la part de ce gentleman, acquiesça Noël. Ignorait-il que ça ne se fait pas de mourir au Savoy ?

Il tira une nouvelle fois sur sa cigarette, toussota et la posa soigneusement sur le bord d'un cendrier.

– Je fume trop ces derniers temps.

– Mais ce n'est pas tout, lâcha Priscilla.

Noël se pencha vers elle, tout ouïe.

– Oui, ma chère ?

– Vous ne devez en souffler mot à personne.

– Vos secrets sont en sécurité avec moi.

Priscilla jeta un rapide coup d'œil à la ronde et baissa la voix.

– J'étais avec lui hier soir.

– Avec qui ?

– Ça restera entre nous ?

– Mes lèvres sont scellées – du moins, en ce qui concerne nos petites confidences.

– Amir Abrahim. Le défunt en question.

– Le soi-disant Égyptien. Pourquoi ce nom m'est-il familier ?

– Il vend des armes à feu à des gens qui ne devraient probablement pas en avoir. Du moins, il en vendait.

– Je vois.

– Nous sommes allés à l'opéra ensemble.

Noël grimaça.

– Ma pauvre petite. Les gens se trompent en disant que l'opéra n'est plus ce qu'il était. L'opéra *est* exactement tel qu'il a toujours été – c'est justement le problème. Cet Amir a dû regagner sa chambre désespéré par ce qu'il venait de voir, et il a décidé de se suicider.

Priscilla se pencha vers lui et baissa encore la voix.

– Scotland Yard pense qu'il a été empoisonné.

Noël leva des sourcils surpris.

– Dans ce cas, c'était peut-être bien un crime odieux, en fin de compte.

– Ça reste strictement entre nous, Noël.

– Cela va sans dire, ma chère petite. Et vous étiez avec ce type ?

– Je le crains. De ce fait, je suis un peu suspecte.

– Seigneur ! Qu'est-ce que ça signifie, être « un peu » suspecte ?

– Rien de bon, hélas.

Noël leva son verre.

– Tchin-tchin ! Un Buck's Fizz ne résout pas tous les problèmes du monde, mais il les pare d'un halo ravissant.

Priscilla trinqua avec lui et avala une longue gorgée.

– Ça va mieux, annonça-t-elle.

– Ne vous l'avais-je pas dit ?

– Je peux vous poser une question, Noël ?

– Tout ce que vous voudrez, ma chère petite. Tant que vous ne me demandez pas des nouvelles de ma dernière pièce.

– *Suite in Three Keys* ne marche pas très bien, d'après ce que j'ai cru comprendre ?

– Disons qu'on est loin du succès des *Amants terribles*, dit Noël en finissant son verre et en faisant signe au serveur de lui en apporter un autre. Bien, que vouliez-vous me demander ?

– C'est à propos de la princesse Margaret.

Ce nom fit regrimper les sourcils de Noël sur son front.

– Oui ?

– Vous la connaissez ?

– Ma chère petite, je connais *tout le monde*.

– Dites-moi ce que vous savez d'elle.

– Je sais que Margaret est capricieuse, imprévisible et beaucoup trop gâtée. Mais surtout, elle est malheureuse. Je ne parviens pas à lui en tenir rigueur. Prisonnière de ce vieux château poussiéreux avec sa sœur pisse-froid et son imbécile de mari… Pas étonnant qu'elle ait des aventures.

– Parce qu'elle en a ?

Les sourcils de Noël se remirent à danser.

– Qui n'en a pas ? Nous sommes à Londres en 1968. Tout le monde couche avec tout le monde. Pourquoi serait-elle différente ?

– Supposons qu'une de ses aventures soit sur le point d'être dévoilée. À votre avis, que se passerait-il ?

– Une aventure avec cet Amir ?

– C'est possible.

– La princesse, maîtresse d'un trafiquant d'armes notoire qu'on vient de retrouver mort… Ça ne serait pas bon du tout. Si c'était le cas, le palais de Buckingham serait forcé de faire ce qu'il fait généralement dans ce genre de situations compromettantes.

– À savoir ?

– Les Hommes en Gris qui gèrent tout cela remueraient ciel et terre pour faire en sorte que cette affaire reste secrète.

– Jusqu'où seraient-ils prêts à aller, d'après vous ?

– Pour empêcher la presse et l'opinion publique d'avoir vent des…, disons, transgressions de Margaret ? Je pense qu'ils ne reculeraient devant rien.

– Pas même un meurtre ?

Noël ne répondit pas tout de suite. Le serveur leur apporta deux autres Buck's Fizz, et le dramaturge fixa le verre dans sa main.

– Vous devez comprendre ceci, ma chère petite : beaucoup de choses ont changé dans notre bonne vieille Angleterre, les Beatles, le Swinging London…, mais la classe dirigeante est restée la même, et ses membres sont tous liés les uns aux autres. Du palais de Buckingham à Downing Street en passant par le Savoy, ils fréquentent les mêmes cercles réservés à l'élite. Et ils se serrent les coudes, même quand ils n'en ont pas particulièrement envie.

Noël poussa son verre sur le côté et posa de nouveau sa main réconfortante sur le bras de Priscilla.

– Quoi que vous envisagiez de faire, à votre place, j'arrêterais. Je suis un enquiquineur notoire et je me fais vieux, je peux me permettre de marcher sur les pieds des grands de ce pays de temps en temps. Ils me trouvent amusant, donc ils me gardent près d'eux. Mais vous, ma chère petite, c'est différent. À votre place, je me méfierais des Hommes en Gris du Palais. Si j'étais vous, je serais extrêmement prudente.

– Je crois, dit Priscilla en déglutissant avec peine, que je vais avoir besoin d'un troisième Buck's Fizz.

11

En surchauffe

Quelque peu étourdie par sa journée et par les Buck's Fizz que Noël Coward lui avait fait boire, Priscilla décida de rentrer chez elle à pied pour s'éclaircir les idées.

Elle traversa la cour du Savoy, enfila le Strand, franchit l'arche de l'Amirauté à l'extrémité du Mall et longea St. James's Park. Le soleil se couchait sur sa minuscule portion de l'Empire britannique ; le ciel exceptionnellement dégagé avait de quoi réchauffer l'âme troublée d'une jeune Canadienne qui se sentait quelque peu perdue après avoir eu affaire dans le désordre à un cadavre, des célébrités, un directeur qui menaçait de la virer et un inspecteur de police soupçonneux.

Bah, songea-t-elle. *Une journée de plus dans la vie de l'insubmersible Priscilla Tempest.* Mais en coupant à travers Green Park pour se diriger vers Hyde Park Corner, elle eut l'impression qu'il ne faudrait pas grand-chose pour la faire couler.

S'exhortant à ne pas sombrer dans le pessimisme, elle longea Knightsbridge et atteignit le n° 37-39, la bâtisse de huit étages appartenant au Savoy où elle logeait. Le directeur du restaurant *Simpson's in the*

Strand vivait juste au-dessus de son appartement au cinquième étage. Depuis son salon, Priscilla jouissait d'une vue magnifique sur Hyde Park, qu'elle appréciait particulièrement au printemps lorsque les jonquilles étaient en fleurs. Il y avait une petite cuisine, une salle de bains, et dans le fond, une chambre avec un lit double. Les invités qui ne couchaient pas avec elle dormaient sur le canapé du salon. *En gros,* songea Priscilla, *une suite dans un hôtel trois étoiles*. Elle adorait son appartement, et poussa un grognement de dépit à l'idée que, si elle perdait son travail, elle devrait déménager.

Devant elle, non loin de l'entrée du n° 37-39, un roadster deux places MGB vert sapin était garé le long du trottoir, capot relevé et conducteur irradiant la même frustration que tous les propriétaires de MG.

– Il est en surchauffe, déclara-t-il à l'approche de la jeune femme.

L'inconnu était grand et mince, avec des cheveux brun foncé, une mâchoire remarquablement carrée et, remarqua Priscilla, des yeux du même vert étincelant que la carrosserie de sa voiture.

– Je vous demande pardon ?

– Le moteur est en surchauffe. (Cette déclaration fut ponctuée par un sourire dont Priscilla dut concéder qu'il était assez éblouissant.) Il est toujours en surchauffe.

– Les hommes qui achètent des MG, lâcha Priscilla en secouant la tête.

– Nous sommes une espèce pathétique, concéda tristement le conducteur.

– Insensée.

– Vivez-vous dans les parages, par le plus grand des hasards ?

– Juste un peu plus loin dans la rue, répondit Priscilla en se demandant si elle n'en révélait pas trop – si, de manière générale, elle n'avait pas tendance à trop en révéler aux hommes séduisants.

– Oserais-je vous demander un peu d'eau pour ma voiture ? Le moteur...

– Est en surchauffe, je sais, acheva-t-elle en souriant.

– Je suis navré de vous déranger...

– Vous ne me dérangez pas. Je vous apporte ça tout de suite.

– Si vous avez un seau...

Priscilla fronça les sourcils. Un *seau* ? Que ferait-elle avec un seau ?

– Je crains que non.

– Je n'aurais pas dû vous demander ça.

– Pourquoi ?

– Vous n'avez pas l'air d'être le genre de fille à posséder un seau.

– Et de fait, je n'en possède pas.

– Je m'en doutais, acquiesça le conducteur avec un nouveau sourire destiné à l'éblouir.

– Laissez-moi voir ce que je peux faire.

– Au fait, je m'appelle Mark Ryde.

Priscilla envisagea de se présenter, puis décida de ne pas précipiter les choses.

– Je reviens tout de suite, Mark Ryde.

Le minuscule ascenseur à la porte métallique en accordéon s'éleva vers le cinquième étage en tremblant, dans un bruit de ferraille. Priscilla sortit de la cabine, traversa le couloir et ouvrit la porte de son appartement. En entrant, elle jeta un œil aux vêtements épars et aux assiettes sales dans l'évier qui la dissuadèrent d'inviter un inconnu propriétaire d'une MGB à monter chez elle, quand bien même il s'appellerait Mark Ryde et aurait une mâchoire remarquablement carrée ainsi que des yeux assortis à sa voiture.

Elle sortit une marmite du placard de la cuisine, la remplit d'eau et la descendit dans la rue où Mark l'attendait.

– Merci, dit-il en lui prenant la marmite des mains.

Priscilla le suivit jusqu'à sa voiture et le regarda poser le récipient en équilibre sur le bord du bloc-moteur, déboucher le radiateur et y verser soigneusement l'eau.

– Est-ce que ça ira ? Je peux aller vous en chercher davantage, proposa-t-elle.

– Non, ça devrait suffire, dit Mark en vissant le bouchon du radiateur et en lui rendant la marmite vide. Vous me sauvez la vie.

– Je m'efforce d'entretenir des relations de bon voisinage, affirma Priscilla.

– Ce qui me fait regretter de ne pas être votre voisin.

Mark lui adressa un autre de ses sourires si séduisants. Ça n'aurait pas été désagréable qu'il vive dans le quartier.

– Vous ne m'avez pas dit votre nom, fit-il remarquer.

Ah oui, c'est vrai, songea Priscilla. Devait-elle le faire ?

– Priscilla.

– Ah, Priscilla.

Elle adora la façon dont les yeux de Mark parurent s'éclairer comme il répétait son nom.

– Est-ce qu'on vous appelle Prissy ?

Elle fronça les sourcils.

– Non, jamais.

Mark hocha la tête.

– Très bien, ce sera donc Priscilla. Vous travaillez dans le coin ?

Comment répondre à cette question ?

– Au Savoy. Ce n'est pas très loin d'ici.

Mark parut impressionné.

– Au Savoy ? Qu'est-ce que vous y faites ? Vous changez les draps ?

– Seulement deux jours par semaine. Le reste du temps, je gère le bureau de presse.

– Où vous mettez la pression ?

– En quelque sorte. Et vous, que faites-vous ?

– Oh moi, je suis un simple fonctionnaire. Dites-moi, avez-vous beaucoup d'influence au Savoy ?

Priscilla décida que l'honnêteté était de mise.

– Très peu, je le crains.

– Quel dommage, dit Mark avec une déception feinte. Et moi qui espérais obtenir une réduction sur le prix des chambres.

– Pourquoi, vous avez besoin d'une chambre ?

Étaient-ils en train de flirter ? se demanda Priscilla. Oui, très certainement.

– Au cas où ma petite amie me jetterait dehors, répondit Mark.

– Vous avez une petite amie ?

Bien entendu, elle demandait ça juste pour plaisanter. Ou pas.

– Elle m'a jeté dehors, répondit Mark en secouant la tête, un large sourire aux lèvres.

– Je crains de ne pouvoir vous obtenir de réduction au Savoy.

– Et vous, Priscilla ?

Oui, et elle ? Qu'était-elle censée répondre à cette question ?

– Je n'ai pas de petite amie qui puisse me jeter dehors.

– Et les garçons ? Je ne vois pas de file d'attente dans votre rue.

– Tous mes soupirants sont au pub.

– Quel dommage. Je ne fais jamais la queue.

– Il n'y a pas de queue, lui assura Priscilla. Ils sont tous massés au bar.

– Je n'aime pas la foule non plus.

– Eh bien, tant pis, dit Priscilla avec une expression de regret.

– Je vous reverrai peut-être. Il m'arrive de passer au Savoy.

– La prochaine fois, venez donc me saluer au bureau de presse.

Mark remonta dans sa voiture. Priscilla se demanda si elle devait ajouter quelque chose. Mais quoi ? Le moteur démarra dans un grondement.

– C'est bon, lança Mark. Elle est comme neuve. Encore merci.

Agitant la main, il s'éloigna dans Knightsbridge, laissant Priscilla quelque peu… eh bien, déçue, pour être honnête. Mark Ryde aurait pu proposer de lui offrir un verre en échange du service qu'elle lui avait rendu. Et puis, il n'avait même pas promis de passer la voir au bureau de presse. Elle s'était peut-être montrée trop rentre-dedans. Ou pas assez.

Mais peut-être était-ce aussi bien qu'il ne passe pas. Qu'il ne lui ait pas offert un verre, et qu'il ne s'intéresse à elle en aucune façon. Il était beaucoup trop séduisant, et Priscilla en avait soupé des jeunes hommes séduisants qui risquaient de l'entraîner dans quelque chose. Ces derniers temps, elle avait été impliquée dans des tas de choses, parce que c'était comme ça, à Londres.

Et ces tas de choses ne lui avaient absolument rien rapporté.

12

La requête de M. Hope

Flanqué de son escorte, Bob Hope traversa la cour du Savoy et franchit la porte à tambour pour pénétrer dans le hall où l'attendaient Clive Banville et Priscilla. Vêtu d'un costume bleu marine, l'humoriste irradiait l'énergie d'un homme habitué à la célébrité et très satisfait de son sort. Banville l'accueillit chaleureusement et lui présenta Priscilla.

– Nous revenons juste du Viêt Nam, où nous étions allés distraire nos troupes, déclara Hope.

– Le Viêt Nam ? répéta Priscilla. Seigneur, ça a dû être très dangereux.

– Pas du tout, la détrompa Hope. En fait, à notre arrivée, ils ont donné une salve de vingt et un coups de canon. Trois d'entre eux venaient des nôtres.

Priscilla rit.

– C'est très drôle.

Même Banville parvint à esquisser un sourire avant de prendre congé.

Hope se tourna vers Priscilla.

– Dites-moi, ma chère, quel est le programme de ce matin ?

– Eh bien, la presse vous attend dans la salle du

Fleuve pour parler de votre spectacle au Palladium. Vous allez vous adresser aux journalistes et répondre à quelques-unes de leurs questions, puis je vous accompagnerai à votre suite. J'ai cru comprendre que vous restiez avec nous plusieurs jours.

– D'accord, et oui. Tout ça m'a l'air très bien. (Alors que d'autres clients le suivaient du regard, stupéfaits, l'humoriste s'arrêta et se tourna vers Priscilla.) Ça ne me dérange pas de parler aux gars de la presse, mais pourriez-vous me rendre un petit service, ma chère ? Dès que la conférence commencera, montez dans ma suite et vérifiez que tout est en ordre. Je suis mort de fatigue – et ça doit se voir.

– Vous avez l'air en forme, monsieur Hope, l'assura Priscilla.

– C'est parce que j'ai d'excellents maquilleurs. Les mêmes qui ont restauré la statue de la Liberté.

– Ici, au Savoy, nous nous enorgueillissons de toujours garantir la perfection à nos clients, mais je serai ravie de m'assurer que votre suite ne déroge pas à nos critères. Avez-vous demandé quelque chose de particulier ?

– Seulement un bon lit sur lequel je puisse m'écrouler dès que j'en aurai fini.

– C'est comme si c'était fait.

– Vous êtes un amour, dit Hope avec un large sourire.

Priscilla l'accompagna jusqu'à la salle du Fleuve, ainsi nommée parce qu'elle surplombait la Tamise. Des représentants de la presse londonienne se massaient sur des chaises alignées devant une estrade. À l'entrée de Hope, des applaudissements et des flashs crépitèrent. L'humoriste sourit gentiment et agita la main tandis que Priscilla s'approchait du micro.

– Bonjour, mesdames et messieurs. D'habitude, lors d'une conférence de presse, je commence par présenter l'invité. Mais l'invité de ce matin n'a besoin d'aucune introduction. Je me contenterai donc de dire que l'hôtel Savoy est fier et enchanté d'accueillir une nouvelle fois M. Bob Hope.

Nouveaux applaudissements tandis que l'humoriste montait sur l'estrade avec le sourire insolent qui était sa marque de fabrique.

– Merci pour cette présentation, Priscilla, lança-t-il. Elle était courte et charmante, tout comme vous.

– La demoiselle est plutôt grande, Bob, cria quelqu'un.

– Désolé. Vous aussi, vous commencerez à faire des erreurs quand vous atteindrez mon grand âge – celui où les bougies coûtent plus cher que le gâteau d'anniversaire.

Tandis que les journalistes s'esclaffaient, l'humoriste poursuivit :

– Mais je suis ravi d'être de retour dans mon pays natal. Comme certains d'entre vous le savent, je suis né à Eltham, dans le sud-est de Londres. Le docteur m'a examiné, s'est tourné vers ma mère et a dit : « Félicitations, c'est un beau jambon de huit livres ! »

Nouveaux éclats de rire.

– Pourquoi avez-vous quitté l'Angleterre, Bob ? cria un des journalistes.

– J'avais découvert que je ne pourrais jamais devenir roi.

Priscilla réalisa que même mort de fatigue, Hope était

dans son élément, sur scène, face à une salle pleine de gens qui riaient de ses plaisanteries. Quelqu'un l'interrogea sur la dernière cérémonie des Oscars, qu'il avait présentée à Los Angeles.

– Je n'ai jamais vu six heures de ma vie passer aussi vite, répondit l'humoriste.

Priscilla s'éclipsa et fila vers le comptoir de la réception, derrière lequel trônait Vincent Tomberry.

– M. Hope m'a demandé de vérifier que tout était en ordre dans sa suite, expliqua-t-elle face à son regard interrogateur.

– Nous sommes au Savoy, Miss Tempest. Tout est toujours en ordre.

– Savez-vous si ses bagages sont arrivés ?

– Oui, et ils ont déjà été montés dans sa suite.

Priscilla tendit la main.

– La clé, s'il vous plaît.

– Ce ne sera pas nécessaire.

– Néanmoins, M. Hope m'a soumis une requête, et nous nous devons d'y accéder.

Avec un dernier froncement de sourcils désapprobateur, l'adjoint au chef de la réception déposa la clé dans la main tendue de Priscilla.

Celle-ci se dirigea vers l'ascenseur et attendit qu'il arrive, soulagée que Hope se soit montré aussi coopératif et la presse aussi charmée. Avec un peu de chance, la direction remarquerait qu'elle faisait du bon travail et renoncerait à la licencier.

Tu parles. Je mangerai au Grill en pantalon avant que ce jour arrive, songea Priscilla comme les portes de l'ascenseur s'ouvraient devant elle.

En arrivant au sixième étage, elle gagna rapidement la suite 611 et introduisit la clé dans la serrure. Une fois entrée, elle referma la porte derrière elle puis entendit un son qui semblait provenir de la salle de bains. La suite était-elle déjà occupée ?

– Houhou ? appela Priscilla.

Nouveaux bruits dans la salle de bains.

– Il y a quelqu'un ?

Soudain, la porte s'ouvrit et un homme nu bondit hors de la salle de bains. Priscilla hurla. L'individu aux yeux fous et aux cheveux gris en bataille se jeta sur elle, la bouche grande ouverte et écumante, la saisit par la gorge et la poussa en arrière. Priscilla hurla de nouveau en lui griffant le visage.

L'homme la lâcha, ses yeux écarquillés pleins de confusion. Il hoqueta bruyamment, tomba à genoux et bascula en avant.

Horrifiée, Priscilla le regarda se tordre sur la moquette, puis s'immobiliser – *plus ou moins dans la même position qu'Amir Abrahim*, songea-t-elle vaguement.

Elle venait de s'agenouiller près de lui pour tenter de le secourir quand la porte menant à la chambre de la suite s'ouvrit. Une femme vêtue d'une courte robe de cocktail noire et tenant une pochette de soirée sortit en trombe. Elle passa près de Priscilla sans lui jeter un seul regard.

Priscilla eut le temps d'apercevoir des cheveux noirs relevés en chignon et des pommettes saillantes avant que l'inconnue ne sorte en claquant la porte de la suite derrière elle.

Sur le sol, l'homme s'agita, et Priscilla reporta son attention sur lui. Ses lèvres enduites d'une substance blanche remuèrent. Il marmonna quelque chose d'inintelligible. Priscilla se pencha vers lui. L'haleine qui s'échappait de sa bouche entrouverte était particulièrement fétide.

– Que dites-vous ? Je n'ai pas compris.

Mais au lieu de répéter, l'homme s'immobilisa.

– Non, protesta Priscilla. Ne vous avisez surtout pas… Ne mourez pas !

L'inconnu ne l'écoutait plus. Son regard se voila. Choquée, Priscilla réalisa qu'elle se trouvait dans la suite de Bob Hope, un homme inconscient dans les bras, et qu'elle venait de basculer dans un gouffre de problèmes.

13

Interrogatoire

Cette fois, Priscilla n'eut droit à aucun des égards dont elle avait fait l'objet lors de sa rencontre précédente avec l'inspecteur principal Robert Lightfoot. Elle fut emmenée brutalement hors de l'hôtel jusqu'à l'édifice victorien flanqué de tourelles qui servait de quartier général au Nouveau Scotland Yard, au bord de la Tamise.

Cette fois, on la conduisit dans un bureau anonyme qui empestait le tabac froid. Toujours choquée et incapable de reprendre ses esprits, la jeune femme tremblait, assise au bord d'une chaise au dossier droit inconfortable. Assis face à elle derrière une table gris acier, l'inspecteur Lightfoot lui lançait des regards noirs tandis que les silhouettes intimidantes des autres membres de son équipe se dressaient au fond de la pièce. Une sténographe maigre comme un clou notait tout ce que disait la suspecte.

– La mauvaise clé ? répéta l'inspecteur Lightfoot en la foudroyant du regard.

– C'est exact, acquiesça Priscilla. Ce devait être la clé de la suite attribuée à M. Bob Hope. Mais c'était celle de la suite voisine.

– Et redites-nous un peu ce que vous faisiez là.

Priscilla aggravait-elle son cas en leur parlant ? Sûrement pas. À moins qu'ils n'utilisent ce qu'elle disait pour le retourner contre elle au tribunal, comme ça arrivait souvent dans les films policiers britanniques en noir et blanc. Mais elle n'avait rien fait. Elle était innocente !

Hélas ! les regards noirs que lui jetaient les enquêteurs suggéraient qu'ils n'y croyaient pas un seul instant.

– Comme je l'ai expliqué à vos collègues, M. Hope est en ville pour se produire au London Palladium. Il m'a dit qu'il était mort de fatigue après son long vol depuis le Viêt Nam, où il s'était rendu pour divertir les troupes américaines. Il voulait que je monte vérifier que tout était en ordre dans sa suite, pour pouvoir aller dormir immédiatement après sa conférence de presse.

– Et donc... ?

– Je suis allée à la réception, et j'ai demandé la clé de la suite de M. Hope à M. Tomberry. J'ai supposé qu'il m'avait donné la bonne clé. Mais il s'est avéré que non.

– C'est en ouvrant la porte que vous avez réalisé que vous vous trouviez au mauvais endroit ?

Priscilla secoua la tête.

– Pas du tout. Au contraire, en entendant des bruits dans la salle de bains, j'ai pensé qu'un autre client s'était trompé de suite.

Ce qu'elle disait avait-il le moindre sens ? Son récit lui semblait très embrouillé.

– Et quand cet homme est apparu... ?

– J'ai été choquée, bien entendu. Je le suis toujours.

– Vous ne saviez pas qui c'était ?

– Un individu nu s'est jeté sur moi en hurlant et

m'a saisie à la gorge. J'ai cru qu'il allait me tuer. Je n'ai pas vraiment eu le temps d'essayer de l'identifier.

– M. Bernard Bannister. C'est le nom de la victime, l'informa l'inspecteur Lightfoot.

– Comment va-t-il ?

– Il est dans le coma à l'hôpital de Charing Cross. Dites-moi, ce nom vous évoque-t-il quelque chose ? L'Honorable Bernard Bannister ?

– Non. Il devrait ?

– Vous êtes en train de me dire que vous n'avez jamais entendu parler de cet homme ? C'est bien ça ?

– Mais oui, s'indigna Priscilla.

Malgré la peur qui la rongeait, elle était furieuse qu'on s'attende à ce qu'elle connaisse le nom d'un inconnu, et qu'on la culpabilise parce que tel n'était pas le cas.

L'inspecteur Lightfoot se radossa à sa chaise et sortit un paquet de cigarettes de la poche intérieure de sa veste. Il prit une allumette dans une boîte, la gratta avec l'ongle de son pouce pour en faire jaillir une flamme et dirigea celle-ci vers l'extrémité de la cigarette. Après avoir soufflé une bouffée de fumée gris-bleu dans l'air déjà étouffant, il parut se souvenir qu'une jeune femme tendue était assise en face de lui.

– Miss Tempest, reprit-il en laissant tomber l'allumette calcinée dans le cendrier, au cours de cette semaine, deux hommes ont été retrouvés morts ou mourants au Savoy – un établissement qui, j'imagine, a souffert peu d'incidents similaires au cours de sa longue histoire, et encore moins dans un laps de temps aussi court.

L'inspecteur s'interrompit pour tirer sur sa cigarette.

– Et il se trouve que vous, Miss Tempest, jouez un

rôle de premier plan dans chacun de ces deux malheureux incidents.

– Que voulez-vous dire ? demanda Priscilla.

– Simplement que vous en savez peut-être davantage que vous ne voulez bien l'avouer. Et que si tel est le cas, je vous suggère fortement de cesser vos cachotteries et de vous mettre à table.

– Inspecteur, je vous ai dit tout ce que je sais, affirma Priscilla d'une voix lasse.

C'était une chose de l'interroger à plusieurs reprises. C'en était une autre de suggérer qu'elle avait joué un rôle quelconque dans ce qui était arrivé à ces hommes. D'un autre côté, elle s'était trouvée dans leurs suites au mauvais moment, pas vrai ? C'était suspect. Très suspect. Elle était donc coupable. *Enfermez-la et jetez la clé !*

Une minute, songea-t-elle. *Et cette femme ? L'inconnue aux pommettes saillantes* (Priscilla aurait tué pour avoir les mêmes) *qui s'était enfuie de la chambre ?*

– Vous oubliez la femme dont j'ai parlé tout à l'heure, dit-elle.

– La femme..., répéta Lightfoot comme s'il en entendait parler pour la première fois.

– Comme je vous l'ai dit plusieurs fois, alors que je tentais de secourir ce gentleman, une femme est sortie en trombe de la chambre. Avant que je puisse l'arrêter, ou même avoir l'idée de le faire, elle s'est enfuie dans le couloir.

– Et vous ne l'avez pas suivie ?

– Non, répondit Priscilla, irritée. Il me semblait bien plus important d'aider un client qui paraissait sur le point de mourir sous mes yeux.

L'inspecteur Lightfoot souffla calmement la fumée de sa cigarette.

– Je crains que le pronostic ne soit mal engagé pour M. Bannister. Nous pourrions avoir bientôt une seconde mort suspecte sur les bras.

Cette perspective semblait le chagriner.

– Et M. Abrahim ? A-t-on pu établir ce qui lui était arrivé ? demanda Priscilla.

– Je crois que nous en avons fini pour le moment.

L'inspecteur ponctua sa déclaration en écrasant d'un geste décidé sa cigarette à moitié fumée au milieu des mégots que contenait déjà le cendrier. Puis il jeta un regard dur à Priscilla.

– Mais ne vous y trompez pas, Miss Tempest : nous n'en avons pas terminé avec vous. Nous aurons d'autres questions à vous poser au fur et à mesure de l'enquête. Nous vous gardons à l'œil.

Priscilla se sentait engourdie. Elle avait du mal à déglutir.

– Est-ce que ça signifie que vous ne voulez pas me dire ce qui est arrivé à M. Abrahim ? Ou est-ce que vous ne le savez pas encore ?

– Ça signifie que c'est moi qui pose les questions, Miss Tempest. Pas vous. (Lightfoot fit signe à l'un des policiers qui se tenaient derrière Priscilla.) Veuillez raccompagner Miss Tempest, je vous prie.

14

Le prix de la bière

Selon l'horloge de Big Ben qui se détachait contre le ciel gris plus loin dans la rue, il était presque 16 heures lorsque Priscilla sortit de Scotland Yard. Elle franchit le portail en fer forgé et s'immobilisa sur le trottoir, s'efforçant de calmer ses nerfs ébranlés qui, après ce qu'elle venait de vivre, résistèrent à ses tentatives d'apaisement.

Leur état empira encore à la vue de Percy Hoskins affalé sur un banc du parc, de l'autre côté de la rue. Dès qu'il aperçut Priscilla, le journaliste jeta la cigarette qu'il était en train de fumer et traversa d'un pas guilleret pour la rejoindre.

– Qu'est-ce que tu fais ici, pour l'amour du ciel ? s'enquit Priscilla.

Percy parut vexé.

– Je m'inquiétais pour toi. Je suis venu vérifier que tu allais bien. Les types de Scotland Yard peuvent être de vrais salauds.

– Comment as-tu su que j'étais ici ?

– J'ai des amis haut placés, répondit Percy avec un sourire en coin.

– Oui, eh bien, je ne parlerai pas à la presse.

Priscilla se mit à marcher le long de Whitehall. Percy lui emboîta le pas en déclarant :

– Je ne te demande pas de me raconter quoi que ce soit.

– Tu parles, ricana Priscilla.

– Allez, chérie, détends-toi. Il y a un pub pas loin. Allons boire un coup. Officieusement. Tu as l'air d'en avoir bien besoin.

Priscilla n'aurait pas craché sur un petit remontant. Elle s'arrêta et fit face à Percy.

– D'accord, mais on boit juste un coup. Tu ne me poses pas de questions. Des gens désagréables m'ont interrogée toute la journée et j'en ai ma claque.

– En fait, je dois pouvoir t'apprendre un ou deux trucs. Et je t'invite.

– L'idée d'être présente quand un journaliste se décide enfin à ouvrir son portefeuille est tout à fait irrésistible, avoua Priscilla. Je te suis.

Le long de Victoria Embankment, ils trouvèrent un pub peu fréquenté à cette heure de la journée et essentiellement par des fonctionnaires.

Percy alla chercher deux pintes au comptoir pendant que Priscilla s'asseyait dans un coin de la salle. Il la rejoignit avec un soupir de bien-être.

– La fin de la journée, poupée. Tchin-tchin.

Il trinqua avec elle et but une grande gorgée de bière.

– C'est beaucoup mieux.

– Tu as fini tard hier soir ? demanda Priscilla.

– Je finis toujours tard. Bien obligé quand on traque les nouvelles pour tenir le public informé.

– Évidemment, lâcha Priscilla sur un ton dubitatif, en buvant une gorgée de sa propre bière.

– Comment tu vas ? s'enquit Percy. Bulldozer n'a pas sorti sa matraque ni rien de ce genre, j'espère ?

– Pas encore, répondit Priscilla. Mais lui et ses collègues ont l'air de croire que je suis impliquée dans ce qui s'est passé.

– Il faut dire qu'il s'agit de Bernard Bannister, répondit Percy.

Elle lui jeta un regard interrogateur.

– L'inspecteur Lightfoot avait l'air de penser que je devrais savoir qui c'est, mais je n'en ai pas la moindre idée… Mais d'ailleurs, comment connais-tu son identité ?

– On sait beaucoup de choses quand on traque les nouvelles pour tenir le public britannique informé, insinua Percy avec un sourire entendu. Tu n'avais vraiment jamais entendu parler de lui ?

– J'aurais dû ?

– C'est un membre du Parlement. Un des Tories les plus en vue. On raconte qu'il est candidat à la direction du parti, étant donné que le gouvernement Wilson n'arrête pas de chuter dans les sondages et que certains conservateurs se demandent si Ted Heath est le mieux placé pour faire le boulot.

– La politique ne m'intéresse pas, dit Priscilla. Donc, on pense que ce Bernard Bannister pourrait devenir le chef de son parti ?

– On le pensait jusqu'à ce qu'il atterrisse à l'hôpital dans le coma, après avoir été découvert mourant par notre chère Priscilla Tempest.

La jeune femme grimaça et reprit une gorgée de bière. Elle commençait à avoir la migraine. C'en était trop. Une vingtenaire dotée de jambes superbes dont les ambitions se résumaient à s'assurer que tout le monde avait à boire et que les gens comme Bob Hope arrivaient à l'heure à leur conférence de presse n'était pas censée découvrir des corps partout et se retrouver subitement sous la surveillance de Scotland Yard.

Comment tout cela avait-il bien pu lui tomber dessus ?

– En l'espace de quelques jours, un trafiquant d'armes notoire est retrouvé mort au Savoy, et un politicien important lutte pour sa vie, récapitula Percy.

– L'inspecteur Lightfoot n'a pas voulu me dire ce qui était arrivé à Amir ou à ce M. Bannister.

– C'est parce que Bulldozer l'ignore. À mon avis, ils ne savent pas quoi penser de l'affaire Bannister, mais elle les inquiète beaucoup.

– Moi, je pense que quelqu'un a fait la même chose à M. Bannister et à Amir Abrahim, affirma Priscilla.

– C'est peut-être toi qui t'amuses à empoisonner les clients du Savoy, suggéra Percy.

Priscilla fut soulagée de voir qu'il souriait, comme si ce qu'il venait de dire était une plaisanterie. Elle grimaça de nouveau.

– Je crains que ce ne soit ce que pense la police.

– Peut-être ferions-nous bien d'éclaircir ce mystère tous les deux, lança Percy.

Priscilla le dévisagea d'un air soupçonneux.

– Comment ça, tous les deux ?

– Écoute, je dispose de certaines informations, et je crois que tu sais des choses que tu me caches, dit Percy en poussant sa bière sur le côté pour se pencher vers la jeune femme. Mettons nos ressources en commun pour découvrir ce qui s'est passé au Savoy.

– Pourquoi je voudrais faire ça ?

– Déjà, pour prouver ton innocence.

– Tu crois que je suis suspecte ?

– À ton avis ?

Priscilla hésita. À son avis, elle était dans les ennuis jusqu'au cou. Mais en effet, elle savait des choses que Percy ignorait : Amir pensait que ses ennemis cherchaient à l'éliminer, et que c'était elle qui allait le tuer. Et puis il y avait cette femme en robe de cocktail noire qui s'était enfuie de la suite de Bernard Bannister.

Mais les motivations du journaliste étaient assez douteuses pour qu'elle hésite à lui en parler.

– Alors ? demanda Percy, l'arrachant à ses pensées.

– Je vais y réfléchir.

Il prit un air déçu. Priscilla le soupçonna de simuler.

– Pourquoi j'ai l'impression que tu cherches juste à me soutirer des informations que je ne devrais pas partager avec toi ? dit-elle.

– Donc, tu détiens des informations que tu n'as pas partagées avec moi.

Percy était beaucoup trop malin.

– Je n'ai pas dit ça.

– D'une certaine façon, si, poupée.

Inutile de continuer à perdre son temps, décida Priscilla. Elle jeta un coup d'œil impatient à sa montre.

– Je dois retourner au bureau.

Percy finit ce qui restait de sa bière et reposa sa chope d'un air décidé.

– Voici ce que je vais faire, annonça-t-il. Il y a un téléphone sur le comptoir. Je vais m'en servir pour appeler le journal et révéler que l'Honorable Bernard Bannister, membre tory du Parlement, a été découvert inconscient à l'hôtel Savoy dans des circonstances mystérieuses. Je peux préciser le nom de l'employée qui l'a trouvé et le fait qu'elle vient d'être interrogée par la police… ou bien omettre ces détails.

Priscilla le fixa, éberluée.

– Percy, tu n'es quand même pas en train de me faire du chantage ?

– Seigneur, bien sûr que non, répliqua Percy d'un air faussement horrifié. Vois ça autrement : j'essaie juste de te faire comprendre que si nous coopérons tous les deux, nous pouvons résoudre le mystère des événements louches survenus au Savoy.

– Pourriture, siffla Priscilla.

– Je suis journaliste, répliqua Percy.

– C'est la même chose.

– Alors, marché conclu ?

Priscilla songea aux conséquences si son nom apparaissait dans les pages de l'*Evening Standard* pour la seconde fois en l'espace d'une semaine. Le visage furieux du directeur Clive Banville s'imposa à son esprit.

Elle déglutit péniblement et hocha la tête.

15

Les Burton

Encore furieuse contre Percy Hoskins qui venait de la forcer à s'engager dans une collaboration vraisemblablement désastreuse, Priscilla prit son courage à deux mains et franchit la porte du Savoy. Elle s'attendait à trouver le hall d'entrée grouillant de policiers soupçonneux et de journalistes avides, qui tous s'empresseraient de la tenir pour responsable du dernier scandale frappant l'hôtel.

En réalité, le hall était étrangement calme et presque désert, à l'exception de l'adjoint au chef de la réception Vincent Tomberry dont le froncement de sourcils semblait comme gravé dans la pierre. Voyant approcher Priscilla, il se raidit.

– Je vous ai donné la bonne clé, siffla-t-il du coin de la bouche.

– Pas du tout, siffla Priscilla en retour.

Si un regard pouvait tuer, elle serait morte sur place. Alors qu'elle s'éloignait de la réception, elle vit une silhouette familière se lever d'un des fauteuils capitonnés et se diriger vers elle, un large sourire aux lèvres. Ce bruit précipité était-il celui des battements de son cœur qui accéléraient brusquement ? Non, impossible.

– Je me demandais si je vous croiserais, lança Mark Ryde.

– Vraiment ?

Priscilla réalisa qu'elle ne devait ressembler à rien après un après-midi d'interrogatoire dans les bureaux de Scotland Yard.

– Vous vous souvenez de moi, affirma Mark avec l'autorité des hommes qui ne s'attendent pas à ce qu'on les oublie.

– Mark, le gentleman à la MGB assoiffée, répondit Priscilla sur un ton suggérant qu'elle se souvenait, mais vaguement. Comment va votre voiture ?

– Bien, merci pour elle.

– Qu'est-ce qui vous amène au Savoy ?

– Vous m'avez invité à passer vous voir.

– Vraiment ? répéta-t-elle avec un détachement feint – en réalité, elle était ravie qu'il soit venu.

– Et puis, il se trouve que j'ai rendez-vous avec un de mes amis, poursuivit Mark.

Donc il n'était pas venu pour elle mais pour quelqu'un d'autre. Mais qui ? se demanda Priscilla tandis qu'il poursuivait :

– J'ai cru comprendre qu'il y avait eu des soucis un peu plus tôt. Vous êtes au courant de quelque chose ?

– Des soucis au Savoy ? répliqua Priscilla avec un étonnement feint. Impossible.

– Car le Savoy est une oasis de tranquillité, c'est bien ça ?

– Absolument.

– Dans ce cas, je me trouve au bon endroit. Je suis constamment en quête d'oasis de tranquillité.

– Ne cherchez pas plus loin.

– Parfait. (Mark consulta sa montre.) Et j'aimerais bien que mon rendez-vous arrive.

– Je dois retourner au bureau, dit Priscilla. Profitez bien.

– J'ai été ravi de vous revoir, affirma Mark.

– Moi de même, répondit Priscilla avec la même sincérité artificielle que lorsqu'elle promettait de déjeuner à une personne qu'elle n'avait aucune intention de revoir si elle pouvait l'éviter pendant un million d'années.

À ceci près qu'elle était incapable de dire quelles étaient ses intentions au sujet de Mark Ryde. *On ne s'emballe pas*, ordonna-t-elle à son cœur tout en s'éloignant.

Mais son cœur refusa de se calmer… jusqu'à ce qu'elle arrive à la 205 et y trouve Susie en mode panique totale.

– Bob Hope est parti ! s'écria-t-elle.

– Pardon ?

– Apparemment, il est allé s'installer à l'hôtel Dorchester. Tu y crois, toi ? Il a dit qu'il y avait moins de corps inanimés là-bas. Le personnel est tout retourné. Franchement, Bob Hope, au Dorchester ! C'est un cauchemar ! Tu imagines ?

Malheureusement, Priscilla imaginait très bien.

– Et puis, les Burton sont arrivés.

– Les Burton ?

– Elizabeth et Richard, clarifia Susie, comme si le monde entier savait de qui il s'agissait.

Et de fait, le monde entier savait.

– Ils sont ici ? En ce moment ?

– Ils ont débarqué il y a deux heures environ, avec

une escorte considérable. Ils ont fait beaucoup de bruit et de tracas.

– Personne ne nous a prévenues, protesta Priscilla.

– Apparemment, c'était un secret. Personne ne les attendait. Ils sont venus avec leur yacht, qui stationne sur la Tamise. Quand ils sont apparus, ça a été le chaos.

Le téléphone de Priscilla se mit à sonner sur son bureau. Elle le fixa. *Quel nouvel enfer cela peut-il être ?* songea-t-elle, paraphrasant Dorothy Parker, une autre femme harassée et qui buvait trop. Elle saisit le combiné.

– C'est l'heure du Buck's Fizz ! claironna Noël Coward.

– Où êtes-vous, Noël ?

– À l'American Bar. Où voulez-vous que je sois à cette heure de la journée ? Dépêchez-vous de me rejoindre. Et pas question de refuser.

Avant que Priscilla ait pu protester, il avait raccroché.

Elle se dit que si elle avait deux sous de jugeote, elle se tiendrait à l'écart de Noël Coward et de l'American Bar. Mais elle n'avait pas de jugeote, et de toute façon, la police la soupçonnait déjà d'être une meurtrière. Excellente excuse pour aller boire un Buck's Fizz. Voire plusieurs.

– Tu gardes la maison, lança-t-elle à Susie. Je suis convoquée à l'American Bar.

– Le genre de convocation auquel il est difficile de résister, acquiesça Susie.

– Et même impossible, après la journée que je viens de passer, confirma Priscilla.

L'air vibrait d'excitation quand la jeune femme arriva au bar. Les autres clients s'efforçaient d'avoir l'air blasé, mais ils ne pouvaient s'empêcher de jeter de fréquents coups d'œil vers le coin du fond où Noël Coward était assis avec un couple que Priscilla reconnut aussitôt : les Burton, ou Liz et Dick, comme les journaux à scandale du monde entier les avaient surnommés.

C'était assez impressionnant de les voir en vrai, songea Priscilla tandis qu'ils se tournaient vers elle. Les traits les plus distinctifs d'Elizabeth Taylor – ses yeux violets et sa poitrine généreuse – étaient ce qu'on remarquait en premier chez elle. Quant à Richard Burton, qui avait un visage grêlé et très bronzé, il inspecta la nouvelle venue de ses yeux tristes au regard pénétrant. Naturellement, ils buvaient des Buck's Fizz – et *a priori*, ce n'étaient pas leurs premiers.

Noël se leva pour embrasser Priscilla sur les deux joues tout en faisant les présentations. Il l'invita à s'asseoir près de lui et fit signe au serveur d'apporter d'autres cocktails. Elizabeth décocha un sourire éblouissant à la jeune femme.

– Noël me dit que vous êtes l'attachée de presse de l'hôtel.

– C'est exact.

– Vous savez comment tenir les fans à distance ? s'enquit Richard avec un sourire ironique.

– Je crains que non, du moins, pas en ce qui vous concerne tous les deux.

– Quelle barbe !

– Il adore ça, confia Elizabeth à Priscilla. Bien entendu, il refuse de l'admettre. (Elle jeta un coup d'œil à Richard.) Sans eux, mon chéri, tu ne serais qu'un acteur shakespearien parmi tant d'autres, regrettant de ne pas être Laurence Olivier et se demandant comment il va payer son loyer.

– Je ne m'inquiète jamais du loyer, répliqua Richard avec un sourire glacial.

– Plus maintenant, et pas tant que tu resteras avec moi, susurra Elizabeth.

– Aucun souci de ce côté, ma puce.

Nouveau sourire glacial. Richard finit son Buck's Fizz.

Noël s'empressa de briser le silence gêné.

– Elizabeth et Richard sont en ville pour tourner un film dans lequel ils jouent avec votre serviteur.

– Noël est la véritable star de *Boom*, affirma chaleureusement Elizabeth. Nous sommes juste là pour le soutenir de notre mieux.

– *Boom* ? répéta Priscilla en se tournant vers Noël. C'est vous qui l'avez écrit ?

– Cette horreur ? Jamais Noël n'aurait pu y toucher, affirma Richard.

– À l'origine, c'était une pièce de Tennessee Williams, renchérit Noël. C'est Joe Losey qui réalise. Nous partons tous en Sardaigne dans quelques jours. Le tournage devrait être amusant.

– Une horreur, rétorqua Richard.

Le serveur posa un autre Buck's Fizz devant lui.

– Évite d'en boire trop, dit Elizabeth sur un ton d'avertissement.

– J'essaie juste de tenir ton rythme, ma puce.
– Tu en es bien incapable, répondit-elle sèchement.

Richard tourna vers Priscilla son regard vitreux.

– Je sais que ça ne se voit pas, mais nous sommes très amoureux, dit-il avec un sourire en coin.

– Indubitablement, et pour toujours, renchérit Elizabeth.

– Allons, ma chérie, je t'ai déjà déconseillé d'employer de grands mots. Mais tu ne peux pas t'empêcher de faire valoir ton éducation MGM.

– Va te faire foutre, lâcha Elizabeth avant de vider son verre.

– Qu'est-ce que je disais ? lança Richard à la cantonade avec un rictus. Une éducation MGM.

L'attention de Priscilla fut attirée par un mouvement près de l'entrée du bar. C'était Mark Ryde, accompagné d'une grande jeune femme vêtue d'une courte robe noire, arborant des cheveux noirs et des pommettes saillantes. Priscilla la reconnut immédiatement.

Elle l'avait déjà croisée le matin même, alors que l'inconnue s'enfuyait de la suite de Bernard Bannister, tandis qu'il se tordait sur le sol.

16

Dans une Rolls-Royce avec Richard Burton

– Je n'ai pas couché avec Warren Beatty, clama Elizabeth Taylor, ramenant l'attention de Priscilla sur le couple le plus célèbre du monde.

– Ma chérie, tu as épousé Eddie Fisher. Après ça, tout est possible, répliqua Richard d'une voix quelque peu pâteuse.

– Tu es vraiment un salopard, tu sais.

– Indubitablement.

Elizabeth foudroya son époux du regard.

De là où elle se trouvait, Priscilla pouvait tout juste apercevoir la femme à la robe noire parmi la foule. Elle était assise à l'autre extrémité du bar, penchée en avant de telle sorte que Priscilla ne distinguait qu'une partie de son visage. Quant à Mark Ryde, les autres clients le lui dissimulaient.

– J'ai entendu dire qu'il y avait encore eu un problème au Savoy, lança Noël, obligeant Priscilla à reporter son attention sur ses compagnons.

– Moi aussi, j'en ai entendu parler, dit Richard. On aurait trouvé un cadavre dans une chambre.

– Ce matin, il me semble. Un membre du Parlement

qui a été pris d'un grave malaise et transporté en urgence à l'hôpital. C'est bien ça, Priscilla ? demanda Noël.

– À ma connaissance, répondit la jeune femme sans se mouiller.

– Ça devient carrément dangereux de loger au Savoy, commenta Richard.

– Pas du tout, contra Priscilla, qui se sentait tenue de défendre la réputation de l'hôtel. Tout le monde est en sécurité ici, monsieur Burton.

– Je vous en prie, appelez-moi Richard.

Il lui adressa un de ses sourires tristes, celui – d'après ce que Priscilla avait pu observer dans le bref laps de temps écoulé depuis leur rencontre – qui signalait que même s'il semblait s'amuser, ce n'était pas réellement le cas.

À l'autre bout du bar, la femme en robe noire se leva de son tabouret. Mark Ryde l'imita. L'inconnue l'embrassa sur la joue, prit son sac et sortit. Mark ne fit pas mine de l'accompagner.

– Je dois y aller, lança brusquement Priscilla.

Les autres membres de la table parurent surpris. Ils étaient célèbres. Quelle personne saine d'esprit déciderait de prendre congé d'eux ?

– Désolée, ajouta Priscilla en se levant. Je dois retourner au bureau, j'ai quelque chose à faire.

Les Burton la fixèrent, bouche bée et le regard trouble. Noël se mit debout pour embrasser l'air dans le voisinage de ses joues.

– Il faut qu'on se refasse ça très vite. Les Buck's Fizz, il n'y a rien de mieux !

– Et il n'y aura jamais rien de mieux, renchérit Priscilla.

Elle salua les Burton de la main, puis se dirigea vers la sortie en remarquant au passage que Mark Ryde était toujours assis au comptoir. Il ne la vit pas.

Priscilla descendit les marches et traversa le hall d'entrée. Elle était sur le point de franchir la porte à tambour quand elle aperçut la femme en robe noire qui attendait dehors. Priscilla recula sans la quitter des yeux. Un taxi s'arrêta à la hauteur de l'inconnue, qui s'avança. Priscilla jaillit sous le portique de l'hôtel juste à temps pour voir la femme monter dans la voiture noire dont le portier tenait la portière arrière ouverte. Le taxi s'était garé derrière une berline Rolls-Royce Silver Shadow. Un chauffeur en uniforme était appuyé contre le capot de cette dernière.

– Vous avez besoin qu'on vous dépose quelque part ?

Priscilla se retourna. Richard Burton sortait du Savoy en titubant.

– Où est votre femme ?

Une des petites mains de l'acteur décrivit un cercle désinvolte.

– Partie avec Noël. Il l'adore. Elle l'adore. Ils forment un couple divin. Je suis sûr qu'ils seront très heureux ensemble. Ainsi, je me retrouve livré à moi-même, hélas ! Ma voiture est juste ici. Je peux vous emmener sur la lune et vous ramener, ou vous conduire n'importe où ailleurs, selon votre désir.

– Je voudrais suivre le taxi qui vient de partir, bredouilla Priscilla.

Richard la jaugea d'un regard flou et vitreux avant de produire un sourire biaisé par les Buck's Fizz et de se tourner vers son chauffeur.

– Bob, vous avez entendu Madame. Suivez ce taxi.

– Oui monsieur, répondit Bob, comme si son employeur lui ordonnait régulièrement de prendre d'autres véhicules en filature.

Il ouvrit la portière arrière, et Burton fit signe à Priscilla de se glisser la première sur la banquette de cuir beige. Quelques instants plus tard, ils tournaient sur le Strand. En regardant entre les sièges avant, Priscilla repéra les feux arrière du taxi.

– Vous le voyez ? demanda-t-elle.

Bob opina.

– Je le vois, madame.

Richard posa une main sur la jambe nue de Priscilla.

– Vous sentez bon comme le printemps dans les collines de Pontrhydyfen.

– Vous trouvez ?

– Indubitablement.

Priscilla repoussa gentiment sa main.

– On dirait que le taxi tourne dans Trafalgar Square.

Richard se pencha pour presser ses lèvres sur la nuque de la jeune femme, qui s'écarta de lui.

– Nous suivons ce taxi, lui rappela-t-elle, comme si c'était une raison valable pour ne pas autoriser un acteur célèbre à l'embrasser dans le cou.

– Bien entendu, ma puce, acquiesça Richard. (Il s'affaissa contre elle en marmonnant :)... suivons ce taxi.

Ils étaient dans Pall Mall à présent. Bob n'avait aucun mal à garder le taxi en vue.

– Une idée de l'endroit où il va ? lança-t-il par-dessus son épaule.

– Je crains que non, répondit Priscilla.

Richard dormait à moitié, mais sa main était toujours très éveillée. Priscilla la repoussa de nouveau de sa jambe. L'acteur grogna.

Le taxi tourna dans St. James's Street, Bob toujours dans son sillage. Priscilla se demanda combien de jeunes Londoniennes avaient l'occasion de filer un taxi sur la banquette arrière d'une Rolls-Royce, avec Richard Burton et sa main baladeuse. *Pas beaucoup*, supposa-t-elle.

– Je suis en train de tomber follement amoureux de vous, murmura Richard contre son épaule.

Ils avaient atteint Piccadilly, où la circulation était plus dense. Priscilla avait perdu de vue les feux arrière du taxi.

– Vous le voyez ? demanda-t-elle à Bob.

– Tout va bien, M'dame, la rassura le chauffeur. Je ne le quitte pas des yeux.

– Nous devons nous enfuir ensemble, marmonna Richard. Je préviendrai Elizabeth. Elle comprendra.

– J'en doute, répliqua Priscilla en le repoussant car elle commençait à manquer d'air.

– Vous avez peut-être raison, concéda l'acteur en laissant retomber sa tête contre le dossier. Ah, exquise angoisse.

Bob le chauffeur continua à filer le taxi tandis qu'il longeait Piccadilly, plongeait dans le passage souterrain et ressortait dans Knightsbridge. Richard revint se coller contre Priscilla, et cette fois, sa main baladeuse prit pour cible la poitrine de la jeune femme. Celle-ci la repoussa.

– Tenez-vous correctement, lui intima-t-elle.

– Je suis une star de cinéma, grommela Richard. Les stars de cinéma ne doivent *jamais* se tenir correctement. C'est interdit par le règlement.

Le regard de Priscilla croisa celui de Bob dans le rétroviseur. Le chauffeur secoua légèrement la tête.

Knightsbridge devint Kensington Road, et Bob se rapprocha du taxi quand celui-ci tourna dans Palace Avenue. Devant eux, Priscilla aperçut l'arrière de l'élégante structure de brique rouge du palais de Kensington.

– Il est arrivé, annonça Bob.

Et de fait, le taxi franchit le portail. Bob ralentit.

– Je ne peux pas aller plus loin.

Richard se réveilla en sursaut et, plissant les yeux, regarda par la fenêtre.

– On est chez Margaret, non ? Cet affreux trou à rats. Pire encore que Buckingham.

Puis il s'affaissa contre Priscilla de tout son poids et se mit à ronfler bruyamment.

17

L'amour de sa vie

Bob aida Priscilla à soutenir Richard Burton pour le ramener dans sa suite. Ils entrèrent du côté de Savoy Hill et montèrent au cinquième étage.

– Où sommes-nous ? grogna l'acteur tandis qu'ils longeaient un couloir.

– De retour au Savoy, répondit Priscilla.

– Au Savoy ? répéta Richard, ébahi. Mais que diable faisons-nous ici ? Nous devrions être au Dorchester. Il y a eu une terrible méprise.

– Le Dorchester était complet, expliqua Bob.

– C'est inacceptable, marmonna Richard. Je descends toujours au Dorchester. Toujours.

Quand ils atteignirent la suite 511, Bob dit à Priscilla :

– C'est ici que je vous laisse.

– Vous êtes sûr de ne pas vouloir rester jusqu'à ce qu'il soit à l'intérieur ?

Bob secoua la tête.

– Je ne veux pas être présent quand cette porte s'ouvrira.

– Bon. Merci pour votre aide ce soir.

– Avec plaisir.

Le chauffeur commença à s'éloigner, puis se ravisa et se tourna de nouveau vers Priscilla.

– Bien entendu, ce ne sont pas mes affaires…

Elle le fixa d'un regard interrogateur.

– Mais la femme que nous suivions… Je l'ai vue sortir de l'hôtel pendant que j'attendais M. et Mme Burton. Elle s'appelle Alana Wynter.

– Vous la connaissez ?

– J'ai été son chauffeur.

– Vous savez autre chose sur elle ?

– Juste son nom. (Bob sourit.) Au cas où ça vous aiderait.

La porte de la suite s'ouvrit. Une Elizabeth Taylor fulminante lança :

– Te voilà, espèce de connard ! Entre.

Priscilla aida Richard à pénétrer dans la suite où Noël Coward se tenait debout, un fume-cigarette dans une main et un verre dans l'autre.

– Ah, Priscilla. Je croyais que nous vous avions perdue.

– J'ai une annonce à faire, lança Richard d'une voix tonitruante, faite pour porter jusqu'au poulailler même dans le plus vaste des théâtres.

– Tu as fait assez d'annonces pour ce soir, lança Elizabeth d'une voix rageuse.

– Je te quitte.

– C'est la meilleure nouvelle de la journée.

– Je te quitte parce que je suis tombé amoureux de… (L'acteur tourna son regard vitreux vers Priscilla.) Désolé, ma puce. Comment vous appelez-vous ?

– Je crois, intervint Noël en posant son verre et en

prenant Priscilla par le bras, qu'il est temps de remballer jusqu'à demain, comme on dit.

– C'est l'amour de ma vie, cria Richard.

– Ravie de l'apprendre.

Les yeux violets d'Elizabeth pétillaient avec malice, et Priscilla se réjouit que celle-ci soit tournée tout entière contre Richard et non contre l'objet de son désir immortel.

Toutes ces déclarations semblaient avoir épuisé l'acteur. Il s'écroula sur un canapé.

– J'ai besoin d'une cigarette.

– Ce fut une soirée délicieuse, commenta Noël. J'ai été ravi de vous voir tous les deux, et j'ai hâte de tourner *Boom* avec vous. Je suis certain que le film fera un carton.

Quand ils sortirent, Elizabeth engueulait Richard. Ses éclats de voix les poursuivirent jusqu'à l'ascenseur. Noël poussa un gros soupir.

– Quelle horreur, lâcha-t-il. Je les adore tous les deux, mais quand ils ont bu… (Il laissa sa phrase s'achever sur un mouvement de sourcils mélodramatique.) Vous savez ce qu'on raconte au sujet d'Elizabeth et Richard ? Avec eux, la première heure est un enchantement, mais après ça, tout le monde cherche un endroit où se cacher.

– Il est certain qu'il a du mal à garder ses mains pour lui, répondit Priscilla.

– Je ne peux pas le blâmer. Vous êtes charmante, *si* on nourrit ce genre d'inclination.

L'ascenseur arriva, et ils entrèrent.

– Je n'ai pas encore eu l'occasion de vous en parler, dit Priscilla.

– De me parler de quoi ?

– L'homme qu'on a découvert inconscient dans sa suite ce matin.

– Oui ?

– Il s'appelle Bernard Bannister.

– Seigneur ! Bernie Bannister. Le potentiel futur chef des tories.

– Et c'est moi qui l'ai découvert.

De nouveau, les sourcils de Noël jouèrent au yoyo.

– Comment diable avez-vous fait ?

– J'étais censée inspecter la suite de Bob Hope, mais la réception m'a donné la mauvaise clé, et à la place, je suis entrée dans la suite de M. Bannister.

L'ascenseur s'arrêta. À cette heure de la soirée, le hall d'entrée était presque désert.

– Mais Bannister *habite* à Londres, fit remarquer Noël en ralentissant. Que faisait-il au Savoy ?

– Je n'en sais rien. Enfin, j'ai bien ma petite idée.

– Oui ?

– Pendant que je tentais de le secourir, une femme est sortie de la chambre et s'est enfuie.

– Je vois.

Noël hocha sa tête chauve, en guise d'acquiescement.

– Cette même femme était à l'American Bar tout à l'heure. C'est pour ça que je suis partie si précipitamment. Je voulais voir où elle allait.

– Et je suppose que ça explique comment vous avez atterri dans la Rolls de Richard avec lui.

– Il s'avère que cette femme se nomme Alana Wynter. Ce nom vous dit-il quelque chose ?

Noël hésita un peu plus longtemps que Priscilla ne s'y attendait avant de répondre :

– Il devrait ?

– Je pensais que vous la connaîtriez peut-être, vu l'endroit où le taxi l'a déposée.

– Où ça ?

– Au palais de Kensington.

– Et c'est important, parce que… ?

Les sourcils de Noël étaient perchés très haut sur son front, exprimant un curieux mélange de surprise et d'inquiétude.

– C'est là que vit la princesse Margaret. Celle-là même qui a été vue quittant la suite d'Amir Abrahim le matin où on l'a retrouvé mort.

D'un air pensif, Noël leva son porte-cigarette en ivoire et tira longuement dessus.

– Dites-moi une chose, énonça-t-il lentement, comme s'il avait du mal à affecter la nonchalance. En avez-vous parlé à quelqu'un d'autre ?

– J'ai parlé de la femme à la police, mais à ce moment-là, j'ignorais qu'elle s'appelait Alana Wynter.

– Puis-je vous donner un conseil ? lança-t-il sur un ton paternaliste, optant pour le rôle du mentor.

– Oui, bien sûr ! C'est dans ce but que je vous ai raconté tout ça : parce que je ne sais pas quoi faire.

– À votre place, je ne ferais rien du tout pour le moment. Avec un peu de chance, M. Bannister se rétablira, et la personne qui se trouvait ou ne se trouvait pas dans sa suite avec lui n'aura aucune importance.

– Selon vous, de quelle façon la princesse Margaret est-elle impliquée ?

Une nouvelle pause étonnamment longue.

– Je n'en ai pas la moindre idée, répondit enfin Noël. Mais je crois qu'en parler ne ferait que compliquer inutilement les choses, et risquerait de provoquer un scandale dans lequel vous seriez impliquée. J'imagine que c'est la dernière chose que vous désirez.

– Tout à fait, acquiesça Priscilla, qui ne voyait pas bien où il voulait en venir.

– Dans ce cas, laissez tomber pour le moment, dit Noël sur un ton autoritaire, à travers un nuage de fumée de cigarette.

– Oui, vous avez sans doute raison, concéda Priscilla, même si elle n'en était pas vraiment certaine.

– Venez, sortons d'ici, suggéra Noël en retrouvant sa jovialité coutumière. Je suis fatigué, et j'ai bu beaucoup trop de Buck's Fizz. Je ne suis pas Richard Burton dans une Rolls-Royce, mais nous pouvons partager un taxi si vous voulez.

– Vous êtes beaucoup mieux que Richard Burton, affirma Priscilla. Au moins, vous ne m'agresserez pas sur la banquette arrière.

Noël eut un sourire grimaçant.

– Prenez garde. Je suis capable de tout dans le noir.

– Je veux bien courir le risque, répliqua Priscilla.

Riant de concert, ils quittèrent l'hôtel.

18

Mme Banville est indisposée

Le lendemain matin, Priscilla décida de se rendre au travail à pied. Elle eut beaucoup de mal à ignorer les kiosques à journaux à la devanture desquels les torchons à scandales hurlaient que Bernard Bannister était dans le coma. À sa grande surprise, quand elle osa jeter un coup d'œil à l'*Evening Standard*, elle ne vit aucune mention du fait que le politicien avait été découvert dans une suite de l'hôtel Savoy. Elle fut soulagée de constater que Percy Hoskins avait tenu parole et s'était gardé de la mentionner dans son article.

Mais c'était bizarre qu'il ne cite même pas le nom de l'hôtel. Ça ne lui ressemblait pas du tout.

Le soleil brillait dans le ciel, et le fond de l'air était frais. Priscilla longea les institutions et les monuments qui lui rappelaient sa place dans l'ordre des choses : l'arc de Wellington, le Victoria Memorial et, bien entendu, l'austère et imposant palais de Buckingham. Leur simple présence la faisait se sentir toute petite et lui ordonnait de ne pas contrarier les gens en position de pouvoir. Sans cela, ils n'hésiteraient pas à écraser un minuscule oiseau tel que Priscilla – un minuscule oiseau *étranger*, de surcroît.

Ou, à défaut de l'écraser, au moins de lui faire perdre un très bon emploi dans une autre institution inébranlable de la hiérarchie britannique : l'hôtel Savoy. Cette pensée fit frissonner la jeune femme tandis qu'elle traversait le Mall, croisant des hommes pressés en costume rayé et chapeau melon : les gardiens de ces mêmes institutions qu'elle pourrait compromettre en révélant ce qu'elle savait.

Ou ce qu'elle ne savait pas, mais soupçonnait.

Priscilla savait que le trafiquant d'armes égyptien qui l'avait invitée dans sa suite était mort ; elle *soupçonnait* qu'il avait été assassiné, et que la princesse Margaret était impliquée.

Elle *savait* qu'elle avait découvert Bernard Bannister nu dans une autre suite de l'hôtel, et qu'il était un membre éminent du Parlement. D'après la manière dont la police gérait l'affaire, elle *soupçonnait* qu'il s'était passé quelque chose de louche, et que les enquêteurs la croyaient impliquée.

Par ailleurs, elle *savait* qu'une femme aux pommettes saillantes, portant une courte robe noire, s'était trouvée dans la suite de Bannister avec lui. Elle *savait* aussi que cette femme était apparue à l'American Bar plus tard dans la journée, en compagnie d'un homme qui s'appelait Mark Ryde… du moins était-ce le nom qu'il lui avait donné.

L'incident impliquant les mains baladeuses et les lèvres avides de Richard Burton ne l'avait pas empêchée de suivre la femme à la robe noire jusqu'au palais de Kensington, où vivait… oui, la princesse Margaret. Grâce à Bob le chauffeur, elle avait également appris le nom de l'inconnue : Alana Wynter.

Et puis il y avait la réaction surprenante de Noël Coward quand elle lui avait raconté qu'elle avait suivi Alana. Pas du tout ce qu'elle attendait. Pourquoi avait-elle l'impression tenace qu'il savait qui était cette femme, même s'il avait affirmé le contraire ? À moins qu'elle ne soit en train de devenir paranoïaque et d'imaginer des choses.

Priscilla conclut qu'elle *savait* beaucoup trop de choses, et qu'elle en *soupçonnait* beaucoup trop. Tout en longeant le Strand sans prêter attention aux passants, elle sentit un frisson glacé lui parcourir l'échine comme elle récapitulait ce qu'elle savait et ce qu'elle soupçonnait. Elle ne voulait même pas penser au fait qu'elle n'avait pratiquement rien dit à la police de toutes les informations dont elle disposait. Quelle serait la réaction des enquêteurs si elle décidait de cracher le morceau, comme on dit ? On l'enverrait à la prison Wormwood Scrubs. Celle qui menaçait l'aristocratie britannique se retrouverait promptement réduite au silence et prisonnière derrière de solides barreaux.

Habituellement, pénétrer dans le hall du Savoy de bon matin remplissait Priscilla de fierté et d'excitation. Mais ce jour-là, elle n'éprouva guère que de l'inquiétude. Elle craignait soit d'être virée, soit que Richard Burton l'attende pour l'emmener à... où pourrait-il bien l'emmener ? Dans le sud de la Royaume-Uni ? Certes, ça ne serait pas désagréable, mais elle devrait esquiver les mains baladeuses de l'interprète de Marc Antoine dans *Cléopâtre*, et peut-être la dague de la reine d'Égypte en personne.

Priscilla traversa le hall d'entrée. Par chance, les Burton n'étaient pas en vue ; en revanche, elle fut surprise d'aviser Millicent Holmes, la gouvernante de l'hôtel, près du guichet Spectacles de la conciergerie. Elle l'appela :

– Madame Holmes !

Millicent se retourna. Quand elle vit la jeune femme se diriger vers elle, elle parut d'abord alarmée, puis nerveuse.

– Je n'ai pas encore eu l'occasion de vous parler, commença Priscilla. Vous savez, depuis…

Encore plus agitée, Millicent répondit :

– On m'a dit de n'en parler à personne.

Pour la première fois, Priscilla remarqua une pointe d'accent difficile à identifier dans son élocution par ailleurs toute britannique. L'avait-elle relevée avant ? Probablement pas. Mais de manière générale, elle ne prêtait guère attention à Millicent Holmes. Parmi les diverses calamités qui ponctuaient son quotidien à l'hôtel Savoy, Mme Holmes n'était que l'une des centaines d'employés qui s'affairaient tranquillement à l'arrière-plan.

– Je voulais m'assurer que vous alliez bien.

– Très bien, merci.

Mais le regard fuyant de la gouvernante démentait ses paroles.

– Vous en êtes sûre, madame Holmes ?

Millicent ferma les yeux et poussa un profond soupir.

– La police, le major O'Hara, tout le monde me harcèle. Tout le monde veut que je dise quelque chose, et je ne sais pas quoi dire. Tout le monde a l'air de m'en vouloir. C'est très perturbant. Même mon mari est fâché contre moi. Je ne sais pas quoi faire.

– Que veut-on vous faire dire ? s'enquit Priscilla.

– Que je n'ai pas vu la personne que j'ai vue. On me menace au cas où je parlerais.

– On vous menace de quoi ?

– Oh, rien d'explicite. Mais le major O'Hara m'a bien fait comprendre que si j'avais deux sous de bon sens, je modifierais ma déclaration. Donc j'ai dit d'accord, je ne l'ai pas vue. Si ça peut vous faire plaisir. Du moment que vous me fichez la paix.

– Vous n'avez pas vu la princesse Margaret. C'est cela qu'ils veulent vous faire dire ?

– Je leur ai dit ce qu'ils voulaient entendre, pour qu'on en finisse. Sauf que ça n'est pas fini. Et que ça devient trop lourd pour moi. (La gouvernante s'interrompit, et son regard s'assombrit.) Mais je ne devrais pas vous parler, Miss Tempest. Je ne devrais parler à personne. Je vais juste m'attirer des ennuis.

– Écoutez-moi, madame Holmes…

– Je suis désolée, je dois y aller. S'il vous plaît, laissez-moi tranquille. (Millicent commença à s'éloigner puis se ravisa.) À votre place, je ferais très attention, Miss Tempest. S'ils me menacent pour me faire taire, ils n'hésiteront pas à vous menacer vous aussi.

Et elle rebroussa hâtivement chemin dans le hall d'entrée.

L'avertissement funeste de Millicent tournant en boucle dans sa tête, Priscilla gagna la 205. À son arrivée, Susie se leva, le visage creusé par des plis d'inquiétude, et lança d'un ton lugubre :

– M. Banville te cherche.

C'était précisément ce que redoutait Priscilla.

– Tu ne me l'as pas dit, répliqua-t-elle vivement.

Surprise, Susie cligna des yeux.

– Pardon ?

– Tu ne me l'as pas dit, affirma Priscilla sur un ton autoritaire.

– Mais je viens juste de…

– Non, Susie, insista Priscilla encore plus fermement. Tu ne me l'as pas dit.

Sa collègue acquiesça.

– D'accord. Je ne te l'ai pas dit. Splendide.

– J'ai besoin d'une minute ou deux pour récupérer. Je suis venue à pied.

– *À pied ?* répéta Susie, comme si marcher était la chose la plus inconcevable au monde.

– Pour me préparer à escalader l'Everest.

– Tu plaisantes, n'est-ce pas ?

– Je commence à me le demander, grommela Priscilla en passant dans son propre bureau, Susie sur les talons.

– J'imagine que c'est en rapport avec ce qui s'est passé hier, hasarda sa collègue. Tu sais, le gentleman que tu as trouvé…

– Entre autres choses, oui, admit Priscilla en se laissant tomber sur sa chaise.

Susie écarquilla les yeux.

– *Quelles* autres choses ?

– Oh, le train-train habituel. Je me suis promenée en Rolls-Royce avec Richard Burton qui m'a déclaré sa flamme, avant d'annoncer à sa femme qu'il la quittait pour moi.

Les yeux de Susie en jaillirent presque de leurs orbites.

– Tu veux dire qu'il va *plaquer* Elizabeth Taylor ? Pour *toi* ?

– Ne fais pas comme si c'était totalement impossible. Certes, il était soûl et ne se rappelait même pas mon nom. Mais on ne s'arrête pas à ce genre de détails quand on est follement amoureux.

Susie prit une cigarette avec un sourire entendu.

– Allons, je sais que tu te payes ma tête. Tu te payes ma tête, pas vrai ?

Priscilla soupira.

– Je suppose que oui.

Son téléphone sonna. Elle serra les dents et attendit un peu avant de décrocher, espérant contre toute attente que c'était Richard Burton qui lui demanderait de le rejoindre dans le hall d'entrée pour partir dans sa villa de rêve dans le sud de la Royaume-Uni.

Mais pas du tout.

– On ne vous a pas dit que M. Banville voulait vous voir ? susurra le Gardien de la Porte, Sidney Stopford, El Sid en personne.

– Je viens d'arriver, répondit Priscilla.

– Certains d'entre nous sont à leur poste depuis plus d'une heure, lâcha Sidney sur un ton hautain.

– Quand M. Banville veut-il me voir ?

– Immédiatement.

Et Sidney raccrocha.

– Quelque chose ne va pas ? s'enquit Susie sur un ton compatissant.

– La condamnée vient d'être convoquée.

De nouveau, Susie écarquilla les yeux.

– Tu ne vas pas te faire virer, hein ?

– Je ne tarderai pas à le savoir, répondit Priscilla en se levant de son bureau.

Susie prit un air horrifié.

– Si tu te fais virer… moi aussi, probablement. (Une larme coula sur sa joue.) Je ne peux pas perdre ce travail, je ne *peux* pas !

– Ne panique pas si vite, suggéra Priscilla en sortant du bureau. Ils vont peut-être se contenter d'une bonne remontrance.

En traversant le hall d'entrée, elle chercha Millicent du regard et ne vit que le major O'Hara qui la fixait avec la même expression triste mais résignée que le bourreau face à un condamné sur l'échafaud.

Dans l'antichambre du bureau du directeur, le maléfique El Sid leva les yeux vers Priscilla comme pour prendre ses mesures en vue de lui commander un cercueil.

– Allez-y tout de suite, dit-il sur un ton funeste. M. Banville vous attend.

Une fois de plus, le souffle de Priscilla s'étrangla dans sa gorge lorsqu'elle poussa la porte et pénétra dans le sanctuaire de Clive Banville. Ce matin-là, elle n'y trouva pas la même statue assise derrière son bureau que les fois précédentes. Planté au milieu de la pièce, le directeur de l'hôtel *souriait*. Priscilla eut du mal à en croire ses yeux.

– Vous voilà, Miss Tempest, lança-t-il sur un ton étonnamment chaleureux. Comment nous sentons-nous ce matin ?

Comme un prisonnier sur les yeux duquel on s'apprête à nouer un bandeau pendant que le peloton d'exécution charge ses armes, songea Priscilla. Mais elle répondit :

– Je vais bien, merci, monsieur.

– Vous m'en voyez ravi, Miss Tempest. Ravi, affirma le directeur, qui s'était mis à faire les cent pas.

Il s'arrêta face à elle.

– Miss Tempest, lança-t-il. Nous avons un problème à résoudre.

Misère, se dit Priscilla. *Nous y voilà. Adieu les sourires, bonjour la cata.*

– Quel genre de problème, monsieur ? demanda-t-elle d'une voix étranglée.

– Ma belle-mère, répondit Banville avec ce qui ressemblait à s'y méprendre à une toux nerveuse. Sachez que l'actuelle Mme Banville est plus jeune que moi. D'un certain nombre d'années. Aussi sa mère, Mme Eunice Kerry de New York, n'est-elle pas aussi âgée que l'on pourrait s'y attendre. Elle a décidé de rendre visite à sa fille, mais insisté pour loger ici au Savoy.

– Un excellent choix, monsieur, si je puis me permettre, dit Priscilla.

Elle le regretta aussitôt en voyant s'assombrir l'expression jusque-là sereine du directeur.

– Absolument. Le problème, c'est que Mme Kerry doit arriver cet après-midi. Or pour diverses raisons que je n'énumérerai pas, il est sans doute préférable que je n'aille pas la chercher à Heathrow.

– Je comprends, monsieur, mentit Priscilla, qui ne comprenait pas du tout.

– Tant mieux. Parce que voyez-vous, Miss Tempest, j'aimerais que vous alliez vous-même chercher ma belle-mère à Heathrow pour l'amener à l'hôtel.

– Très bien, monsieur, acquiesça Priscilla en s'efforçant de masquer son incrédulité.

– Par ailleurs, durant les prochains jours, j'aimerais que vous soyez disponible pour l'escorter dans Londres, lui faire visiter les sites touristiques habituels – le palais de Buckingham, la tour de Londres, ce genre de choses. Il se peut également qu'elle veuille faire du shopping et voir l'un ou l'autre spectacle ; vous vous chargerez d'arranger ça.

Banville s'interrompit pour dévisager Priscilla d'un air interrogateur. Sous le choc et ne sachant pas quoi dire d'autre, la jeune femme répondit :

– Je vois, monsieur.

– Cela vous convient-il ?

– Monsieur… Naturellement, je serais ravie de vous aider de toutes les façons possibles. Mais ne serait-il pas plus approprié que votre épouse accompagne sa mère elle-même durant son séjour à Londres ? Ne souhaitent-elles pas passer du temps ensemble ?

– Mme Banville – Daisee – participera dans la mesure du possible. Mais elle est quelque peu indisposée pour le moment.

– Très bien, monsieur.

– Par ailleurs, je me dois de porter un autre détail à votre connaissance, ajouta Banville d'un air légèrement embarrassé.

– Monsieur ?

– Si jamais la question venait à se poser, sachez que Mme Banville orthographie son prénom de manière un peu inhabituelle.

– C'est-à-dire ?

– Non pas D-a-i-sy, mais D-a-i-s-e-e.

– Daisee avec deux *e* à la fin. C'est noté, monsieur.

– Pour être tout à fait honnête, je me dois de préciser que Mme Banville est généralement indisposée lorsqu'il est question de sa mère.

– Je vois.

– Par conséquent, Miss Tempest, votre aide en la matière sera grandement appréciée, à la fois par moi-même et par mon épouse. Je réalise qu'au premier abord, ceci sort du cadre de vos attributions. Mais si vous considérez ma belle-mère comme une cliente VIP, il est tout à fait normal que vous vous occupiez d'elle, non ?

– Je vois, répéta Priscilla avec un manque d'enthousiasme que Banville ne parut pas remarquer.

– M. Stopford vous indiquera l'heure et le terminal d'arrivée de Mme Kerry cet après-midi. Appelez notre bureau à l'aéroport ; ils vous réserveront une limousine qui vous ramènera à l'hôtel. M. Stopford vous remettra également une somme d'argent pour couvrir les dépenses que vous serez amenée à engager. Bien entendu, vous nous rapporterez des justificatifs.

– Je n'y manquerai pas.

– Mme Banville vous contactera à un moment donné ; en attendant, en cas de difficulté, n'hésitez pas à vous adresser à moi ou à M. Stopford. (Le directeur la fixa d'un air entendu.) Des questions, Miss Tempest ?

– Une seule, si vous me permettez. C'est à propos de Mme Holmes.

Banville se rembrunit.

– Oui ?

– Je ne l'ai pas vue depuis le matin où elle a découvert le corps de M. Abrahim, mentit Priscilla. Vous savez si elle va bien ?

Banville ne cacha pas la contrariété suscitée par cette question.

– À ma connaissance, oui, répondit-il prudemment. Nous ne sommes pas ravis qu'elle ait fait certaines allégations dénuées de fondement. Toutefois, d'après le major O'Hara, elle a décidé de revenir sur sa déclaration initiale.

– Vous parlez du fait qu'elle a croisé la princesse Margaret ?

Banville eut une grimace chagrine.

– Je préfère ne pas en discuter davantage. Cette affaire est entre les mains des autorités. Quant à nous, nous devons reprendre le cours de nos vies, Miss Tempest. J'imagine que vous n'avez pas d'autres questions ?

Priscilla en avait des tas, mais elle décida de les garder pour elle. Elle secoua la tête.

– Non, monsieur.

– Très bien. Dans ce cas, ce sera tout pour le moment.

Quand Priscilla ressortit du bureau du directeur, Sidney lui jeta un regard suffisant et lui tendit une grande enveloppe brune.

– Tout ce dont vous aurez besoin se trouve là-dedans.

Priscilla prit l'enveloppe, et Sidney sourit.

– Oh, ça va être votre fête.

– Vous êtes vraiment un connard, Sidney, vous le savez ?

– Petit conseil d'un connard à une connasse : tâchez de ne pas merder.

Même si ça lui faisait mal de l'admettre, El Sid avait absolument raison. Elle ne pouvait pas se permettre de merder.

19

Au mémorial de Henry Fawcett

– Alors, tu travailles toujours ici ? demanda Susie, le visage crispé, alors que Priscilla s'asseyait derrière son bureau.

– J'ai même un nouveau boulot.

– Un nouveau boulot ? Lequel ?

– Baby-sitter de la belle-mère de M. Banville.

Susie parut perplexe.

– Je ne comprends pas.

– Moi non plus, mais le fait est que cet après-midi, je dois aller chercher Mme Eunice Kerry à Heathrow.

– Au moins, M. Banville ne t'a pas virée, dit Susie, déterminée à voir le bon côté des choses.

– Pas encore. Appelle la Pan Am et vérifie que l'avion en provenance de New York qui est censé se poser à 15 heures est à l'heure, tu veux ?

– Splendide, déclara Susie en décrochant son téléphone.

Priscilla fixa le sien pendant deux minutes, espérant qu'il sonnerait et lui épargnerait la peine de passer un certain coup de fil. Mais l'appareil demeura obstinément silencieux. Alors, elle sortit une carte de visite de son tiroir et composa le numéro qui y était indiqué.

Percy Hoskins décrocha presque immédiatement.

– Je savais que tu m'appellerais, déclara-t-il sur un ton satisfait.

– Rendez-vous au mémorial de Henry Fawcett, lança Priscilla en gardant un œil sur sa collègue qui parlait avec quelqu'un de la Pan Am.

– C'est où, ça ?

– Un journaliste d'investigation aussi brillant que toi ne devrait pas avoir de mal à le découvrir.

– Quand ?

– Dans une heure. Et ne sois pas en retard : je n'ai pas beaucoup de temps.

Quand Priscilla arriva au rendez-vous, Percy était déjà vautré sur un banc dans les jardins de Victoria Embankment, près du mémorial de Henry Fawcett. Flanqué de part et d'autre par des lys et des buissons épais, le monument se dressait devant un mur de pierre dégoulinant de vigne vierge et ombragé par les platanes voisins.

– Il était aveugle, lança Percy sans prendre la peine de se lever. (De la main, il désigna la plaque en bronze qui représentait Henry de trois quarts, le menton noblement levé, les yeux fermés sur un monde qu'il ne pouvait voir.) Pourtant, il a défendu la théorie de l'évolution de Darwin, soutenu le droit de vote des femmes, et, en tant que maître des postes du Royaume-Uni, il a mis au point l'expédition de colis et permis l'installation de téléphones payants. Si on se basait sur son cas, on devrait crever les yeux de tous les politiciens. Le pays s'en porterait bien mieux.

– Ravie d'avoir contribué à l'élargissement de ta culture générale, dit Priscilla en se laissant tomber près de lui.

Elle se demanda quand il avait apporté sa veste froissée au pressing pour la dernière fois, et s'émerveilla de son obstination à ne jamais passer un peigne dans sa tignasse. *Au moins*, songea-t-elle à la vue de sa mâchoire glabre, *il avait dû se raser récemment.*

Percy s'arracha à la contemplation des jambes de Priscilla pour lui dire :

– Toujours aussi spectaculaire.

La jeune femme tira sur l'ourlet de sa minijupe, sans réussir toutefois à lui faire couvrir davantage que ce que la longueur de l'étoffe permettait.

– Je sais ce que tu veux, Percy. Pas la peine de flirter.

– Ce n'était pas du flirt, juste un compliment.

– J'ai réfléchi à ce que tu m'as dit.

– Au fait que tu es spectaculaire ?

– Au fait qu'on devrait collaborer.

– Tu as remarqué que je ne t'ai pas citée dans mon article.

– Ce qui me chiffonne, c'est que tu n'as même pas mentionné que Bernard Bannister avait été trouvé au Savoy. Aucun journaliste ne l'a fait. Pourquoi ?

– Disons que ça figurait bien dans mon article quand je l'ai rendu.

– Tu veux dire que ça a été censuré ?

– Supprimé pour gagner de la place, m'a-t-on dit. Comme chaque fois, grommela Percy.

– Mais pourquoi ?

– Parce que quelqu'un de haut placé a contacté une autre personne haut placée, ce qui entraîne toujours des conséquences. Par exemple, l'écrémage de certains articles pour protéger les gens tels que Bernard Bannister d'un scandale potentiel.

– Tu crois que c'est le cas ici ?

– Disons que ça évite que le public ne se demande ce qu'un membre éminent du Parlement faisait dans une suite du Savoy en premier lieu.

– Comment tu le prends ?

Percy secoua la tête.

– À ton avis ? J'en ai marre. Mais je ne peux pas y faire grand-chose, hormis me plaindre à une ravissante jeune femme près du mémorial de Henry Fawcett.

– Écoute, il y a du nouveau depuis notre dernière conversation, lança Priscilla. Il s'est passé deux choses qu'il faut que tu saches *si* on décide de collaborer.

– Quel genre de choses ? demanda Percy, soudain bien moins intéressé par ses jambes que par ce qu'elle avait à lui raconter.

– À propos de ce que M. Bannister faisait au Savoy.

Percy se redressa brusquement.

– Tu le sais ?

– Quand je suis entrée dans sa suite et qu'il s'est écroulé devant moi, une femme s'est enfuie en courant. Plus tard dans la soirée, je l'ai revue à l'American Bar.

Une étincelle de curiosité s'alluma dans les yeux de Percy.

– Ça expliquerait la présence de Bannister au Savoy, et la raison pour laquelle la presse n'a pas divulgué ce détail. Tu as parlé à la femme ?

– Non, mais plus tard j'ai réussi à la suivre.

Percy ne parvint pas à dissimuler sa surprise.

– Tu l'as suivie ? Jusqu'où ?

– Elle a pris un taxi jusqu'au palais de Kensington. C'est là que vit la princesse Margaret.

– Je suis au courant, merci, s'impatienta Percy.

– J'ai également découvert le nom de cette femme, reprit Priscilla. Elle s'appelle Alana Wynter. Ça te dit quelque chose ?

Percy sembla réfléchir un moment avant d'acquiescer.

– J'ai entendu parler d'elle quand j'enquêtais sur les antécédents d'Amir Abrahim. C'est une play-girl internationale. Ils sont sortis brièvement ensemble, si mes souvenirs sont exacts. Mais c'était il y a deux ans environ.

– Une play-girl internationale ? répéta Priscilla, sceptique. C'est un métier, ça ?

Percy ricana.

– Ça semble l'être pour Alana, surtout s'il s'avère qu'elle avait rendez-vous avec M. Bernie Bannister, ce farouche défenseur des valeurs anglaises traditionnelles telles que le mariage et la famille.

Priscilla réfléchit. Devait-elle révéler le reste de ce qu'elle savait à Percy ?

– Quoi ? s'impatienta ce dernier.

– Il y a autre chose dont je n'ai parlé à personne, commença Priscilla.

Au point où elle en était, autant tout lui raconter.

– Le soir où je suis allée à l'opéra avec Amir, il m'a dit qu'il craignait que quelqu'un ne le tue.

– Tu te moques de moi.

Elle secoua la tête.

– Le truc, c'est que quand je lui ai demandé qui… qui menaçait de l'assassiner…

– Il t'a dit qui ?

– Oui.

– Et ?

Priscilla hésita avant de répondre :

– Moi. Il a dit que c'était moi.

Au lieu de la stupéfaction à laquelle elle s'attendait, Percy n'afficha qu'un solide scepticisme.

– Tu es sûre qu'il a dit que c'était *toi* ?

– Quoi, tu penses que je mens ?

– Non, mais pourquoi aurais-tu voulu assassiner Amir Abrahim ? Ou plutôt, pourquoi aurait-il cru que tu voulais l'assassiner ?

– Justement, je n'en avais aucune intention.

Percy prit le temps d'assimiler ce que Priscilla venait de lui dire.

– Alors, qu'est-ce que tu en penses ? interrogea la jeune femme.

– Je me demande si tu as couché avec lui.

– Espèce de salopard ! Certainement pas !

Percy leva une main en un geste défensif.

– Ok, ok. Je voulais juste m'en assurer.

– Pourquoi tout le monde pense la même chose ?

– Ben… Une jolie jeune femme seule avec un type très riche dans sa suite d'hôtel…

– C'est injuste, maugréa Priscilla.

– Écoute, dit Percy, s'efforçant de changer de sujet. Mes sources dans la police m'ont informé qu'ils ne savaient toujours pas quoi penser de la mort d'Amir. Ils croient qu'il a été empoisonné, mais jusqu'ici les analyses n'ont rien révélé. Et maintenant, Bernie Bannister est dans le coma, et ils se disent que ce qui a servi à tuer Amir a peut-être également été employé contre lui.

– Ce serait la ou les mêmes personnes qui auraient empoisonné les deux hommes ?

– D'après mes sources, c'est une possibilité qui n'a pas été écartée.

– Mais pourquoi empoisonnerait-on deux hommes qui semblent n'avoir rien en commun, et pourquoi le ferait-on au Savoy ?

– Excellentes questions.

– Il existe bien un lien potentiel entre les victimes…

– Lequel ?

– Le matin où elle a découvert le corps d'Amir, la gouvernante a croisé dans le couloir une femme très pressée qu'elle a cru reconnaître.

– Pas Alana Wynter ?

– Non. La gouvernante, Millicent Holmes, a trouvé qu'elle ressemblait drôlement à…

Ici, Priscilla s'interrompit, redoutant d'être sur le point de plonger dans un abysse d'ennuis.

– À qui ? demanda Percy.

Elle se jeta dans le vide.

– Mme Holmes croit avoir reconnu la princesse Margaret.

– Doux Jésus, souffla Percy.

– Donc, récapitula Priscilla, la princesse Margaret sortait de la suite d'Amir le matin de sa mort, et Alana Wynter, la play-girl qui s'est enfuie de la suite de Bernard Bannister, s'est ensuite rendue au palais de Kensington où vit la princesse Margaret.

– C'est *ça*, ton lien ?

– Tu ne penses pas que j'ai raison ?

– Je trouve ça un peu tiré par les cheveux. Tu en as parlé à la police ?

Priscilla fit non de la tête.

– Je ne préfère pas.

– Pourquoi ? Qu'est-ce qu'ils t'ont fait ?

– Je viens de parler à Millicent Holmes, la gouvernante qui a découvert le corps d'Abrahim.

– Et alors ?

– Elle est dans tous ses états. Elle m'a dit qu'on faisait pression sur elle pour qu'elle modifie sa déclaration. Qu'on la menaçait. Le major O'Hara à l'hôtel, mais aussi les enquêteurs.

– Qu'elle modifie sa déclaration dans quel sens ?

– Qu'elle dise qu'elle s'est trompée, que ce n'est pas la princesse Margaret qu'elle a croisée dans le couloir de la suite d'Amir.

Percy grimaça.

– Je ne suis pas surpris. Ce sont de vrais salopards. Ils n'hésitent jamais à faire pression et à user de menaces quand ça les arrange. Tout de même, ils doivent s'inquiéter sérieusement pour s'en prendre à la gouvernante.

– Je n'aime pas quand tu fais cette tête-là, l'informa Priscilla sur un ton d'avertissement.

– Quelle tête ? répliqua Percy avec une innocence feinte.

– Celle que tu as quand tu envisages de publier ce que je viens de te révéler.

– Comment peux-tu penser une chose pareille ? s'indigna Percy.

– Je te connais ; je crains qu'on ne puisse pas te faire confiance.

– Bien sûr que si.

– Avant que tu écrives quoi que ce soit, nous devons en apprendre davantage.

– Le fait que tu emploies le mot « nous » enchante mes oreilles, déclara Percy, ravi.

– Je n'ai pas le choix, grommela Priscilla. Un défunt m'a dit que je voulais l'assassiner. La police me soupçonne d'être responsable du coma d'un autre homme. Je dois admettre que tu n'as pas tort : *nous* devons élucider ce mystère pour que je puisse prouver mon innocence et préserver ma réputation… ou du moins, ce qu'il en reste.

– Ce n'est pas moi qui vais te dire le contraire, répondit Percy, l'air très satisfait de lui-même.

– La question, c'est : si nous découvrons quelque chose, pourras-tu le faire imprimer dans ton journal ?

– Si c'est du solide, oui, je pourrai convaincre mes éditeurs. Quitte à jouer sur leur culpabilité. Voyons déjà ce qu'on peut trouver.

Priscilla consulta sa montre et se leva.

– Il faut que je file.

– Laisse-moi voir ce que je peux découvrir sur Alana Wynter et son lien éventuel avec la princesse Margaret, dit Percy en se levant lui aussi.

Il remarqua la grimace de Priscilla.

– Qu'y a-t-il ?

– Je me demandais juste où on met les pieds, répondit la jeune femme. Noël Coward m'a dit que le gratin britannique ne reculerait devant rien pour étouffer l'affaire. Sur le coup, je ne l'ai pas pris au sérieux, mais maintenant, je me demande s'il n'avait pas raison.

– Oh, il a raison, confirma Percy. C'est leur boulot de rester discrets, et ils sont doués pour ça. Ils n'hésitent pas à menacer des innocents tels que cette Millicent Holmes, puis ils font en sorte que des gens comme Coward préviennent les gens comme toi qu'ils feraient mieux de ne rien dire qui puisse compromettre la stabilité de l'État. Mais il appartient aux gens comme moi d'ignorer leurs menaces, de les envoyer en enfer et de révéler leur véritable nature au grand jour.

– En seras-tu capable ?

– Tu verras. Une bande de trous du cul privilégiés qui croient pouvoir tout se permettre, y compris tuer sans être inquiétés…

– Tu crois qu'ils peuvent vraiment faire ça ?

Percy réfléchit et haussa les épaules.

– Sans doute.

– Percy, protesta Priscilla, alarmée, ce n'est pas ce que je voulais entendre.

– Très bien. Dans ce cas : Priscilla, mon amour, nous allons nous dresser contre ces salopards élitistes et leur prouver qu'ils ne peuvent pas faire ça.

– Voilà, je préfère.

Priscilla jeta un coup d'œil à Henry Fawcett, dont les yeux demeurèrent clos. Il ne semblait pas leur prêter la moindre attention.

20

Une force de la nature

D'après son chauffeur de taxi très énervé, la circulation dans le sens Londres-Heathrow empirait un peu chaque jour. Comme d'habitude, Priscilla était en retard ; naturellement, il fallut donc que le vol de la Pan Am en provenance de New York se pose en avance.

Tandis qu'elle traversait le terminal 3 au pas de course en direction de la zone des arrivées, Priscilla réalisa qu'elle n'avait pas la moindre idée de ce à quoi ressemblait Mme Eunice Kerry. Ce qui ne fit pas la moindre différence. La femme mince à l'air furieux qui attendait dans son fauteuil roulant au milieu d'un océan de bagages ne pouvait être qu'elle.

– Madame Kerry ? lança Priscilla, essoufflée.

– Qui diable êtes-vous ? cracha une bouche aux lèvres pincées dans un visage pâle, artistiquement lissé par un excellent chirurgien esthétique.

Au-dessus de deux grands yeux débordants de colère, ses cheveux bruns laqués formaient une sorte de casque.

– Je suis vraiment navrée d'être en retard, madame Kerry, dit Priscilla sur son ton le plus contrit. Il y avait des bouchons épouvantables. Je m'appelle Priscilla

Tempest ; je travaille pour M. Banville au Savoy. Il m'a envoyée vous chercher et vous emmener à l'hôtel.

– Où est ma fille ? Où est Daisee ?

– Je l'ignore, madame Kerry. Mais j'imagine qu'elle nous rejoindra à l'hôtel.

– Seigneur, siffla Eunice Kerry sur un ton lugubre. Ma fille unique ne daigne même pas venir chercher sa mère à l'aéroport. À sa place, elle envoie une… *employée* !

– Je suis navrée, madame Kerry, mais notre bureau vous a réservé une voiture. Notre agent va arriver d'un instant à l'autre pour s'occuper de vos bagages.

– Vous auriez dû faire en sorte qu'il soit déjà là !

En effet, *j'aurais dû*, songea vaguement Priscilla. C'était quoi, son problème ? Pourquoi ne parvenait-elle jamais à soigner les détails ?

L'agent en uniforme du Savoy finit par arriver, essoufflé et contrit. Il s'empressa d'empiler les bagages sur un chariot qu'il poussa vers la sortie tandis que Priscilla le suivait avec Mme Kerry dans son fauteuil roulant. La jeune femme se demanda si la belle-mère de M. Banville était handicapée ou juste trop paresseuse pour marcher.

La réponse à sa question se présenta une fois dehors, quand Priscilla aperçut l'une des Daimler Sovereign du Savoy. Récitant une prière de remerciement silencieuse, elle lança :

– Votre voiture est ici.

– Arrêtez mon fauteuil, exigea Mme Kerry.

Dès que Priscilla se fut exécutée, elle se leva, révélant un corps athlétique vêtu d'un ensemble Givenchy bleu à la coupe simple mais impeccablement ajustée.

Un air méchant et une silhouette de rêve : une vraie Cruella d'Enfer, songea Priscilla.

– Qu'est-ce que c'est que ça ? demanda Mme Kerry en désignant la Daimler.

– Une Daimler Sovereign, madame.

– Une Daimler ? Je croyais que l'hôtel avait une Rolls. On m'a envoyé une Daimler au lieu d'une Rolls ?

– Je ne pense pas que le Savoy ait une Rolls-Royce, la détrompa Priscilla. C'est la voiture avec laquelle nous transportons nos clients.

– J'aurais préféré une Rolls, grommela Mme Kerry.

– Toutes mes excuses, madame. J'en prendrai note pour votre prochain séjour.

M. Cecil Bogans, le chauffeur d'âge vénérable qu'on leur avait attribué, ouvrit la portière arrière avec un large sourire. Mme Kerry le foudroya du regard.

– Pourquoi souriez-vous ainsi ?

Le sourire de Bogans s'évanouit.

– Je vous demande pardon, Madame. Nous sommes enchantés de vous recevoir et de vous souhaiter la bienvenue à Londres, voilà tout.

– Bienvenue, cracha Mme Kerry comme si ce mot laissait un arrière-goût déplaisant dans sa bouche. Vous parlez d'un accueil !

Réalisant que tous ses bagages ne tiendraient pas dans le coffre de la Daimler, Priscilla ordonna au chauffeur nerveux de commander une seconde voiture pour transporter l'excédent. Cela fait, elle voulut prendre place dans le siège passager, mais Mme Kerry l'interrompit sur un ton autoritaire :

– Montez derrière avec moi.

Priscilla obtempéra pendant que M. Bogans

s'installait au volant et démarrait. Ils roulèrent en silence un moment. Mme Kerry observait les rues grises de Londres sans intérêt particulier, tandis que Priscilla se demandait comment diable elle allait supporter cette femme pendant plusieurs jours.

– Il pleut tout le temps ici, finit par déclarer Mme Kerry. À New York, au moins, le soleil fait une apparition de temps en temps. (Elle se tourna vers Priscilla.) Ils ne m'aiment pas.

– Vous m'en voyez désolée, répondit la jeune femme, prise au dépourvu. Qui ne vous aime pas ?

– Qui diable pensez-vous ? Ma fille et son vieux bouc de mari.

– Je suis certaine que c'est faux.

– C'est tout ce qu'il y a de plus vrai, répliqua Mme Kerry. Sans cela, je ne le dirais pas. Ils ont honte de moi. Je rappelle à ma fille qu'elle a épousé un homme plus vieux que moi, pour l'amour de Dieu. Son mari est plus âgé que sa mère, rendez-vous compte !

Priscilla n'avait aucune envie de se rendre compte. Au lieu de ça, elle chercha désespérément une réponse appropriée – et n'en trouva aucune.

– Je n'ai pas eu le plaisir de rencontrer Mme Banville, finit-elle par dire.

– *Daisee*. Avec deux *e*. Je crois qu'elle a changé l'orthographe juste pour me contrarier. Accessoirement, elle vous traitera comme de la merde, notre chère *Daisee* – après tout, vous n'êtes qu'une employée. Elle ne se vante jamais d'être la fille d'un gangster et d'une ex-policière. Non, je peux vous assurer qu'aucun mot sur ce sujet ne franchira ses lèvres. Encore une raison pour laquelle elle n'aime pas que je vienne à Londres. Je lui rappelle son passé, et elle déteste ça.

– Vous étiez dans la police ?

– Ça vous étonne, hein ? Mais oui, j'ai travaillé pendant dix ans au Département de Police de New York avant de rencontrer mon mari, le père de Daisee. Je l'ai arrêté sur l'autoroute pour un contrôle de routine. Daniel P. Kerry. Il s'est révélé être promoteur, pas un gros bonnet de l'immobilier, mais assez prospère pour que son entreprise serve de couverture aux Bonanno – l'une des cinq familles mafieuses de New York. Un gangster épousant une policière, vous imaginez ?

Priscilla ne savait ni quoi répondre, ni déterminer ce qui était le plus surprenant : le passé de Mme Kerry, ou le fait qu'elle le révèle à une inconnue dont elle venait juste de faire la connaissance.

– Bien entendu, reprit Mme Kerry, Danny ne se considérait pas comme un gangster, mais comme un homme d'affaires. Malheureusement, personne n'en a informé les tireurs qui l'ont abattu un soir dans l'allée de notre garage. Joe, le chef de la famille Bonanno à l'époque, avait découvert que Danny acceptait des dessous-de-table pour les projets de construction qu'il supervisait.

– Votre mari a été assassiné ?

– Il acceptait les pots-de-vin pour soutenir notre train de vie. Danny a toujours été un connard sournois. Ce qui lui est arrivé ne m'a pas inspiré beaucoup de compassion. D'autant qu'il a fait de moi une veuve très riche.

– Quelle histoire étonnante !

– La raison pour laquelle je vous la raconte, c'est que quand Daisee prendra ses grands airs et se comportera comme si sa merde ne sentait rien, souvenez-vous que c'est la fille d'un gangster – alors que vous, Dieu merci, ne l'êtes pas. À moins que je ne me trompe ?

– Je ne crois pas. Je ne pense pas qu'il y ait beaucoup de gangsters au Canada.

– Vous êtes canadienne ? D'où exactement ?

– Près de Toronto.

– Croyez-moi, ma chère, il y a des gangsters à Toronto. D'après mon expérience, il y en a partout.

– Je ne l'oublierai pas.

– Et ne laissez pas Daisee vous baratiner au sujet de sa copine Margaret.

– Margaret ?

– Vous savez, la princesse. Il y a d'autres Margaret notables dans cette ville ?

– Vous parlez de la princesse Margaret ? La sœur de la reine ?

Priscilla avait du mal à en croire ses oreilles. Daisee était *amie* avec la princesse Margaret ?

– Vous êtes sourde ou idiote, ma petite ? *Oui*, la princesse Margaret. Daisee parle toujours d'elle comme si c'était sa meilleure amie.

– Elle l'est peut-être.

– Pas à ma connaissance, répliqua fermement Mme Kerry. Margaret se sert d'elle, si vous voulez mon avis – bien entendu, ma fille n'en veut jamais.

– La princesse se sert de Mme Banville ?

Priscilla était très curieuse de savoir de quelle façon.

– Disons que Margaret a des penchants rebelles que Daisee encourage, je le crains. Si ce que ma fille sous-entend dans ses lettres est vrai, elles cherchent les ennuis ensemble.

Mme Kerry se tourna subitement vers Priscilla, comme si elle venait juste de se rendre compte de sa présence.

– Mais je ne devrais pas parler ainsi. Vous n'avez rien entendu de ce que je viens de dire, c'est bien compris ? exigea-t-elle en la foudroyant du regard.

Priscilla acquiesça. Oui, elle avait compris. Mais elle *avait* également tout entendu.

21

L'incident de la suite

À peine Eunice Kerry s'était-elle engouffrée dans le hall d'entrée du Savoy que Vincent Tomberry apparut comme dans un nuage de fumée, affichant son sourire le plus obséquieux.

– Bienvenue, madame Kerry, dans votre chez-vous loin de votre chez-vous.

– Le Savoy n'est certainement pas mon chez-moi, aboya Eunice. Malgré les grands airs que vous vous donnez, c'est juste un foutu hôtel.

Tomberry blêmit et eut un mouvement de recul, comme si Eunice était porteuse d'un virus mortel.

– Où est ma fille ?

La question parut le désarçonner encore davantage.

– Mme Banville ? Je l'ignore. J'imagine qu'elle ne devrait pas tarder.

L'instant d'après, une beauté souple et élégante se rua vers eux – il n'y avait pas d'autre mot. Encore plus à la mode qu'Eunice dans une tenue que Priscilla soupçonna venir de chez Chanel, Daisee Banville, née Kerry, se jeta dans les bras très modérément accueillants de sa mère.

– Mère ! s'écria-t-elle en étreignant Eunice, qui paraissait nettement moins ravie.

– Pitié, arrête ça, Daisee, lança-t-elle en la repoussant. Je suis épuisée. Je veux monter dans ma suite. Et j'espère que ça n'est pas la même que la dernière fois : je l'ai détestée.

– J'ai fait en sorte qu'on vous réserve une suite charmante, Mère, promit Daisee.

– C'est à moi de décider si elle est charmante ou pas. Allons voir à quoi elle ressemble.

– Sur-le-champ, madame, acquiesça Tomberry.

Daisee pivota vers Priscilla.

– Vous, aboya-t-elle. Comment vous appelez-vous ?

– Priscilla Tempest, madame.

– Faites monter les bagages de ma mère dans sa suite. C'est compris ?

– Oui, madame.

Un immense sourire fleurit sur le visage d'Eunice.

– Vous voyez ? Je vous l'avais dit.

– Quoi ? demanda Daisee d'un air soupçonneux. Qu'est-ce que vous lui aviez dit, Mère ?

Eunice commença à s'éloigner.

– Venez ! Montrez-moi cette suite, ordonna-t-elle à Tomberry.

– Mère, insista Daisee en lui courant après, Tomberry sur les talons. Que lui avez-vous dit ?

Priscilla entendit ce qu'Eunice lui dit.

– Que tu étais la fille d'un gangster qui se donnait des grands airs, répondit impitoyablement Eunice.

– Mère ! Vous êtes folle ! Vous venez tout juste d'arriver et vous me faites déjà honte !

– Comment ça s'est passé ? demanda Susie lorsque Priscilla regagna enfin la 205.

– Mme Kerry a demandé à changer de suite trois fois avant de se déclarer satisfaite, répondit Priscilla en s'asseyant à son bureau.

– Elle a l'air terrible.

– Elle est exigeante, ça ne fait aucun doute. Mais bizarrement, je l'aime bien. Et c'est tant mieux, parce que, apparemment, je vais me la coltiner pendant tout son séjour.

– Oh, avant que j'oublie, un type est passé tout à l'heure. Il te cherchait.

– Quel type ?

Susie eut un de ses haussements d'épaules désinvoltes que Priscilla trouvait très irritants.

– Je ne sais pas. Un type assez séduisant. Il ne m'a pas donné son nom. Mais il a laissé un message pour toi.

Elle s'approcha et lui tendit une enveloppe.

– Un de tes admirateurs ?

– Le monde en est plein.

– Oui, mais celui-ci sait écrire, plaisanta Susie.

– Ha ha, dit Priscilla en ouvrant l'enveloppe.

Le message qu'elle contenait disait : *Je suis seul au pub d'à côté, le Coal Hole. Puis-je vous offrir une pinte ?* C'était signé *Le propriétaire de la MG assoiffée.*

– Tu le connais ? demanda Susie en s'attardant près du bureau de Priscilla.

– En quelque sorte.

Mark Ryde, songea Priscilla. Le gentleman à la MG – et le type louche qu'elle avait vu avec Alana Wynter à l'American Bar.

Pendant l'ère victorienne, le Coal Hole servait de cave à charbon au Savoy. Désormais, c'était un pub où s'entassait une foule de jeunes employés bruyants à la sortie du travail. Mark Ryde se tenait nonchalamment appuyé au bout du comptoir, comme s'il s'apprêtait à poser pour un article du magazine *Esquire* consacré au look du parfait gentleman anglais de moins de trente ans.

Peut-être un peu trop parfait, songea Priscilla en se faufilant parmi la foule pour le rejoindre. Mais lorsque son visage beaucoup trop séduisant s'illumina à sa vue, elle dut concéder qu'aucun homme dans sa vie n'avait mérité ce qualificatif dernièrement.

– Je commençais à craindre que vous ne veniez pas, dit Mark.

– Après la journée que je viens de passer, j'ai décidé que j'avais besoin d'un chevalier en armure étincelante, à condition qu'il m'offre un verre, répondit Priscilla.

Mark parut amusé.

– Et c'est moi, votre chevalier en armure étincelante ?

– À condition que vous m'offriez un verre, répliqua Priscilla.

Il sourit.

– Ha ha. Je crois que ça peut se faire.

– Du champagne, ce serait l'idéal.

Il fit signe au barman. L'instant d'après, Priscilla tenait une flûte. Elle la leva en direction de Mark et but une longue gorgée.

– Une femme qui commande du champagne dans un pub, dit Mark sur un ton approbateur.

– Votre genre de femme ?

– Je ne sais pas. Vous devez être la première que je rencontre.

– J'ai le plaisir de vous informer que votre éducation est désormais achevée.

– Je n'en suis pas si sûr, contra Mark avant de boire une gorgée de sa bière. Avec vous, je ne suis sûr de rien, Priscilla.

– Et si nous décidions de rester un mystère l'un pour l'autre ?

– Je ne suis pas sûr que ce soit une bonne idée.

– Vraiment ? Je pensais que vous aimiez les mystères.

– Qu'est-ce qui vous fait penser ça ?

– Par exemple, le fait de vous avoir aperçu à l'American Bar peu de temps après vous avoir croisé dans le hall du Savoy.

Mark tenta de dissimuler sa surprise, mais n'y parvint pas tout à fait.

– Vous étiez là ? Je crains de ne pas vous avoir vue.

– De toute évidence, vous étiez préoccupé. Je me cachais dans un coin.

Priscilla ne précisa pas qu'elle était assise avec les Burton et que tout le monde les observait.

– Un endroit beaucoup trop populaire à mon goût, commenta Mark. Nous ne sommes pas restés longtemps.

Avant de pouvoir se retenir, Priscilla s'entendit lancer :

– Son visage m'a semblé familier. Votre petite amie. Je me demande si je la connais.

– C'est juste une amie, répondit Mark sur un ton qu'elle trouva assez brusque.

– Vous ne sortez pas ensemble ?

– Une *amie*, insista-t-il.

– Vous travaillez ensemble, peut-être ?

Ça ne pouvait pas faire de mal de tâter le terrain, et de lui faire perdre cette autorité désinvolte qu'il affichait en permanence.

– Quelle importance ?

Rêvait-elle, ou Mark s'était-il raidi ? Elle aurait juré que oui.

– Je suis juste curieuse.

Il parut se détendre, comme si le sol s'était raffermi sous ses pieds.

– Non, nous ne travaillons pas ensemble.

– Je vois. Et vous, Mark ?

– Quoi, moi ?

– Vous m'avez dit que vous étiez fonctionnaire. Quel genre de fonctionnaire ?

– Le genre ennuyeux, répondit-il avec un sourire désarmant. En existe-t-il un autre ?

– Vous n'avez pourtant pas l'air ennuyeux.

– Excellent. J'ai réussi à vous berner – jusqu'ici.

– Sauf que dans mon travail, ce n'est pas une bonne idée d'être trop crédule.

– Ah bon ?

– Non. Au contraire, c'est très utile d'avoir un sixième sens pour ces choses-là. Quand quelqu'un vous dit être quelque chose – un fonctionnaire ennuyeux, par exemple –, il ne faut pas le prendre pour argent comptant, ni être surprise en découvrant qu'au final, il ou elle fait tout autre chose de sa vie.

Mark eut un sourire forcé.

– Je crains que vous ne m'ayez perdu.

Priscilla finit son champagne.

– Je fais souvent ça.

– Perdre les gens ?

– Les abandonner en proie à la confusion la plus totale partout à travers la ville.

– Je vous offre un autre verre de champagne ?

– Non, je dois y aller, mais merci.

– Déjà ?

Semblait-il déçu ? Priscilla décida que oui.

– Je crains d'être de service de baby-sitting cette semaine.

– De baby-sitting ? Ah ah ! C'est peut-être *vous* qui n'êtes pas ce dont vous avez l'air.

– Je suis canadienne. Les Canadiens sont toujours *exactement* ce dont ils ont l'air.

– Je trouve ça rafraîchissant dans une ville où, comme vous venez de le faire remarquer, tout le monde prétend être ce qu'il n'est pas. On ne sait jamais à qui on a affaire, pas vrai ?

– Non, en effet, acquiesça Priscilla. Merci pour le verre.

Elle commença à s'éloigner, puis se ravisa et se retourna.

– Au fait…

– Oui ?

– Je ne vous crois pas.

– Vous ne croyez pas quoi ?

– Je ne crois pas une seule seconde que vous soyez un fonctionnaire ennuyeux.

– Je vous surprendrai peut-être.

– C'est déjà fait.

Priscilla se fraya un chemin parmi la foule des habitués du Coal Hole, encore plus bruyants et satisfaits de leur vie après un verre ou deux. Elle ne mentait pas : Mark l'avait déjà surprise. Il avait également éveillé sa méfiance.

22

Appelez le commandant Blood

Louis Francis Albert Victor Nicholas Mountbatten, amiral de la flotte, dégustait un verre de cognac avec Noël Coward, assis dans la paisible bibliothèque lambrissée de bois sombre du Reform Club.

– On dit qu'elle contient soixante-quinze mille livres, commenta-t-il en parcourant du regard les étagères bourrées d'ouvrages qui montaient jusqu'au plafond.

– Intéressant, répondit Noël. Chaque fois qu'on m'invite ici, quelqu'un m'informe que cette bibliothèque contient soixante-quinze mille livres, et chaque fois, je me demande si certains d'entre eux sont les miens.

– On parle de vous faire chevalier.

– Ça, en revanche, c'est une phrase que je n'entends pas souvent au Reform. (Noël souffla la fumée de sa cigarette en l'air, comme pour dissimuler son désir qu'il ne s'agisse pas d'une simple rumeur.) Vous savez, je prends toujours les on-dit avec une gorgée de cognac, ajouta-t-il en joignant le geste à la parole.

– Cette fois, c'est très sérieux, affirma Mountbatten.

– Vraiment ?

Les yeux mi-clos, Noël étudia le visage séduisant mais marqué de l'amiral à travers la fumée de sa cigarette.

– Je le tiens de source sûre.

Noël s'autorisa un sourire.

– Existe-t-il des rumeurs qui ne soient pas estampillées « de source sûre » ?

– Vous oubliez que je suis en contact direct avec Sa Majesté, contra gentiment Mountbatten. Elle vous aime beaucoup et elle apprécie vos contributions au théâtre, surtout en regard des inepties qui se montent sur les scènes londoniennes de nos jours.

– Sa Majesté est trop bonne.

– Sa Majesté désire récompenser un grand talent. Quant à moi, je ne peux que me réjouir quand un grand talent est convenablement récompensé.

– C'est très aimable à vous, Dickie. (Noël joignit les mains, pointant son fume-cigarette en direction de Mountbatten telle une lance.) Mais si je puis me permettre, d'où vous vient ce désir subit de me voir ainsi honoré ?

L'amiral prit un air faussement outré.

– Vous n'imaginez tout de même pas que je nourrisse des intentions cachées !

– Je n'imagine rien, mais je peux soupçonner, répliqua Noël.

– De fait, il est un service que vous pourriez nous rendre, admit Mountbatten.

Avec un sourire entendu, Noël attendit l'inévitable révélation qui allait tomber.

– Bien entendu, je suis à la disposition de Sa Majesté.

– C'est exactement ce que je lui ai dit. (L'amiral s'interrompit pour boire une gorgée de cognac.) Comme vous vous en doutez certainement, les antennes du palais sont toujours promptes à capter le plus petit soupçon de scandale.

Noël ne dit rien, attendant la suite. Il se contenta de laisser ses sourcils sceptiques parler pour lui.

– Sa Majesté est particulièrement sensible à tous les ragots concernant sa sœur, la princesse Margaret.

– C'est bien compréhensible, acquiesça Noël. Au passage, une femme charmante, et une très bonne amie à moi.

– Vous n'êtes peut-être pas au courant, car peu de gens le sont, mais le Palais a récemment constitué une équipe d'investigateurs dévoués afin de gérer toutes les, disons, questions délicates qui pourraient se poser. Ces investigateurs ont été baptisés Walsingham, en hommage à Sir Francis Walsingham qui protégeait la première reine Elizabeth.

– Je n'étais pas au courant, dit Noël, qui ne l'était effectivement pas.

– Les Walsingham ont attiré mon attention sur une jeune femme du nom de Priscilla Tempest, impliquée dans de récents événements qui pourraient avoir des répercussions très déplaisantes s'ils n'étaient pas gérés correctement.

La mention de Priscilla prit Noël au dépourvu. Il ne savait pas à quoi il s'attendait exactement, mais en tout cas, pas à ça.

– De quel genre d'événements parlons-nous ? s'enquit-il.

– La jeune femme en question est employée à l'hôtel Savoy, où le corps d'un certain Amir Abrahim a été découvert dans l'une des suites. Apparemment, elle avait passé la soirée précédente avec lui. Ce qui n'aurait guère d'importance sans la suggestion calomnieuse que cet Abrahim entretenait certains liens avec Son Altesse Royale la princesse Margaret.

– Oh, Seigneur, lâcha Noël.

– Je me suis laissé dire que vous connaissiez cette jeune femme.

– En effet, j'ai eu l'occasion de la fréquenter depuis environ un an, en fait, depuis qu'elle dirige le bureau de presse du Savoy.

– Et ?

– Comme vous le savez, cet établissement distingué n'emploie que des individus du meilleur calibre. Priscilla est une jeune femme extrêmement intelligente et discrète.

– Il semble toutefois que la direction ne soit pas satisfaite de ses services.

– Je n'ai rien entendu de tel, répondit Noël sans mentir.

– Apparemment, c'est Miss Tempest qui a également découvert Bernard Bannister en grande souffrance dans sa suite.

Noël feignit la surprise.

– Vous me l'apprenez. Mais l'affliction de Bannister est sûrement sans rapport avec la princesse.

– Cela reste à voir, répliqua Mountbatten.

– Vraiment ? lança Noël s'occupant à finir son cognac.

– Je vous serais très reconnaissant – et le Palais aussi, j'en suis sûr –, si vous pouviez dire deux mots à Miss Tempest. Discrètement. Inutile de mentionner notre conversation.

– Tout à fait inutile, acquiesça Noël.

– Tâchez de découvrir ce qu'elle sait, ou plutôt, ce qu'elle ignore au sujet de ces incidents. Particulièrement, s'il y a quelque chose au sujet de l'affaire Bannister qu'elle n'a pas dit à la police.

Noël pensa à la femme qui, d'après Priscilla, s'était enfuie de la suite du politicien, cette même femme qu'elle avait suivie jusqu'au palais de Kensington.

– Vous pensez qu'il pourrait y avoir quelque chose ? demanda-t-il.

Mountbatten le gratifia du même sourire glacial qu'il avait dû plaquer sur son visage taillé à la serpe en apprenant que sa femme entretenait une liaison avec Nehru.

– Voyez ce que vous pouvez apprendre.

– Avec plaisir.

– Encore une chose, ajouta Mountbatten en sortant un bristol et un stylo-plume de la poche intérieure de sa veste.

– Quoi donc, mon cher ? s'enquit Noël.

– Le chef des Walsingham est le commandant Peter Trueblood, issu de la Garde de la reine. Le gentleman le plus coriace qui ait jamais porté un uniforme. Il a servi sous mes ordres pendant la guerre ; en fait, c'est l'un des survivants du débarquement de Dieppe. Il a reçu l'Ordre du Service distingué pour la façon dont il s'est comporté.

– Ah oui, Dieppe, acquiesça gravement Noël.

Mountbatten ne parut pas l'entendre.

– Donc, le mieux à faire… (Il avait dévissé le capuchon de son stylo-plume et écrivait au dos du bristol.) c'est que vous preniez contact avec le commandant Blood.

– Le commandant Blood ? Un nom sanguinaire, qui fait froid dans le dos.

– N'est-ce pas ? Tout le monde l'appelle comme ça, mais peut-être pas en sa présence. (Mountbatten tendit la carte à Noël.) Voici son numéro. Passez-lui un coup de fil. Bien, je ne crois pas que nous ayons besoin de reparler de tout cela, vous et moi, n'est-ce pas ?

– J'imagine que non.

Cette fois, Mountbatten se fendit d'un sourire plus large, et un peu de chaleur fit fondre la glace de ses yeux.

– J'ai hâte de devoir vous appeler Sir Noël.

C'est pas demain la veille, songea l'intéressé.

23

Des Martini pour le déjeuner

– La tour a plus de mille ans, dit Priscilla devant l'entrée de la tour de Londres, s'efforçant désespérément de se remémorer les quelques informations touristiques qu'elle était parvenue à rassembler avant de rejoindre Eunice Kerry.

– Environ le même âge que mon gendre, répliqua Eunice en grimaçant.

On peut dire que cette journée en sa compagnie avait été jusque-là un succès mitigé. Priscilla était constamment sur le qui-vive, cherchant de nouvelles façons de satisfaire la belle-mère de son patron. Ce qui, étant donné la personnalité de cette dernière, ne se révélait pas une tâche facile.

Il y avait d'abord eu une brève visite chez Harrod's, durant laquelle Eunice s'était plainte des prix et de la mode anglaise. Puis une promenade dans la galerie marchande de Burlington Arcade, dont l'étalage de luxe avait paru apaiser la visiteuse et l'avait mise de si bonne humeur qu'elle avait fini par acheter un sac Hermès.

Quand Priscilla avait suggéré un passage chez Asprey, installé dans New Bond Street et célèbre pour sa joaillerie, Eunice avait fermement refusé. La descente en voiture de la très branchée Carnaby Street avait provoqué moult grommellements et critiques des passantes en jupes minuscules, suivis par la conclusion bruyante que la civilisation occidentale touchait à son terme. En silence, Priscilla avait remercié le ciel d'avoir opté pour une jupe plus longue ce jour-là.

À présent, elles se tenaient à l'extérieur d'un mur d'enceinte épais de cinq mètres « construit par Guillaume le Conquérant à titre de démonstration de son pouvoir », expliqua Priscilla.

– Grand bien lui fasse, commenta Eunice.

– La tour de Londres est l'un des monuments les plus célèbres de Grande-Bretagne. Palais des rois et des reines, bastion sûr pour abriter les joyaux de la Couronne, mais aussi prison, lieu d'exécution et de torture, poursuivit Priscilla, totalement investie dans son rôle de guide touristique mais s'inquiétant d'arriver bientôt au bout de ses maigres connaissances.

– On exécute et on torture encore dans ce pays ?

– Plus depuis un bon moment.

– Dommage. J'avais quelques candidats à proposer.

– Autrefois, il y avait ici des lions et des tigres, toutes sortes d'animaux. Et même un éléphant. Vous savez avec quoi on le nourrissait ?

– La tête des condamnés décapités ?

– Quatre litres de vin rouge par jour. Inutile de dire qu'il n'a pas fait long feu.

Un détail historique que Priscilla était particulièrement fière de connaître.

– Mais je suis sûre qu'il est mort heureux, ce qui

ne risque pas de m'arriver si vous continuez à jacasser ainsi, déclara Eunice sur un ton cinglant.

Priscilla poussa un soupir de soulagement intérieur avant de demander :

– Vous ne voulez pas visiter la tour ?

Eunice lorgna les hordes de touristes massées devant l'entrée.

– Je préférerais encore être le clou du spectacle pendant une exécution, proclama-t-elle sur un ton funeste. Et puis, c'est presque l'heure du déjeuner, et j'ai besoin d'un Martini.

– Vous me trouvez ennuyeuse ? s'inquiéta Priscilla.

C'était une chose de vouloir s'éloigner de la tour avant que soit révélée la limite de ses connaissances touristiques ; c'en était une autre de passer pour une guide rasoir aux yeux d'Eunice.

– Je sais qu'on vous a forcée à me promener, Priscilla.

– Pas du tout, protesta la jeune femme.

– Et vous faites de votre mieux. Mais franchement, entre un vieux château poussiéreux à l'histoire sanglante et un Martini, je préfère largement le Martini.

– Où voulez-vous aller ?

– Ma fille veut que nous déjeunions ensemble chez Simpson's in the Strand.

– Excellent choix. Je vais vous y déposer.

– Certainement pas, lança sévèrement Eunice. Vous ne me laisserez pas en tête à tête avec elle. Vous allez déjeuner avec nous.

– Mais…

– C'est un ordre.

Au sein de l'élégance lambrissée du Simpson's in the Strand, des serveurs en jaquette blanche flottaient discrètement entre les tables. Celles-ci, couvertes de nappes de lin, étaient occupées par des messieurs à l'air important qui parlaient à voix basse tandis qu'on découpait pour eux des tranches de rosbif sur un chariot de service en argent.

Dans ce lieu essentiellement habitué à recevoir des hommes du monde, le maître d'hôtel au visage sévère jeta un coup d'œil à Priscilla, et ce qu'il vit n'eut pas l'air de lui plaire. Mais sitôt qu'il aperçut Eunice, son mécontentement s'évapora, cédant la place à un sourire chaleureux.

– Madame Kerry, quel plaisir de vous revoir ! clama-t-il, rayonnant. Votre fille a téléphoné pour prévenir qu'elle serait légèrement en retard. Je serai ravi de vous conduire à votre table.

Malgré l'estime visible dont elle jouissait, Mme Kerry et son accompagnatrice ne pouvaient pas être installées ailleurs qu'à l'étage. Les femmes non accompagnées n'étaient pas autorisées dans la salle à manger principale.

– Il va me falloir un double Martini, sec, avec un zeste de citron, *tout de suite*, annonça Eunice tandis qu'un bataillon de serveurs leur tirait des chaises et dépliait leurs serviettes en acquiesçant vivement.

Le maître d'hôtel demanda à Priscilla ce qu'elle souhaitait boire.

– De l'eau, ça ira, répondit la jeune femme.

– Ne dites pas de bêtises, coupa Eunice. Elle prendra une flûte de champagne, qui est apparemment son alcool préféré. Il est hors de question que je boive seule.

Les serveurs s'éloignèrent sur les talons du maître d'hôtel, comme vaincus par une force supérieure. Ce qui était exactement le cas. Eunice eut un sourire narquois.

– Vous voyez, ma chère ? J'en sais davantage sur vous que vous ne le pensez.

Priscilla s'efforça de dissimuler sa surprise.

– Vraiment ?

– Vous êtes célibataire, canadienne comme vous m'en avez informée, et vous aimez boire du champagne.

– Exact sur les trois points.

– Et vous adorez les hommes.

– En effet. Plus que tout le reste.

– Vous avez couché avec beaucoup d'entre eux ?

Priscilla ne sut pas comment répondre à cette question.

– Tout dépend de ce que vous entendez par « beaucoup », je suppose.

– Ah oui, et le personnel du Savoy trouve que vous détonnez dans le décor.

– Je suis navrée de l'apprendre.

Priscilla était sûre que tout le restaurant avait entendu l'anxiété lui tordre l'estomac.

– Il n'y a pas de quoi. J'ai dit à mon imbécile de gendre que s'il vous virait, je ne mettrais plus jamais les pieds dans son hôtel.

Priscilla eut un sourire sceptique.

– C'est très gentil de votre part, mais je doute que ça fasse beaucoup d'effet.

– Vous plaisantez ? s'écria Eunice avec un air faussement horrifié. Clive Banville, ce vieux bouc pompeux, a une sainte trouille de moi. Vous me plaisez, ma chère, et peu de gens trouvent grâce à mes yeux. Ne vous en faites pas : vous conserverez votre travail tant que je serai dans les parages.

– Merci, madame Kerry. Il se trouve que je vous apprécie aussi.

– Évidemment ! Comment ne pas m'adorer ? lança Eunice avec un clin d'œil entendu.

Les deux femmes riaient ensemble quand arriva Daisee Banville, éblouissante dans une robe vert pâle.

– Malédiction, murmura Eunice. Et moi qui espérais avoir le temps d'avaler un Martini avant de devoir la supporter.

Daisee s'efforça de sourire tandis que le maître d'hôtel tirait sa chaise.

– J'espère que vous avez passé une matinée merveilleuse. (Sans attendre de réponse, elle leva les yeux vers le maître d'hôtel qui s'attardait.) Une eau pétillante.

L'homme acquiesça.

– Oui, madame.

Et il s'éloigna d'un pas pressé.

– Tu ne bois rien ? demanda Eunice, mécontente.

– Je ne bois jamais pendant la journée, Mère, répliqua Daisee. Vous le savez.

– Vraiment ? J'ai dû l'oublier.

– Racontez-moi votre matinée, réclama Daisee histoire de changer de sujet. Où êtes-vous allées ?

– Priscilla m'a emmenée à la tour de Londres. Apparemment, on y décapitait autrefois les membres de l'establishment qui avaient déplu à la Couronne. J'ai été très déçue d'apprendre que ça ne se faisait plus de nos jours.

Daisee eut un sourire pincé.

– Sachez, Mère, que la Couronne est très satisfaite de moi.

– Tu ne peux pas savoir à quel point je suis ravie de l'apprendre, dit sèchement Eunice.

Daisee jeta un coup d'œil à la ronde pour s'assurer qu'aucun de leurs voisins en costume rayé ne les écoutait. Puis elle se pencha en avant et baissa la voix.

– Vous ne devez rien dire à personne. (Elle jeta un regard impérieux à Priscilla.) C'est compris ?

– Certainement.

Eunice leva les yeux au ciel.

– Que vas-tu nous annoncer ? Que tu es une espionne à la solde des Russes ? Ne t'en fais pas, je m'en doutais déjà.

– Franchement, Mère, protesta Daisee sur un ton exaspéré. Je suis tentée de ne rien vous dire du tout.

– Fais-toi plaisir. Je doute que quiconque puisse t'en empêcher, de toute façon.

– La raison pour laquelle je n'ai pas pu vous accompagner ce matin, c'est que j'avais rendez-vous avec... la princesse *Margaret*.

Avant que Priscilla et Eunice puissent réagir, un serveur arriva avec leurs verres. Eunice engloutit promptement la moitié de son Martini. Sa fille la toisa d'un air critique.

– Sérieusement, Mère ?

– C'est l'émotion d'apprendre que tu fréquentes la princesse Margaret.

– Ces dames sont-elles prêtes à commander ? s'enquit le serveur.

Daisee fronça les sourcils.

– Laissez-nous encore quelques minutes.

L'homme disparut. Eunice continua à boire tandis que sa fille se penchait vers elle.

– Princesse Margaret envisage un dîner d'anniversaire très *intime*, et elle voudrait que je l'organise au Savoy !

Daisee marqua une pause théâtrale et dans le silence qui suivit, Priscilla se sentit obligée de dire :

– C'est merveilleux.

– Qui s'en soucie ? ricana Eunice.

Daisee grimaça et se redressa.

– Eh bien, je peux vous dire que Clive sera enchanté – et grâce à moi, si je puis me permettre. (De nouveau, elle fixa Priscilla d'un regard pénétrant.) Bien entendu, tout ceci doit rester extrêmement discret, Miss Tempest. Il n'y aura aucune publicité autour de cet événement. Vous m'entendez ? Absolument *aucune publicité*.

– Je comprends.

– Pas moi, affirma Eunice, qui avait fini son Martini. Dès que Margaret arrivera à l'hôtel, tout le monde sera au courant, et tu seras très énervée et tu blâmeras la pauvre Priscilla.

– Justement, c'est toute la beauté de mon plan, révéla Daisee, très excitée. Margaret a accepté de venir à l'hôtel pour ne pas devoir fêter son anniversaire dans cet horrible palais de Kensington. Nous fermerons Simpson's pour la soirée, et elle prendra l'entrée de service.

– En quoi cela l'aidera-t-il à se rendre à une réception qui aura lieu au Savoy ?

– Nous la ferons passer par le *tunnel*.

– Le tunnel ? Quel tunnel ?

– Celui qui relie Simpson's in the Strand et le Savoy. Peu de gens connaissent son existence. Si Margaret arrive par là, personne ne s'apercevra de rien.

– C'est beaucoup d'agitation pour pas grand-chose, si tu veux mon avis, lança Eunice en cherchant un serveur du regard.

– Mère, je crois que vous ne comprenez pas combien cette réception est importante, pour moi et pour l'hôtel.

Daisee s'adossa à sa chaise avec l'ébauche d'une moue déçue.

– Bien joué, madame Banville, la félicita Priscilla. Je suis certaine que le dîner sera spectaculaire, et très profitable à la réputation de l'hôtel. Si je peux faire quoi que ce soit pour vous aider, n'hésitez pas à faire appel à moi.

Eunice leva les yeux au ciel.

– Priscilla, espèce de lèche-bottes.

– Afin que tout se déroule sans accroc, reprit Daisee, Margaret insiste pour que je me coordonne avec ce drôle de personnage dont je n'avais encore jamais entendu parler. Apparemment, c'est lui qui est chargé de la sécurité au Palais. Et c'est lui qui a eu l'idée de passer par le tunnel, dont il s'était déjà servi auparavant.

– Intéressant, commenta Priscilla.

Daisee baissa de nouveau la voix.

– Un drôle de personnage, comme je le disais. Plutôt effrayant, en fait. Le commandant Peter Trueblood, mais tout le monde l'appelle commandant Blood. Il paraît qu'il vaut mieux ne pas le contrarier. Margaret se sent parfaitement en sécurité avec lui.

Le commandant Blood ? songea Priscilla. *Peut-être un nom à retenir.*

– Apportez-moi un autre Martini, réclama bruyamment Eunice comme un serveur se matérialisait près de leur table. Bien tassé, ajouta-t-elle.

Après trois Martini et une tranche de rosbif saignant qu'elle promena autour de son assiette pendant que sa fille continuait à jacasser avec insouciance, une Eunice bien imbibée autorisa enfin Priscilla à la ramener au Savoy et à la raccompagner jusqu'à sa suite.

– Si vous aviez une fille comme elle, vous boiriez vous aussi, affirma-t-elle tandis que Priscilla la guidait vers un canapé. Franchement, qui se soucie de la fichue princesse Margaret ? Cette obsession de la famille royale qu'ont les Britanniques… Moi je dis : *coupez-leur la tête* !

Dès que Priscilla l'eut aidée à s'allonger, Eunice s'endormit. Priscilla alla prendre une couverture dans le placard et l'étendit sur elle. Eunice s'agita et marmonna :

– Vous êtes vraiment très gentille, ma chère. Je me fous de ce que raconte ma fille : je ne les laisserai pas vous virer.

Priscilla ressortit discrètement et prit l'ascenseur pour descendre dans le hall d'entrée. S'il y avait une conclusion à tirer de cette matinée passée avec la belle-mère du directeur, c'est qu'elle était encore plus proche du licenciement qu'elle ne l'avait imaginé.

Ce n'était pas une bonne nouvelle. Mais… et c'était un *mais* crucial… ils ne l'avaient *pas encore* virée. Il restait de l'espoir. Il y avait encore un maigre espoir, certes, mais un espoir quand même. Percy Hoskins avait peut-être raison. Avec son aide, Priscilla pourrait peut-être découvrir ce qui était arrivé à Amir Abrahim et Bernard Bannister ; on l'acclamerait, et elle garderait son travail.

Non ?

Susie était partie faire quelques courses. Priscilla s'assit à son bureau et savoura le silence. Le téléphone ne sonnait pas ; personne ne venait se faire payer un coup à boire. Le brouillard se dissipait dans le cerveau de la jeune femme. Elle avait de nouveau les idées claires – du moins, aussi claires que possible pour son esprit confus.

Le commandant Peter Trueblood... Elle était obsédée par ce nom.

La voix arrogante de Daisee répétait dans sa tête : *Le commandant Peter Trueblood, mais tout le monde l'appelle commandant Blood. Il paraît qu'il vaut mieux ne pas le contrarier. Margaret se sent parfaitement en sécurité avec lui.*

Priscilla saisit le combiné du téléphone. Percy Hoskins décrocha sitôt qu'elle eut fini de composer son numéro.

– Calme-toi, ô mon cœur palpitant ! Elle nous appelle.

– J'ai eu une intuition, commença Priscilla.

– Une intuition. Ah, lâcha Percy, qui ne semblait pas ravi.

– J'ai entendu un nom aujourd'hui. Peter Trueblood. Ça te dit quelque chose ?

Silence à l'autre bout de la ligne.

– Le commandant Peter Trueblood, précisa-t-elle.

– J'ai beau me gratter la tête, ça ne me dit rien, avoua Percy. Ça devrait ?

– Apparemment, il travaille au palais de Buckingham, où il veille sur la princesse Margaret. On le surnomme commandant Blood.

– Jamais entendu parler de lui. Et moi qui croyais connaître tout le monde là-bas.

– Tu veux bien te renseigner ? Voir ce que tu peux trouver sur ce type ?

– Qu'est-ce que tu me caches ?

Des tas de choses, à bien y réfléchir, songea Priscilla.

– Disons que j'en saurai plus une fois que tu m'auras aidée.

– Je crois que tu ne me fais pas confiance.

– C'est exact.

– Mais tu m'aimes quand même.

– Je serais folle de t'aimer.

– Ah ah, triompha Percy. Maintenant, j'en suis certain : tu es amoureuse.

Priscilla raccrocha.

24

La défense du royaume

– Comment s'appelle celle avec les divorcés qui se retrouvent dans le même hôtel avec leurs nouveaux conjoints ? demanda le commandant Peter Trueblood.

C'était une belle journée à St. James's Park, avec un ciel presque sans nuages et une légère brise qui dissipait l'humidité de cette fin d'été. *Un temps parfait pour s'asseoir sur un banc*, songea Noël Coward en regardant passer les poussettes sur le chemin – même s'il était en pleine conversation avec une personne à qui il n'avait pas particulièrement envie de parler.

– Vous pensez sans doutes aux *Amants*, répondit-il en s'efforçant de cacher son agacement de voir une de ses pièces résumée de façon aussi grossière.

– C'est ça, acquiesça Trueblood. J'ai aimé.

– Elle a très bien marché. Ça fait déjà quelques années.

– Oui, c'est un peu ancien. Vous gribouillez toujours ?

Noël fronça les sourcils.

– Une fois de temps en temps, je parviens à coucher quelques idées sur le papier, oui.

Trueblood hocha la tête.

– Excellent.

Silence. Noël écouta le chant des oiseaux dans les platanes voisins, tout en examinant Trueblood du coin de l'œil. Même en plein soleil, le commandant Blood évoquait un vampire avec son teint cendreux, sa silhouette aussi maigre que celle d'Ichabod Crane, ses yeux pareils à deux morceaux de charbon profondément enfoncés dans leurs orbites, son nez en bec de faucon qui tentait de dissimuler sa moustache fine et ses cheveux noirs qui dépassaient sous son chapeau en feutre. Il portait le costume à fines rayures des fonctionnaires de carrière – ou des tueurs à gages, selon le point de vue, songea Noël. En résumé, Trueblood donnait l'impression d'être une créature de la nuit, mal à l'aise dans la lumière du jour. *Donc, peut-être pas tant un assassin qu'un vampire*, décida-t-il.

Trueblood finit par rompre le silence en braquant ses morceaux de charbon vers Noël.

– Dickie Mountbatten a suggéré que nous nous rencontrions.

– En effet. J'ai cru comprendre que vous travaillez pour le Palais, répondit Noël en se dandinant sous son regard.

– Jour et nuit, je le crains, acquiesça Trueblood avec un léger sourire. Jour et nuit.

– Je ne vois pas trop en quoi je peux vous aider, avoua Noël.

– Parlez-moi de la gamine du Savoy. Priscilla Tempest, c'est bien ça ?

– Comme j'en ai informé Dickie lors de notre

conversation, je doute que Priscilla représente une quelconque menace pour la monarchie britannique.

– Vous en avez informé Dickie ? Pauvre de moi. Je crains que le message ne soit pas très bien passé.

– Je suis navré de l'apprendre, dit Noël, qui brûlait d'envie d'allumer une cigarette pour s'aider à traverser cette épreuve.

– Je note que selon vous, cette Tempest n'est pas dangereuse.

Trueblood détacha son attention de Noël pour la tourner vers un groupe de garçons qui jouaient au football sur la pelouse, dérangeant les gens en train de bronzer.

– Toutefois, reprit-il en observant les jeunes, mon travail consiste à enquêter sur toutes les menaces *potentielles*. Puis, une fois en possession des faits, à tirer une conclusion dans un sens ou dans l'autre.

– Les Walsingham.

Noël avait lancé le mot par pur esprit de contrariété, histoire de voir s'il soutirerait une réaction à son interlocuteur.

Une fois de plus, il bénéficia d'un long moment pour écouter le chant des oiseaux. Chassés par les gens qui voulaient prendre tranquillement le soleil, les garçons disparurent avec leur ballon de foot. Trueblood reporta son attention sur Noël – avec une réticence visible, nota ce dernier.

– J'imagine que c'est Dickie qui a employé ce nom, dit Trueblood à voix basse.

– Effectivement. Je ne l'avais encore jamais entendu.

– Non. Ce n'est pas un terme dont j'aime user à tort et à travers. (Trueblood se dandina comme si le banc était devenu inconfortable.) J'espère que vous saurez rester discret. Dickie m'a dit que nous pouvions compter sur vous.

– Bien sûr, acquiesça vaguement Noël.

Les gens comme Trueblood pensaient toujours qu'ils pouvaient compter sur les gens comme lui, mais en fait on ne pouvait pas du tout compter sur lui. Noël était pareil à un agent secret qui assistait à leurs soirées et se cachait juste sous leur nez. Cela ne faisait jamais qu'une quarantaine d'années que sa véritable opinion de l'aristocratie était mise en scène dans chacune de ses pièces.

– En gros, expliqua Trueblood, je dirige une équipe d'enquêteurs qui guettent les ennuis potentiels et tentent de les étouffer dans l'œuf avant qu'ils n'affectent la famille royale.

– Un travail épuisant de nos jours, commenta sèchement Noël.

– Je n'ai pas le temps de m'ennuyer, confirma Trueblood. (Il poursuivit, à voix si basse que Noël dut se pencher vers lui pour l'entendre :) Nous sommes une bande de frères d'armes, si je puis dire, entièrement dévoués à la Couronne, mais aussi aux valeurs et aux traditions qu'elle représente. L'époque est au changement. La Grande-Bretagne court un grand péril ; aussi appartient-il aux hommes tels que nous de préserver au mieux l'intégrité d'un pays qui, sans cela, tomberait probablement en morceaux.

– Eh bien, je suppose que c'est un argument, répondit Noël en choisissant soigneusement ses mots, les yeux tournés vers les promeneurs de plus en plus nombreux sur le chemin – son envie de cigarette se faisait de plus en plus pressante.

– Ce qui nous ramène à la situation au Savoy, déclara Trueblood.

– Cela vous dérangerait-il terriblement que je fume ?

Le visage émacié du commandant prit une expression douloureuse.

– Je préférerais que vous vous absteniez, si ça ne vous ennuie pas. J'ai de l'asthme, voyez-vous.

– Oh, Seigneur, je suis navré de l'apprendre, répondit Noël, abattu. Vous disiez ?

– J'aimerais savoir à quel point cette Priscilla Tempest a connaissance des récents événements, et ce qu'elle risque de raconter en public à leur sujet.

Noël se racla ostensiblement la gorge avant de répondre :

– Comme je l'ai dit à Dickie, Priscilla a passé la soirée avec le défunt, le fameux Amir Abrahim, avant qu'on le retrouve mort le matin suivant. J'ai également dit à Dickie qu'on racontait que la princesse Margaret avait été aperçue près de la suite d'Abrahim au moment approximatif de son décès.

– C'est tout à fait impossible, coupa Trueblood.

– Néanmoins, c'est ce que pense la gouvernante qui a découvert le corps. Priscilla se trouvait sur les lieux quand ce fait a été porté à la connaissance de la direction.

– Qui exactement se trouvait là ? Vous le savez ?

– Outre Priscilla, il me semble qu'il y avait le directeur du Savoy, M. Banville, ainsi que le major Jack O'Hara, le responsable de la sécurité de l'hôtel.

Trueblood hocha gravement la tête.

– J'imagine que la police en a également été informée à son arrivée.

– Ça, je n'en sais rien.

– L'inspecteur de Scotland Yard qui dirige l'enquête, Bobby Lightfoot – un brave type, ce Bobby – m'a dit qu'ils soupçonnent Miss Tempest d'être plus impliquée qu'elle ne veut bien le dire, à la fois dans la mort d'Abrahim et dans l'empoisonnement apparent de Bernard Bannister.

Noël ne put s'empêcher de pouffer.

– Je doute franchement que ce soit le cas.

Trueblood n'eut pas l'air de trouver qu'il y avait matière à rire.

– Dans ce cas, dites-moi ce que vous pensez de cette Tempest.

– Priscilla est une jeune femme intelligente qui aime le champagne, les minijupes et les hommes, à peu près dans cet ordre-là. Je suppose qu'on pourrait la qualifier de play-girl, une fille qui adore s'amuser et qui apprécie son travail au Savoy. Je l'imagine très mal tenter de tuer ou d'empoisonner qui que ce soit.

Une fois de plus, le silence de Trueblood permit à Noël de savourer le chant des oiseaux.

– Je me demande si vous ne la sous-estimez pas, lança enfin le commandant. Il semble qu'on l'ait vue farfouiller en compagnie d'un journaliste de l'*Evening Standard* nommé Percy Hoskins.

– Et cela vous inquiète parce que… ? s'enquit Noël, ses sourcils perchés au plus haut sur son front.

– Cela m'inquiète à deux titres. (Trueblood avait élevé la voix, espérant sans doute qu'ainsi, ses paroles auraient plus d'impact.) Au pire, Tempest est bel et bien suspecte. Au mieux, elle joue les détectives amateurs et fourre son nez dans des endroits où il n'a rien à faire, avec un journaliste qui a la réputation de causer des ennuis à l'establishment. Dans les deux cas, ça ne me plaît pas. Et quand une situation ne me plaît pas, je travaille très dur à la modifier pour qu'elle devienne à mon goût.

– Et qu'est-ce qui vous fait penser que Priscilla joue les détectives amateurs ? interrogea Noël, surpris que la jeune femme ait pu se démener au point d'attirer l'attention de Trueblood.

– Elle pose des questions qu'elle ne devrait pas poser. Des questions qui ont suscité l'inquiétude des gens auxquels je rends compte. De plus, j'ai appris ce matin que Hoskins se renseignait sur mes activités en utilisant un terme que je n'aime pas entendre, surtout dans la bouche d'un journaliste.

– J'en suis navré. De quel terme s'agit-il ?

– Celui que vous avez employé tout à l'heure. Les Walsingham.

Plus tard, quand Noël se demanda pourquoi il avait soudain été traversé par un éclair de peur, il ne sut dire si c'était à cause du ton impitoyable de ce protecteur de l'establishment à l'allure si inquiétante, ou à cause de l'horrible soupçon qui l'avait assailli alors qu'il quittait le calme ombragé de St. James's Park. Et s'il avait sans le vouloir trahi son amie Priscilla et encore ajouté au danger qu'il était désormais certain qu'elle courait ?

25

Du mal à respirer

Pendant une bonne partie de la semaine suivante, le calme régna plus ou moins dans la 205. Priscilla attendait – espérait, peut-être – que Mark Ryde l'appelle, mais il n'en fit rien. À vrai dire, le téléphone ne sonna guère l'espace de quelques jours.

Susie s'occupa en se limant les ongles et en discutant avec sa mère au téléphone. Priscilla eut tout le temps de finaliser la lettre d'information mensuelle du Savoy, puis de l'envoyer à la presse locale qui l'attendait avec impatience – du moins la jeune femme aimait-elle à s'en persuader.

Aussi, lorsque Percy Hoskins entra dans son bureau après être passé sans un regard pour elle devant Susie qui était encore au téléphone avec sa mère, Priscilla se réjouit presque de le voir. À défaut d'autre chose, sa visite romprait la monotonie de la journée, même si ce n'était pas une très bonne idée de se montrer en compagnie du journaliste qui avait le premier annoncé la découverte d'un cadavre au Savoy et qui, dans le meilleur des cas, était considéré par la direction de l'hôtel comme une irritante épine logée dans son flanc.

– J'ai besoin d'un verre, lança Percy en se jetant

sur le canapé contre le mur du fond. Mais pas de cet horrible champagne dont tu aimes t'enfiler des litres.

– Je ne m'*enfile* pas des litres de champagne, répliqua Priscilla sur son ton le plus hautain. Je le bois délicatement.

– Désolé. J'oubliais que tu es une femme sophistiquée.

– Merci de le garder en tête à partir de maintenant.

– Donc, je peux avoir une bière ?

– Je préférerais te jeter dehors.

– Tu mens. Contrairement à toi, je n'ai pas oublié que nous étions censés travailler ensemble. Et je t'apporte des nouvelles très intéressantes.

– Au sujet du commandant Blood ?

– Commence par me servir une bière. Ça me déliera la langue.

Priscilla appuya sur le bouton Bibine, et Karl fit aussitôt son apparition.

– Je commençais à croire que vous étiez tombée malade, lança-t-il avec son léger accent autrichien.

– Pourquoi donc ? demanda Priscilla.

– Vous ne m'avez pas appelé depuis près d'une semaine. J'imaginais que vous étiez gravement malade, ou morte.

– Pire encore : je tentais de me tenir convenablement.

– Aucune chance que ça arrive, affirma Percy en ricanant.

– Ce n'est pas une manière d'agir, Miss, la rabroua Karl en esquissant un sourire. Vous devriez avoir honte.

– Je suis bien forcée de l'admettre. (Priscilla désigna Percy, vautré sur le canapé.) Pourriez-vous apporter une bière à ce monsieur ?

Karl se tourna vers le journaliste.

– La même chose que d'habitude, monsieur Hoskins ? Une Double Diamond, me semble-t-il ?

– Tout à fait, acquiesça Percy avec le même large sourire que le chat du Cheshire.

– Ne vous montrez pas si accueillant, Karl, protesta Priscilla. Sans ça, nous ne nous débarrasserons jamais de lui.

– Tant que Karl m'apportera des Double Diamond, je continuerai à venir, affirma Percy.

Le serveur considéra les deux belligérants et décida que le moment était venu de s'éclipser.

– Je reviens tout de suite avec la bière de M. Hoskins, lança-t-il avant de sortir en hâte.

Priscilla se leva pour aller fermer la porte de son bureau.

– Qu'est-ce que tu voulais me dire, Percy ?

– J'ai du nouveau sur Amir Abrahim. D'après mes sources à Scotland Yard, Bulldozer Lightfoot et ses sbires ne comprennent pas ce qui lui est arrivé. Les analyses toxicologiques confirment la présence de traces d'une substance étrangère, mais ne parviennent pas à déterminer laquelle.

– Donc, il a bien été empoisonné ? demanda Priscilla en s'appuyant contre le bord de son bureau.

– Sans aucun doute. Mais avec quoi ? Mystère. De plus, les enquêteurs pensent qu'il est arrivé la même chose à Bernie Bannister.

– Comment va-t-il ?

– Pas bien, mais comme pour Abrahim, personne ne veut rien dire. J'ai écrit un article pour l'édition de ce soir au sujet de la mystérieuse rétention d'informations sur qui est arrivé aux deux hommes. Dans le cas d'Abrahim, je dis que la police semble vouloir dissimuler le fait qu'il a été assassiné. Ce qui nous amène à ton soi-disant commandant Blood.

– Qu'est-ce que tu as découvert sur lui ?

– Ce qui est intéressant, c'est que quasiment personne au Palais ne veut parler de ce personnage. Donc, j'ai fouillé ailleurs. C'est un ancien militaire qui a servi sous les ordres de Mountbatten, réputé pour son comportement impitoyable pendant la guerre, et un monarchiste convaincu qui travaille apparemment pour la Couronne au sein d'un groupe secret baptisé les Walsingham. Pour faire quoi ? Ce n'est pas clair.

– J'ai peut-être mon idée là-dessus, avança Priscilla.

Le visage de Percy s'éclaira.

– Je le savais. Tu me caches des choses. Quel secret as-tu gardé pour toi ?

– La princesse Margaret va fêter son anniversaire en donnant un dîner intime au Savoy. Tout le personnel, moi y compris, a dû jurer de garder le secret. Donc, tu ne peux pas écrire d'article là-dessus, c'est compris ?

Percy acquiesça et se pencha en avant.

– D'accord, pas de problème. Mais quel intérêt ?

– La personne chargée de superviser l'organisation depuis le Palais est ce commandant Trueblood.

Déçu, Percy se radossa au canapé.

– Ok, il organise un dîner pour la princesse Margaret. Je ne vois pas pourquoi c'est si important.

Le retour de Karl, qui apportait une Double Diamond sur un plateau en argent, épargna à Priscilla la peine de répondre.

– Voici votre commande, Monsieur, dit le serveur en versant la bière dans un verre.

– Comment mener une vie de millionnaire avec un salaire de mendiant ? Ici, au Savoy, commenta Percy avec satisfaction. Santé.

Il but la moitié de son verre d'un trait.

– Karl, vous voudriez bien m'en apporter une autre comme le brave type que vous êtes ?

– Tout de suite, Monsieur.

Dès que le serveur fut parti, Priscilla reprit :

– Ce qui est important, c'est que si le commandant Blood et ses Walsingham travaillent pour la princesse Margaret, ils ne se bornent peut-être pas à organiser son dîner d'anniversaire.

– Tu n'insinues tout de même pas que le commandant Blood, et donc le Palais, sont responsables de deux empoisonnements potentiels au Savoy ? Si ?

Visiblement, Percy avait du mal à envisager cette idée.

– Je dis que c'est une possibilité que nous ne devrions pas exclure.

Percy continua à boire sa bière sans rien dire. Priscilla finit par s'impatienter.

– Dis-moi à quoi tu penses. À ton avis, c'est possible ou pas ?

– Je réfléchis. Où cette éventualité nous conduirait-elle ?

– Aux portes du palais de Kensington, suggéra Priscilla.

– Et pourquoi un type surnommé le commandant Blood ferait-il éliminer un trafiquant d'armes international dans sa suite du Savoy ?

– Pour protéger la réputation de la maîtresse d'Amir et de sa famille.

– La maîtresse en question étant la princesse Margaret. (Percy se leva et se mit à faire les cent pas en oubliant sa bière.) Ce qui signifie que la gouvernante aurait dit la vérité, ajouta-t-il.

Silence. Percy continua à marcher de long en large tandis que Priscilla restait appuyée contre son bureau, chacun digérant les implications de leur hypothèse.

– Est-ce seulement possible ? finit par demander Priscilla, espérant à moitié que Percy l'accuse de se faire des films.

– Même si ça l'était, je ne sais pas trop ce qu'on pourrait en faire, répliqua Percy.

– Comment ça ?

Il s'arrêta et fit face à Priscilla.

– Ce que je veux dire, c'est que je ne suis pas certain que la presse britannique souhaiterait publier une histoire qui implique potentiellement la sœur de la reine dans un meurtre.

– Ne serait-il pas difficile pour ton journal d'ignorer un tel scandale ?

– Je n'en sais rien. Dans le fond, la police est contrôlée par les puissants, comme à peu près tout dans ce pays. Et les puissants se donneront beaucoup de mal pour étouffer cette affaire.

– Alors à ton avis, que devons-nous faire ?

Percy haussa les épaules.

– En apprendre davantage. Nous avons des tas de théories et de soupçons, mais aucune preuve concrète pour le moment. La police aura recours à n'importe quelle excuse pour ne pas nous écouter, et mon rédacteur en chef aussi. Mais si nous détenons des preuves, ils n'auront pas le choix.

– Tu as raison, c'est sans doute la meilleure chose à faire.

Percy s'approcha de Priscilla. L'air moqueur qu'il arborait toujours avait laissé place à une gravité inhabituelle chez lui.

– Par ailleurs, reprit-il, tu devras faire très attention à partir de maintenant.

– C'est drôle : Millicent Holmes m'a dit la même chose.

– Regardons la vérité en face, Priscilla. Si nous avons raison et que des gens à la solde du palais de Buckingham sont prêts à commettre un meurtre, ils n'hésiteront pas à te faire taire par tous les moyens s'ils découvrent ce que tu es en train de faire.

– Tu veux dire qu'ils pourraient me tuer moi aussi ?

– C'est une possibilité que nous ne pouvons pas écarter.

Comment se faisait-il qu'elle ait la même réaction quand sa vie était menacée que quand elle craignait de perdre son travail ? Soudain, Priscilla avait du mal à respirer.

Karl apparut sur le seuil, la seconde Double Diamond posée sur son plateau tel un totem.

– Monsieur ! s'exclama-t-il, choqué et incrédule. Vous n'avez pas fini votre bière !

26

Une invitation à monter en voiture

La nouvelle Priscilla en bonne santé, celle qui désormais mangerait sainement et boirait moins de champagne – bon, *un tout petit peu* moins –, celle qui se coucherait tôt et dormirait huit heures pour une fois, celle qui ne se laisserait pas troubler par un détail aussi insignifiant que des forces invisibles envisageant peut-être de l'assassiner, cette Priscilla décida de rentrer chez elle à pied pour s'éclaircir les idées.

Après tout, la nouvelle Priscilla en bonne santé avait un esprit affûté, puisqu'il n'était plus embrumé par le champagne. Elle pouvait donc réfléchir tout en longeant Knightsbridge en direction de son appartement, tandis que la lumière mourante du jour nimbait d'un éclat doré les façades en brique de Londres, ville mythique dont les citoyens n'avaient rien à craindre… *ha !*

La jeune femme n'avait que vaguement aperçu la Mercedes-Benz noire s'arrêtant contre le trottoir à quelque distance devant elle. Elle ne la remarqua réellement que lorsqu'un homme d'une taille et d'une carrure impressionnantes, chauve et basané dans son costume trois-pièces gris, émergea du véhicule. Mais lorsqu'il lança : « Miss Tempest, j'espère que vous vous portez bien en cette belle soirée », Priscilla braqua son attention sur lui et vit qu'il tenait ouverte la portière arrière de la voiture.

Elle ralentit, cligna des yeux et s'arracha de force à ses pensées tandis que l'homme ajoutait :

– Nous aimerions que vous veniez avec nous, si vous vouliez bien vous donner cette peine.

– Hein ? lâcha Priscilla, qui avait du mal à comprendre ce que cet inconnu lui demandait.

– J'ai dit, nous aimerions que vous veniez avec nous.

– Qui êtes-vous ?

– Je représente des gens qui souhaitent vous parler.

La jeune femme fronça les sourcils.

– Des gens ? Quels gens ?

– Montez dans la voiture, s'il vous plaît.

Elle jeta un coup d'œil à la ronde. La rue dorée était déserte.

– Je ne monterai dans aucune voiture, annonça-t-elle.

– Nous ne vous ferons aucun mal.

– Bien entendu. Je monte tout le temps en voiture avec de parfaits inconnus, du moment qu'ils promettent qu'ils ne me feront aucun mal.

– Je dois vous prévenir que je suis armé.

Afin de le prouver, l'homme écarta un pan de sa veste de costume pour montrer à Priscilla son holster d'épaule et la crosse de pistolet qui en dépassait.

– C'est un vrai ? demanda la jeune femme.

– Oui.

– Je ne pense pas avoir déjà vu une véritable arme à feu, sauf peut-être dans les films.

– Voulez-vous bien monter dans la voiture ?

– Sinon quoi ? Vous allez me tirer dessus ?

L'homme parut frustré.

– S'il vous plaît, montez. Nous ne vous ferons aucun mal, croyez-moi.

– Dit le type qui vient de me montrer son flingue. Non merci.

Priscilla se remit en marche. Son cœur battait si fort qu'elle avait l'impression qu'il allait jaillir de sa poitrine.

Derrière elle, une voix appela sèchement :

– Miss Tempest !

Priscilla se retourna. Un petit homme ventripotent et bien habillé, arborant une barbe grise, venait de descendre de la Mercedes.

– Miss Tempest, je suis Aziz Abrahim, le frère d'Amir. Mon père souhaite s'entretenir avec vous.

– J'ignorais qu'Amir avait un frère, répliqua Priscilla.

L'homme disait-il vrai ? Amir avait-il mentionné un frère, notamment un frère susceptible de se pointer sur le pas de sa porte ? Probablement pas. Mais à bien y réfléchir, Priscilla se souvenait vaguement que Percy, lui, l'avait fait.

– Voulez-vous bien nous accompagner ? Je vous donne ma parole qu'il ne vous arrivera rien.

Priscilla rebroussa chemin vers la voiture, toujours craintive, mais également curieuse.

– Supposons que j'accepte. Où avez-vous l'intention de m'emmener ?

– Pas loin. Je vous en prie, montez.

Priscilla jeta un coup d'œil au grand type costaud

avant de se baisser pour se glisser sur la banquette arrière.

– Je n'ai pas vraiment cru que vous alliez me tirer dessus.

L'homme sourit.

– Beaucoup de gens ont dit la même chose juste avant que je leur tire dessus.

27

Épousez-moi !

La maison de Hampstead Heath était sombre. Pas autant, selon Priscilla, alors que la Mercedes franchissait un portail et s'engageait dans une allée, qu'un de ces manoirs dont on se demandait comment des gens pouvaient y habiter, mais comme une belle demeure de trois étages entourée de haies dissimulant un haut mur d'enceinte.

Le portail, ne put s'empêcher de remarquer la jeune femme, était gardé par deux hommes en costume-cravate sombres, dont l'allure rappelait beaucoup celle du chauffeur de la Mercedes. Elle se demanda si eux aussi portaient un pistolet dans un holster d'épaule. Elle aurait parié que oui.

Le grand type costaud se gara devant la maison et, une fois de plus, tint poliment la portière à Priscilla pendant qu'elle descendait de voiture. Aziz Abrahim, quant à lui, se dirigeait déjà vers la porte à grandes enjambées. Le chauffeur fit signe à Priscilla de le suivre.

La jeune femme pénétra dans un large vestibule au fond duquel montait un escalier incurvé. Devant elle, Aziz longea un couloir d'un pas vif et entra dans une vaste pièce chichement éclairée et très enfumée, à cause du cigarillo que tenait un individu enfoncé dans un énorme fauteuil pareil à un trône. Il portait un foulard noué autour du cou, et son visage brun à la peau grêlée affichait une expression contemplative. La main qui tenait son cigarillo était déformée par l'arthrite. Il étudia Priscilla en crachant un nouveau nuage de fumée bleue.

Personne ne parlait.

Au bout d'un moment, l'agacement de Priscilla prit le dessus sur sa peur.

– Alors, de quoi s'agit-il ?

Sous les paupières lourdes de l'homme qui occupait le fauteuil-trône, elle fut certaine de voir briller le même éclat que dans l'œil d'un prédateur qui vient de repérer une proie facile.

– Avez-vous couché avec mon fils ?

– Je vous demande pardon ?

Priscilla n'était pas sûre d'avoir bien entendu.

– Je vous ai demandé si vous aviez couché avec mon fils.

L'homme porta lentement le cigarillo à sa bouche, attendant la réponse que Priscilla n'avait aucune intention de lui donner.

– Alors ? aboya-t-il au milieu d'un nouveau torrent de fumée.

– Qui êtes-vous ? demanda Priscilla d'une voix qui, pour sa plus grande horreur, sonna comme un couinement nerveux plutôt que comme une interrogation impérieuse.

– Je suis Tarak Abrahim, annonça l'homme avec une autorité que Priscilla se savait incapable d'égaler. Et j'exige de savoir si vous avez couché avec mon fils.

– Vous parlez d'Amir ?

– C'est mon fils, oui.

– Je n'ai nulle envie de répondre à cette question.

Derrière Priscilla s'éleva la voix coléreuse d'Aziz.

– Vous allez répondre à mon père.

– S'il vous plaît, ajouta Tarak.

– Non que ça vous regarde, mais non, je n'ai jamais couché avec votre fils.

– Pourtant, je sais de source sûre que vous étiez dans sa suite quand il est mort.

– J'étais dans sa suite, mais pas quand il est mort, rectifia Priscilla.

– Et vous n'avez pas couché avec lui ? insista Tarak avant de tirer de nouveau sur son cigarillo.

– Je vous ai déjà dit que non.

– Néanmoins, vous avez accepté de l'épouser.

Priscilla se dit qu'elle avait dû mal entendre.

– Je suis désolée. J'ai fait quoi ?

– Il vous a demandée en mariage, et vous avez dit oui. C'est la vérité.

Priscilla secoua vigoureusement la tête.

– Ce n'est pas *du tout* la vérité. C'est Amir qui vous a raconté ça ?

Aziz, qui jusque-là était resté en retrait, s'avança.

– Mon père a parlé à Amir en fin d'après-midi, la veille de sa mort. Amir lui a dit qu'il se préparait pour aller à l'opéra avec une femme merveilleuse qu'il espérait épouser.

– Vous vous trompez de femme, répliqua Priscilla sur un ton beaucoup plus implorant qu'elle ne l'aurait voulu. J'ai rencontré Amir à une dégustation de caviar organisée par l'hôtel, et je l'ai accompagné à l'opéra à Covent Garden. Rien de plus.

– Mais vous êtes montée dans sa suite avec lui, insista Aziz. Vous avez couché avec lui. Vous avez accepté de l'épouser.

– Je vous le répète – même si je ne devrais pas avoir à le faire – que je n'ai *pas* couché avec lui. Et encore moins accepté de l'épouser.

– Dans ce cas, que faisiez-vous dans sa suite ? demanda Tarak.

– Il avait trop bu. Je voulais être certaine qu'il ne lui arrive rien. C'est tout.

– Assez ! tonna Tarak. (Son cigarillo délicatement tenu entre deux doigts, il se leva en vacillant.) Dans ma famille, quand quelqu'un prend un engagement, les autres sont tenus de le respecter quoi qu'il advienne, affirma-t-il avec force. Par conséquent, mon fils Aziz tiendra la promesse d'Amir, son jeune frère têtu.

– Je ne comprends pas ce que ça signifie, dit Priscilla.

– Aziz va vous épouser.

Priscilla blêmit de stupeur.

– Quoi ?

Aziz rayonnait.

– J'en serais ravi et honoré.

– Mais moi pas, répliqua Priscilla en faisant de son mieux pour réprimer la panique grandissante dans sa voix. Je ne veux épouser personne, surtout pas quelqu'un que je viens à peine de rencontrer et qui m'a pratiquement forcée à monter dans une voiture pour venir ici.

– Nous insistons pour tenir la promesse faite par mon fils.

Tarak remarqua que la braise du cigarillo se rapprochait de ses doigts jaunis. Il fit un signe de tête au chauffeur qui s'approcha très vite pour le débarrasser du mégot.

– Je pensais que vous voudriez plutôt savoir qui a empoisonné votre fils.

– Nous le savons déjà, répondit calmement Tarak.

Un nouveau signe au chauffeur, et celui-ci sortit un autre cigarillo qu'il plaça au coin de la bouche de son patron. Puis il sortit un briquet pour l'allumer.

Une fois de plus, Priscilla avait du mal à en croire ses oreilles.

– Comment ça, vous savez qui l'a empoisonné ? Vous l'avez dit à la police ? Ils ne semblent pas en avoir la moindre idée. En fait, je crois qu'ils ne sont même pas sûrs qu'Amir ait été empoisonné.

– Oh, il l'a été, c'est certain, affirma Aziz tandis que son père soufflait encore plus de fumée dans l'air déjà saturé.

– Mais comment le savez-vous ? insista Priscilla.

– Les affaires de notre entreprise, fondée par mon père il y a de nombreuses années, nous obligent parfois à interagir avec nos homologues russes, expliqua Aziz. Plus spécifiquement, il nous arrive d'avoir affaire au KGB, les services secrets russes. Il y a quelque temps déjà, ils nous ont informés du fait qu'ils étaient en train de mettre au point un agent neurotoxique redoutable. Très peu de personnes étaient au courant de son existence.

– Dis-lui comment nos amis Soviétiques l'appellent, ordonna Tarak.

– Ils ne lui ont pas encore donné de nom. Pour le moment, ils se contentent de l'appeler A-232.

– Qu'êtes-vous en train de me dire ? demanda Priscilla. Que les Russes ont tué votre fils ?

– Ils nous ont assuré qu'ils n'avaient touché ni à mon fils, ni à ce parlementaire britannique.

– Alors, qui ?

– Nous avons de nombreux ennemis.

– Mais ce sont les Russes qui détiennent ce que vous considérez comme l'arme du crime.

– Je le répète : de nombreux ennemis.

– Comme je vous l'ai déjà demandé, ne devriez-vous pas prévenir la police ?

Cette suggestion sembla déplaire fortement à Tarak. Il jeta un coup d'œil à son fils, qui paraissait tout aussi contrarié.

– Nous ne parlons pas à la police, déclara froidement Aziz.

– Mais ça les aiderait dans leur enquête sur la mort d'Amir, non ?

– Nous devons organiser le mariage.

Ce n'était pas tant une affirmation qu'un ordre.

– Vous êtes fous ?

À peine ces mots avaient-ils franchi ses lèvres que Priscilla réalisa son erreur.

Un silence glacial s'abattit sur la pièce.

– Elle m'a traité de fou ?

La voix de Tarak était pareille à un grondement de tonnerre.

– Il se fait tard, intervint Aziz.

– Ce serait peut-être une erreur d'épouser cette femme, constata Tarak, le cigarillo oublié continuant à brûler entre ses doigts jaunis. Une femme qui insulte sa famille… On ne peut pas le permettre.

– Tout à fait, acquiesça Priscilla avec empressement. Ce serait une erreur. Une *énorme* erreur, même.

– Ne prenons pas de décision ce soir, suggéra diplomatiquement Aziz. Maintenant que nous avons fait connaissance, je vais raccompagner Miss Tempest.

– C'est bon, je préfère prendre un taxi.

– J'insiste, dit aimablement Aziz.

– Nous allons vous reconduire chez vous, trancha Tarak sur un ton qui n'admettait aucune réplique.

– Amir aimait donner l'impression qu'il dirigeait l'entreprise familiale. M. Trois Pour Cent et toutes ces conneries, expliqua Aziz d'une voix douce. (Ayant décidé de ramener lui-même sa future épouse potentielle, il parlait tout en regardant droit devant lui.) En fait, il ne se mêlait presque pas de nos affaires.

– Votre trafic d'armes, lâcha Priscilla.

Aziz s'autorisa l'ébauche d'un sourire. Dans les ombres mouvantes de la nuit londonienne, il paraissait plutôt séduisant pour son âge, décida Priscilla. Toutefois, elle n'était pas certaine d'aimer sa barbe. Ni sa petite taille. Ni le fait qu'il était le frère d'Amir. Et assez fou pour vouloir l'épouser.

– Nous ne vendons pas d'armes. Nous facilitons les relations entre les personnes à l'Est qui désirent acquérir certains produits, et les personnes à l'Ouest qui peuvent les leur fournir.

– Des armes, insista Priscilla.

– Entre autres choses.

– Du caviar, par exemple ?

Aziz fronça les sourcils.

– Le caviar espagnol. Je ne veux plus jamais entendre ces mots.

– Étant donné ce qui est arrivé à votre frère, votre souhait sera probablement exaucé.

– Le caviar, c'était son idée. Une idée totalement ridicule, affirma Aziz en coulant un regard de biais à la jeune femme. Il voulait diversifier les affaires familiales. Mais c'était hors de question – en tout cas, pas avec du caviar espagnol.

– Qui dirige votre entreprise, si ce n'était pas Amir ? Votre père ?

– Mon père est un grand homme. Il a eu la sagesse d'ouvrir des canaux de communication entre l'Est et l'Ouest il y a de nombreuses années. Mais il décline à présent.

– C'est vous qui dirigez l'entreprise.

Aziz s'autorisa un sourire plus franc.

– Vous allez épouser un homme très riche.

Priscilla éclata d'un rire plus moqueur qu'elle ne le voulait. Mais dans ces circonstances, elle ne voyait pas quelle autre réaction adopter.

– Vous n'avez aucune envie de m'épouser. Je bois trop, je me couche trop tard et mon passé vous semblerait probablement scandaleux. À vrai dire, mon présent n'est guère plus exemplaire.

– Cela ne me préoccupe pas, répliqua Aziz comme si rien de ce que pourrait dire la jeune femme n'allait le dissuader. Même si je ne suis pas un aussi grand play-boy que mon défunt frère, j'aime à me considérer comme un homme du monde.

Génial, songea Priscilla. *C'est exactement ce qui*

manquait dans ma vie : un homme du monde avec un frère mort et un père fou accro à la nicotine.

Elle tenta de changer de sujet.

– Parlez-moi d'Amir. Quand j'ai discuté avec lui, il m'a dit qu'il travaillait dans un milieu où toutes sortes de gens pouvaient vouloir le tuer.

– C'est tout à fait exact, acquiesça Aziz en lui jetant un nouveau coup d'œil pour voir sa réaction. Comme mon père vous l'a dit, nous avons de nombreux ennemis.

– Alors, si ce ne sont pas les Russes qui l'ont empoisonné, qui a fait le coup, à votre avis ?

– Nous espérons que la police le découvrira.

– Vous refusez de leur parler !

– Parce qu'elle complique toujours les choses. De manière générale, plus nous maintenons de distance entre nous et les autorités, mieux nos affaires se portent.

– Mais dans le cas présent, il ne s'agit pas de vos affaires : il s'agit de votre frère !

– Raison de plus.

Aziz tourna dans Knightsbridge.

– Vous, en revanche, vous pourriez le faire.

– Moi ? répéta Priscilla, surprise. Je ne pense vraiment pas que la police daignerait m'écouter.

– Peut-être pas, mais vous avez des relations amicales dans la presse, n'est-ce pas ?

– Je vois, dit Priscilla qui commençait à comprendre où Aziz voulait en venir. Ce que vous voulez, ce n'est peut-être pas tant m'épouser que m'utiliser comme source d'information.

– Oh, je vous épouserai, affirma Aziz en souriant. Mais entre-temps, oui, contactez vos amis journalistes.

Il ralentit, trouva une place libre et gara la Mercedes non loin de l'appartement de Priscilla. Puis il se tourna vers elle.

– Je voudrais vous embrasser pour vous souhaiter une bonne nuit.

– Et moi, je voudrais savoir si Amir a parlé d'un engagement avec quelqu'un d'autre que moi.

Aziz parut perplexe.

– Vous voulez dire, d'autres femmes ?

– Tout ce qu'il a pu vous dire au sujet de celles qu'il a rencontrées avant moi, et avec qui il pouvait avoir une liaison.

– Il n'a jamais parlé d'une autre femme.

– Vous en êtes sûr ? insista Priscilla. Après tout, c'était un play-boy, vous l'avez dit vous-même. Et je venais à peine de le rencontrer.

– Pourquoi me demandez-vous ça ?

Sans attendre de réponse, Aziz se pencha vers elle pour l'embrasser.

Priscilla le repoussa.

– Aziz, nous aussi, nous venons juste de nous rencontrer. Ce n'est pas sérieux.

– Je suis très sérieux, murmura-t-il.

La jeune femme passa une main dans son dos et parvint à ouvrir la portière.

– Je suppose que j'ai oublié de vous prévenir.

– De me prévenir de quoi ?

– Je n'embrasse jamais le premier soir.

– Vous avez dit que vous aviez un passé scandaleux.

– Pas au point d'embrasser un homme que je viens juste de rencontrer. (Elle poussa la portière et descendit de voiture.) Merci de m'avoir raccompagnée.

Aziz sourit.

– On se reverra. Vous devez savoir une chose très importante à mon sujet.

– Laquelle ?

– Je ne renonce jamais.

Tandis que la Mercedes s'éloignait, Priscilla leva un regard implorant vers le ciel. *Qu'ai-je fait pour mériter ça ?* avait-elle envie de crier.

Mais elle se retint pour ne pas déranger ses voisins – et aussi parce qu'elle soupçonnait que le ciel ne lui répondrait pas.

28

A-232

Le lendemain matin, en arrivant dans la 205 – où il n'y avait personne, Susie étant comme d'habitude en retard –, Priscilla appela Percy Hoskins. Elle lui raconta ce qui s'était passé, et ce que sa rencontre avec les Abrahim lui avait appris.

– A-quoi ?

Percy semblait avoir du mal à comprendre.

– A-232, répéta Priscilla sur un ton autoritaire destiné à mettre en valeur ses maigres connaissances. D'après Aziz, le frère d'Amir, c'est un agent neurotoxique mortel mis au point par le KGB. Les services secrets russes, au cas où tu l'ignorerais.

– Je sais ce qu'est le KGB, répliqua Percy, irrité. Donc, d'après eux, les Russes ont empoisonné Amir ?

– Ils ne pensent pas que ce soient eux.

– Alors, qui ?

– Les Abrahim sont restés assez vagues sur ce point. Mais ils ont dit qu'ils voulaient que la police démasque l'assassin.

Percy marqua une pause à l'autre bout du fil.

– Ok. Les Russes n'ont pas tué Amir, mais sa famille sait qui a fait le coup. C'est bien ça ?

– Quelque chose comme ça, oui.

L'autorité de Priscilla s'évanouissait rapidement.

– Ils ont dit à la police ce qu'ils savaient ?

– Ils ne veulent pas avoir affaire à eux. Je crois que c'est pour ça qu'ils m'ont contactée.

– Pour que tu ailles parler aux enquêteurs à leur place ?

– Pas tout à fait. Pour que je t'en parle à *toi*, que tu écrives un article en citant des sources anonymes, et que ça force la police à chercher dans cette direction.

– C'est pour ça qu'ils t'ont enlevée ?

– Ce n'était pas la seule raison. Le père veut que j'épouse Aziz, le frère d'Amir.

Nouvelle pause à l'autre bout du fil.

– Pourquoi ?

– Apparemment, Amir a dit à sa famille qu'il m'avait demandée en mariage, et ils se doivent de remplir ses engagements.

– Est-ce qu'Amir t'a demandée en mariage ?

– Non.

– Ça n'a pas de sens.

– En effet. Je pense que ça n'est pas de moi que parlait Amir quand il a dit à sa famille qu'il comptait se marier.

– Tu ne penses quand même pas qu'il comptait épouser la princesse Margaret ?

– J'avoue que ça m'a traversé l'esprit. Bien qu'elle soit déjà mariée. Mais Aziz ne semblait pas au courant que son frère la fréquentait.

– D'accord. Je vais me renseigner sur cet A-232.

– Tu peux écrire un article dessus ?

– Sans problème. Où en es-tu restée avec les Abrahim ?

– Aziz a dit qu'on se reverrait.

– Tu comptes l'épouser ?

Priscilla décida de ne pas répondre tout de suite : elle voulait voir comment Percy réagirait.

– Priscilla, insista-t-il avec une pointe d'inquiétude dans la voix. Tu comptes épouser ce mec ?

– Il est très riche, d'après ce qu'il dit, et pas vilain pour un homme d'âge mûr. Peut-être un peu petit pour moi. Si je l'épousais, tu serais jaloux ?

– Je le serais, mais ce n'est pas lui que tu vas épouser : c'est moi, affirma Percy avec une assurance énervante.

– On va dire que tu es assez grand, concéda Priscilla, mais tu n'as pas d'argent et tu bois trop.

– En revanche, je suis irrésistible.

– Pas du tout. Et puis je n'ai pas l'intention de me marier.

– Ah ! C'est ce que tu crois.

– Au revoir, Percy.

Au moment où Priscilla raccrochait, le deuxième téléphone sur son bureau se mit à sonner. La jeune femme prit deux grandes inspirations en se demandant si elle devait décrocher. Elle se décida à le faire, et le regretta immédiatement.

– Il veut vous voir, lança la voix hautaine d'El Sid.

– Quand ?

– Tout de suite, évidemment.

Fin de la communication. Susie, qui venait d'arriver, apparut sur le seuil.

– Quoi de neuf ? demanda-t-elle.

– M. Banville veut me voir, répondit Priscilla.

Susie écarquilla les yeux.

– Tu ne vas pas te faire virer, hein ?

– Au train où vont les choses dernièrement, il va sans doute me demander de l'épouser.

29

Pas de fuites

Priscilla traversa le hall d'un pas résolu, se demandant ce qu'elle avait bien pu faire pour s'attirer une fois de plus les foudres du directeur. Elle était si préoccupée qu'elle faillit ne pas voir Mark Ryde.

– Vous semblez perdue dans vos pensées, fit remarquer ce dernier quand elle s'arrêta brusquement devant lui.

– J'ai été appelée dans le bureau de mon directeur, révéla Priscilla, songeant que Mark était très séduisant ce jour-là avec son blazer bleu marine et son pantalon gris – la tenue idéale pour un jeune Londonien musardant dans le hall de l'hôtel Savoy.

– C'est une bonne ou une mauvaise nouvelle ? demanda-t-il avec le sourire insouciant qui plaisait tant à la jeune femme.

– Je ne vais pas tarder à le découvrir. Qu'est-ce qui vous amène au Savoy ?

– Pour être franc, j'espérais tomber sur vous.

– Alors c'est votre jour de chance, puisque me voilà. Mais je n'ai que quelques minutes à vous accorder.

– Et si nous allions boire un verre un peu plus tard ?

– Du moment que vous ne me demandez pas de vous épouser.

– J'avoue que je n'envisageais pas de le faire...

– Tant mieux.

– ... jusqu'à maintenant.

– Seigneur ! s'exclama Priscilla d'un air faussement horrifié.

– Mais si *vous* voulez m'épouser, ajouta pensivement Mark, je peux réfléchir à votre proposition.

– Je ne veux pas vous épouser.

L'avait-elle dit un peu trop vite ?

– Tant mieux. Ça me soulage.

– Pourquoi ? Vous êtes déjà marié ?

– Il se trouve que non. Quand voudriez-vous convoler ?

– Mais justement, je *ne* veux pas.

Mark rit.

– Remontons le temps jusqu'au moment où nous n'avions pas commencé à parler de mariage – cette période de nos vies où je vous ai demandé de prendre un verre avec moi.

– Je devrais avoir fini vers 17 heures.

– En attendant, je noierai mon chagrin à l'Admiral Codrington, pas loin de votre bureau, me semble-t-il. Vous me rejoignez là-bas en sortant ?

– D'accord.

– Et je promets de ne pas vous épouser.

– Dommage, dit Priscilla en prenant soin de ponctuer sa réponse d'un grand sourire.

Ramassé sur lui-même derrière son bureau, El Sid ressemblait à un rat roux arrogant.

– Vous êtes en retard, lança-t-il à Priscilla.

– Vous dites toujours ça.

– Parce que vous êtes toujours en retard. Entrez sans frapper. Il vous attend.

Comme toujours, ces mots avaient une inflexion sinistre. Priscilla sentit son estomac se nouer d'une façon familière tandis qu'elle poussait la porte du sanctuaire de Banville.

Ce jour-là, le directeur resplendissait dans son habit à queue-de-pie. Il était assis à son bureau, l'air éminemment mécontent.

– Miss Tempest, claironna-t-il comme pour rappeler simultanément à Priscilla son nom de famille et les défaillances qui y étaient associées.

La jeune femme songea qu'elle passait beaucoup trop de temps avec de vieux barbons autoritaires et insatisfaits d'elle.

– Bonjour, monsieur Banville. Vous vouliez me voir ?

– En effet, Miss Tempest. Je suis curieux : avez-vous parlé à Mme Kerry aujourd'hui ?

– Pas encore, monsieur. Un problème ?

– Elle se sent abandonnée, Miss Tempest.

– Je suis navrée de l'apprendre. J'ai été quelque peu débordée ces deux derniers jours. Je pensais que votre épouse passait du temps avec elle.

– Comme vous le savez – même si je dois dire que j'ai été consterné d'apprendre que vous étiez présente au moment de la révélation –, Mme Banville est très occupée par l'organisation du dîner pour S.A.R. la princesse Margaret.

– Un coup d'éclat pour le Savoy, monsieur. Mme Banville mérite des félicitations.

– Tout à fait. Mais en attendant, il reste le problème de Mme Kerry.

– Si je puis me permettre, monsieur…

– Vous ne pouvez pas, coupa Banville. Je me suis procuré deux places pour la représentation de *Hair*, ce soir au Shaftesbury Theatre. Ma belle-mère tient absolument à voir ce spectacle, et vous l'accompagnerez. C'est compris ?

– Oui, monsieur.

– Maintenant, pour en revenir au sujet de Son Altesse Royale… Le palais de Buckingham s'inquiète beaucoup des fuites potentielles à la presse. J'ai promis qu'il n'y en aurait pas de notre côté. Vous comprenez ?

– Pas de fuites à la presse, oui monsieur.

– Je serais extrêmement mécontent si les journaux venaient à annoncer que la princesse donnera un dîner ici, au Savoy. Si cela venait à se produire, je vous en tiendrais pour personnellement responsable. Vous comprenez toujours ?

– Rien ne sortira de notre bureau, promit Priscilla.

Banville lui jeta un regard qu'elle ne put que qualifier de sceptique.

– Malgré tous mes efforts pour les rassurer, les gens du Palais restent anxieux. De ce fait, il est possible que soyez contactée par un de leurs représentants, qui souhaite venir jauger la situation par lui-même. Tenez-vous prête à le recevoir.

– Certainement, monsieur. Et qui est ce représentant ?

– Je ne le connais pas personnellement, mais on raconte que c'est quelqu'un de très efficace. Le commandant Peter Trueblood.

30

Mort !

– Percy Hoskins te demande au téléphone ; je l'ai mis en attente, annonça Susie lorsque Priscilla regagna la 205.

– Ne me dis pas ça, protesta Priscilla. J'ai déjà une migraine et Percy ne va faire que l'aggraver.

– Il dit qu'il doit te parler, que c'est urgent.

Priscilla ferma les yeux. Elle aurait tant voulu être ailleurs – n'importe où mais pas ici. Peut-être dans le sud de la France avec Richard Burton. Pourrait-elle supporter l'acteur plus d'une heure ? Il le faudrait bien.

– Priscilla !

La voix de Susie l'arracha à sa rêverie.

– Oui, oui, soupira-t-elle en saisissant le combiné.

– Il est mort, annonça Percy.

– Qui ça ?

– Bernard Bannister. Qui d'autre ?

– Quand ?

– Il y a une heure environ. Je viens juste de l'apprendre. On dit qu'il a fait un arrêt cardiaque, mais nous savons tous les deux que c'est faux, n'est-ce pas ?

– Nous ne sommes sûrs de rien.

– Ne dis pas ça. Je viens de convaincre mon

rédacteur en chef d'évoquer la piste du poison. Je t'appelle pour vérifier que tu n'as pas changé d'avis. Bien entendu, même si c'est de toi que je tire mes informations, mon article parlera de sources anonymes.

Le deuxième téléphone se mit à sonner.

– Priscilla, tu es toujours là ? demanda Percy.

– Oui. On m'appelle sur l'autre ligne.

– Tu es sûre de toi, pour ce poison ? Le A-232 ?

– La famille d'Amir est certaine que c'est ce qui l'a tué. Du moins, c'est ce qu'ils m'ont dit.

Depuis la pièce voisine, Susie appela :

– C'est le bureau de M. Banville…

Priscilla ferma les yeux.

– Ok, alors c'est ce que je vais écrire, dit Percy à l'autre bout du fil. L'enfer est sur le point de se déchaîner. Prépare-toi.

Susie cria quelque chose par la porte ouverte.

– Qu'est-ce que tu as dit ? demanda Priscilla.

– M. Banville !

– Quoi, M. Banville ?

– Il arrive !

– Impossible ! Je viens juste de le quitter !

– Et moi, je viens juste d'avoir M. Stopford au téléphone, répliqua Susie d'une voix suraiguë. M. Banville sera là d'un instant à l'autre !

Priscilla n'en croyait pas ses oreilles. Comment cela se pouvait-il ? Le directeur, venir la voir dans son bureau ? Ce n'était encore jamais arrivé. Jamais ! Qu'est-ce que ça voulait dire ? Rien de bon, sûrement.

Avant d'avoir pu se ressaisir, Priscilla vit, par la porte ouverte, Susie se raidir tel un chevreuil pris dans les phares d'une voiture puis Banville passer en trombe devant elle, le major O'Hara sur ses talons.

Priscilla eut à peine le temps de se lever avant que les deux hommes fassent irruption dans son bureau.

– Vous voilà, Miss Tempest.

Et où vouliez-vous que je sois ? songea Priscilla tout en répondant juste :

– Monsieur Banville.

– Vous avez entendu la nouvelle ?

Sans attendre la réponse de la jeune femme, le major O'Hara s'exclama :

– Bernard Bannister est mort à l'hôpital.

– Oh, Seigneur, lâcha Priscilla. Je suis navrée.

– Apparemment, il a fait un arrêt cardiaque, ce qui nous arrange : avec un peu de chance, nous n'aurons pas à affronter des rumeurs ridicules, se félicita Banville.

– Je n'en suis pas si certaine.

Les mots étaient sortis de la bouche de Priscilla bien trop vite : bien sûr, c'était la dernière chose que ses interlocuteurs souhaitaient entendre.

– Que voulez-vous dire ? demanda Banville.

– Juste que quand je l'ai trouvé dans sa suite, il n'avait pas l'air d'avoir fait une crise cardiaque.

– Car vous êtes experte en la matière, n'est-ce pas, Miss Tempest ? ironisa le major O'Hara en levant un sourcil dédaigneux.

– Non, bien sûr, mais…

– Dans ce cas, je vous suggère de garder pour vous vos opinions médicales, aboya Banville. Les autorités ont annoncé la cause de la mort de M. Bannister ; par conséquent, à notre connaissance, c'est bel et bien la cause de sa mort. (Il fixa durement Priscilla.) Est-ce bien clair, Miss Tempest ?

– Tout à fait clair, monsieur.

– Bien. Maintenant, j'ai besoin que vous prépariez une déclaration à la presse, quelque chose comme : « Nous regrettons sincèrement le décès de M. Bannister, toutes nos pensées vont à sa famille, etc. »

– Je peux m'en charger, monsieur, bien entendu ; toutefois…

– Toutefois quoi, Miss Tempest ?

– On risque quand même de nous demander ce que M. Bannister faisait dans une suite du Savoy en premier lieu.

Banville et le major échangèrent un coup d'œil mécontent.

– De quelle façon souhaitez-vous que je réponde ? ajouta Priscilla, avec l'impression que les murs de son bureau se refermaient sur elle.

Banville se racla la gorge.

– Nous souhaitons que vous ne répondiez pas. Le Savoy n'interroge pas ses clients sur les raisons de leur séjour. Notre travail consiste à les accueillir en toute discrétion.

– Si je puis me permettre, monsieur Banville, intervint le major O'Hara. Je suggérerais que le mieux à faire pour Miss Tempest – pour nous tous, en fait – serait de répondre « Pas de commentaire ». Nous diffusons le communiqué de presse qu'elle va rédiger, et nous en restons là.

– Oui, parfait, major. C'est la meilleure approche. Qu'en pensez-vous, Miss Tempest ?

– Je suis d'accord, monsieur. Toutefois, il reste une chose que je me dois de mentionner.

Les deux hommes parurent exaspérés.

– Quoi encore ? s'enquit Banville.

– L'*Evening Standard* est sur le point de publier un article qui révélera qu'Amir Abrahim est mort parce qu'il a ingéré une toxine chimique produite en secret par le KGB. Autrement dit, les services secrets russes.

L'horreur grandissante qui s'imprimait sur les visages de Banville et du major donna à Priscilla l'impression que les murs ne se contentaient plus de se refermer sur elle : ils s'écroulaient carrément.

– Quoi ? tonna Banville. C'est quoi encore, cette histoire ?

Priscilla lutta pour empêcher sa voix de se briser tandis qu'elle reprenait :

– En outre, le journal mentionnera que malgré ce que disent les autorités, Bernard Bannister a également été empoisonné, avec la même toxine.

– Toxine ? Vous voulez dire *poison* ? gronda le major O'Hara.

– Oui, monsieur.

– Pourquoi diable ne nous en avez-vous pas parlé plus tôt ? enragea le major.

– Un journaliste de l'*Evening Standard* vient de m'appeler, il y a quelques minutes.

– Doux Jésus, gémit Banville en se massant les tempes. Deux meurtres au Savoy. Seigneur Dieu !

Le major O'Hara prit une grande inspiration et dit à Priscilla :

– Comment pouvons-nous limiter les dégâts, Miss Tempest ?

– Je suggère que nous nous en tenions à votre inclinaison initiale et que nous ne disions rien, ou seulement que le Savoy ne peut pas faire de commentaires à propos d'une enquête de police en cours, ce qui est probablement vrai de toute façon. Nous nous tenons à la disposition des autorités pour les aider si nous le pouvons, mais cela mis à part : pas de commentaires.

Silence. Le major O'Hara fixait Banville, qui continuait à se masser le front.

– Oui, finit par lâcher le directeur. C'est la meilleure approche. (Il laissa retomber sa main et regarda Priscilla.) Nous procéderons donc ainsi, Miss Tempest. C'est compris ?

– Absolument, monsieur. Je m'y mets tout de suite.

Tandis que les deux hommes sortaient, Priscilla s'autorisa un instant de soulagement. Elle venait d'éviter une balle. Puis Banville s'écria sur un ton glacial :

– Miss Tempest !

Il s'était arrêté sur le seuil de la pièce.

– Il est toujours prévu que vous escortiez Mme Kerry au théâtre ce soir.

– Bien entendu.

– Et une dernière chose, Miss Tempest.

– Monsieur ?

– Ne pensez pas une seule seconde que cela nous dispensera de discuter de votre avenir à une date ultérieure.

Priscilla déglutit.

– Mon avenir. Certainement, monsieur.

Banville et le major passèrent en trombe devant Susie, toujours au garde-à-vous derrière son bureau. Priscilla resta debout elle aussi, se demandant comment faire pour contacter Richard Burton.

31

Fiancés

Quand Priscilla arriva à l'Admiral Codrington, Mark Ryde lisait l'*Evening Standard*, accoudé au bar. Tout en se faufilant parmi la foule des buveurs de 17 heures, la jeune femme aperçut le gros titre en première page :

MEURTRE AU SAVOY

– Vous avez quelque chose à voir avec ça ? demanda Mark en posant son journal.

– Vous voulez dire, est-ce que j'ai assassiné quelqu'un sur mon lieu de travail ? Pas encore, répondit Priscilla tandis qu'il se poussait pour lui faire de la place au comptoir.

Le barman posa une coupe de champagne devant la jeune femme.

– Je lui ai dit qu'avec ce que je venais de lire dans le journal, vous en auriez probablement besoin dès votre arrivée.

– Vous n'aviez pas tort, acquiesça Priscilla en saisissant le verre. Santé.

– Comment allez-vous ? Bien ?

– Disons que je suis assez mécontente de la contre-publicité que reçoit l'hôtel, et également du fait que la police persiste à me considérer comme suspecte.

Mark parut surpris.

– La police vous considère comme suspecte ? Pourquoi ?

– Parce que c'est moi qui ai trouvé Bernard Bannister en détresse et appelé les secours.

– Vous avez tenté de l'aider. En quoi cela vous rendrait-il responsable de sa mort ?

– On pourrait croire que ça m'innocenterait, en effet, mais apparemment, ce n'est pas ainsi que ça fonctionne. Toute cette histoire me préoccupe, je l'avoue, et me pousse à tout remettre en question.

– J'imagine.

Priscilla but une gorgée de champagne, réfléchit et lança :

– J'ai parlé aux enquêteurs de la femme qui se trouvait dans la suite de M. Bannister quand je suis arrivée.

– Une femme, dites-vous ? demanda Mark sans que son visage trahisse la moindre émotion.

– Elle est sortie de la chambre en courant pendant que j'essayais de le secourir. Mais j'ai eu le temps de bien la voir.

– Vraiment ? lança Mark sans ciller.

– En fait, je pense l'avoir recroisée peu de temps après. Du moins, je crois que c'était elle.

– Ah ? Où ça ?

– À l'American Bar, le soir même, avec vous. Votre amie qui n'est pas votre petite amie.

– Vous m'avez perdu, je le crains, dit Mark en restant de marbre.

– Elle s'appelle Alana Wynter, il me semble.

Le coup de semonce, songea Priscilla.

Bien que toujours impassible, Mark hésita un peu trop longtemps avant de répondre.

– C'est bien cela, oui. Mais je suis sûr que vous vous trompez.

– Vraiment ?

– Je ne vois pas pourquoi Alana aurait quoi que ce soit à voir avec quelqu'un comme Bernard Bannister.

– Vous êtes certain de ne pas sortir avec elle ? demanda Priscilla, soupçonneuse.

Mark s'autorisa un sourire pincé.

– Ah, ah ! Voilà donc ce à quoi vous vouliez en venir.

Tout ce que je veux, c'est vous soutirer une réponse, songea Priscilla. Elle répondit :

– J'essaie juste de confirmer qu'Alana est bien la femme que j'ai vue sortir de la suite de M. Bannister.

– Parce que vous ne pouvez pas en être certaine.

– Pas complètement, non.

– Pour la bonne raison que le soir où vous nous avez vus ensemble à l'American Bar, Alana venait juste de rentrer de France, expliqua Mark sur un ton persuasif. Je doute qu'elle ait eu le temps d'assassiner qui que ce soit.

– Vous êtes sûr qu'elle était bien en France ?

– C'est ce qu'elle m'a dit, en tout cas, et je n'ai aucune raison d'en douter.

– Parce que vous sortez avec elle ?

– Vous ne cessez de me poser la même question, fit remarquer Mark, visiblement mécontent.

– Vous ne cessez de l'esquiver, répliqua Priscilla.

– Eh bien, cette conversation a pris un ton très

différent de ce que j'imaginais, constata-t-il avec un sourire beaucoup moins charmant que précédemment. Je peux vous demander quelque chose ?

– Bien sûr.

– Qu'avez-vous dit à la police, exactement ?

Priscilla réfléchit très vite.

– Je ne leur ai pas parlé d'Alana, si c'est ce que vous voulez savoir.

– Parce que... ?

– Parce que je voulais d'abord m'assurer que c'était bien elle.

– Alana ne pouvait pas se trouver dans cette suite, affirma fermement Mark.

– Parce qu'elle était en France ?

– Et parce que je la connais. Je sais quel genre de personne elle est.

– Et comment le savez-vous ?

– Je suis fiancé avec elle.

– Oh, fut tout ce que Priscilla trouva à dire en s'efforçant de masquer l'ampleur de sa stupéfaction. Donc, elle n'est pas votre petite amie, mais la femme que vous comptez épouser, résuma-t-elle d'une voix étranglée. Que suis-je censée faire de cette information ?

– Eh bien, vous pourriez vous demander comment la femme que je compte épouser aurait pu se trouver dans une suite du Savoy en train d'assassiner un autre homme, répondit Mark, qui avait retrouvé son ton affable et mesuré.

– Peut-être pas de l'assassiner, mais n'aurait-elle pas pu coucher avec lui ? suggéra Priscilla.

– Une meilleure option que le meurtre, je vous

l'accorde, répliqua froidement Mark. Toutefois, je doute que ce soit le cas.

– À mon tour de vous faire remarquer que vous ne pouvez pas en être certain.

– Comme je viens de vous le dire, Priscilla, Alana était en France lorsque tout cela s'est produit. Vous l'avez confondue avec quelqu'un d'autre, voilà tout. Ça ne pouvait pas être elle.

Que pouvait bien dire Priscilla ? Elle s'entendit répondre :

– Vous auriez pu me dire que vous étiez fiancé...

Avait-elle un peu l'air blessé ? Possible.

– Je n'en ai pas eu l'occasion.

Une excuse un peu légère, songea Priscilla.

– Vous m'avez dit que vous étiez fonctionnaire, lança-t-elle comme pour lui porter un coup.

... Qui n'atteignit pas sa cible.

– C'est le cas.

Mark avait répondu sur un ton si détaché qu'on aurait facilement pu le croire.

Ou pas.

– Oui, mais quel genre de fonctionnaire ?

– Le genre qui ne peut pas se permettre de trop parler de son travail.

Au diable tout ça. C'était beaucoup trop d'esquives et de contorsions à son goût. Le moment était venu de prendre congé.

En riant ? Peut-être pas tout à fait.

– Je ferais mieux d'y aller. Je vais être en retard à mon rendez-vous.

– Vous avez vraiment un autre rendez-vous ?

– Il se trouve que oui.

– Avant que vous partiez, dit Mark en lui posant une main sur le bras, j'aimerais vous demander un service.

– Quel genre de service ? s'enquit Priscilla en fixant la main du jeune homme et en se demandant comment réagir.

– Je souhaiterais que vous ne parliez pas d'Alana à la police. Comme je vous le répète, elle n'est pas impliquée dans cette affaire, et il serait très embarrassant que son nom soit lié à la mort de Bernie Bannister. Pour elle, et pour ses employeurs.

Priscilla se dégagea.

– Pour qui travaille-t-elle ?

– Une firme de sécurité basée à Londres.

– Ça ne veut rien dire.

– Elle est l'assistante de direction d'un type attaché au palais de Buckingham qui déteste la publicité et qui réagirait très mal en apprenant qu'une de ses subordonnées est impliquée dans un potentiel meurtre au Savoy.

– Qui est ce fameux employeur ? Le même que le vôtre ?

Priscilla fut tentée de lancer le nom du commandant Blood. Ne voulant pas trop en révéler, elle se retint, mais attendit anxieusement la réponse de Mark.

L'expression détendue que ce dernier avait plus ou moins réussi à conserver jusque-là s'évapora d'un coup.

– Écoutez, je vous en ai déjà trop dit. Si vous trouviez un moyen de ne pas mêler le nom d'Alana à cette affaire, je vous en serais très reconnaissant.

– Il faut que j'y aille, dit Priscilla.

– Vous réfléchirez à ce que je vous ai demandé ?

– Merci pour le verre.

Elle s'en fut sans pouvoir décider si l'air contrarié de Mark la remplissait de satisfaction ou s'il signalait juste que jamais cet homme ne serait son petit ami – ce qui n'avait rien de satisfaisant.

Néanmoins, la jeune femme devait bien admettre que considérer Mark comme un petit ami potentiel après l'avoir vu en compagnie d'Alana Wynter était une erreur grossière. À quoi pensait-elle donc ? Probablement à la même chose qu'à chaque fois qu'il était question d'un homme : à rien du tout.

Il fallait vraiment qu'elle s'efforce de changer ça.

32

Une soirée qui ne manque pas d'Hair

Fredonnant la chanson-titre de la comédie musicale *Hair*, Mme Eunice Kerry dansait dans sa suite, un verre dans une main et une cigarette dans l'autre. Priscilla, qui venait juste d'arriver, l'observait avec stupéfaction : ce n'était pas la même Eunice qui était descendue de l'avion à Heathrow.

– J'adore *Hair*, annonça cette dernière en continuant à remuer les hanches.

– On ne le donne que depuis peu à Londres, expliqua Priscilla. Pendant très longtemps, le spectacle a été interdit à cause de règles de censure ridicules datant du début du XIXe siècle. Mais ces règles ont été assouplies : la permissivité est dans l'Hair du temps… si vous me pardonnez ce jeu de mots.

– Je l'ai déjà vu à New York. Il y a un peu de nudité, mais rien de choquant, et la musique est fabuleuse – je l'adore !

Eunice but une longue gorgée et ondula jusqu'à Priscilla.

– Alors, mon gendre coincé vous fait beaucoup de misères ?

– Pas autant que je le craignais, admit Priscilla.

Pour le moment, il est surtout préoccupé par la mort de Bernard Bannister.

– Il a toujours l'air constipé ! Même chose pour ma fille. Franchement, toute cette histoire avec la princesse Margaret – le secret, les chuchotements au téléphone –, et maintenant, le meurtre d'un parlementaire, à en croire ce qu'on lit dans les journaux… On ne s'ennuie jamais au Savoy.

Et Mme Eunice Kerry elle-même ne faisait qu'ajouter à une situation déjà fort imprévisible, songea Priscilla. L'avantage, c'est qu'elle l'empêchait de ruminer la mort de Bernard Bannister. Et la révélation que Mark Ryde n'était pas du tout un type fiable.

Eunice finit son verre et tira une dernière fois sur sa cigarette avant de l'écraser dans un cendrier. Priscilla regarda sa montre.

– On ferait mieux d'y aller si on ne veut pas manquer le lever de rideau.

– Laissez-moi juste me refaire une beauté.

Quand Eunice ressortit de la salle de bains, elle était transformée. Priscilla ne savait pas ce qu'elle venait de faire là-dedans, mais elle était absolument renversante. Et cette expression sur son visage… Était-ce de l'excitation ? Oui, tout à fait. Eunice semblait très impatiente d'aller au théâtre. *Hair* devait vraiment être un très bon spectacle.

– Vous êtes très en beauté, lui dit-elle.

– Plutôt canon, pas vrai ? Et vous n'êtes pas mal du tout non plus, Priscilla. Comme toujours, d'ailleurs. Je suppose que vous devez avoir un tas d'hommes à vos pieds.

– Généralement pas les bons. Et au lieu de se jeter à

mes pieds, ils ont tendance à ramper sous les barbelés quand j'ai le dos tourné.

– Ah, retrouver ma jeunesse et être de nouveau poursuivie par les mauvais hommes !

– C'est fatigant à la longue, avoua Priscilla. Une fois de temps en temps, je voudrais être poursuivie par le bon.

– Prenez garde, ma chérie. C'est comme ça qu'on se retrouve mariée et que le bon se transforme non seulement en un mauvais, mais en le pire de tous. Croyez-en l'expérience de quelqu'un qui est passé par là.

– Je ne l'oublierai pas.

– Mais ce soir, je suis ouverte à toutes les possibilités. Ce soir, je suis de nouveau jeune !

– Deux femmes fabuleuses en route pour le théâtre, résuma Priscilla.

– Plus ou moins, répondit Eunice d'un air mystérieux.

Et elle se remit à fredonner en se dirigeant vers la porte.

Plus ou moins ? Qu'est-ce que ça *signifie ?* se demanda Priscilla.

M. Bogans attendait dans la cour du Savoy avec la Daimler.

– Bonsoir, Mesdames, dit-il en leur ouvrant la portière arrière. Vous êtes ravissantes, si je puis me permettre.

– Vous pouvez, confirma Eunice. Merci, Bogans.

Ses yeux pétillaient. Pourquoi ? s'interrogea Priscilla. Qu'était-il arrivé à la belle-mère du directeur pour la rendre tellement plus aimable ? Au moins pour la soirée.

Une foule bourdonnante d'excitation se massait

devant le Shaftesbury Theatre, la bâtisse édouardienne qui occupe l'angle de Shaftesbury Avenue et de High Holborn. La Daimler se rangea le long du trottoir pour laisser descendre Priscilla et Eunice. Quelques personnes se retournèrent d'un air curieux, mais se désintéressèrent rapidement des deux femmes en réalisant qu'elles n'étaient pas des célébrités.

Elles s'arrêtèrent sous la marquise du théâtre. Eunice promena alentour un regard quelque peu nerveux, comme si elle cherchait quelqu'un.

– Vous attendez de la compagnie ? demanda Priscilla.

Pour toute réponse, Eunice sourit faiblement et s'alluma une cigarette tandis que la foule commençait à entrer.

– On ferait mieux d'y aller, suggéra Priscilla.

– Une minute, répondit Eunice en regardant de nouveau autour d'elle. Laissez-moi finir ma cigarette.

Un jeune homme mince et de petite taille, avec des cheveux noirs frisés et de grands yeux sombres dont les pupilles semblaient flotter dans du liquide, s'arrêta brusquement près d'Eunice.

– Enrique ! s'écria celle-ci avec enthousiasme. Vous voilà.

– Désolé d'être en retard, dit le dénommé Enrique avec un fort accent avant de l'embrasser sur les deux joues. Les embouteillages.

Priscilla ne se donna pas la peine de masquer sa stupéfaction. Qui diable était cet Enrique aux grands yeux larmoyants, et pourquoi glissait-il un bras autour de la taille d'Eunice ?

– Priscilla, ma chérie, lança cette dernière, ne soyez

pas fâchée contre moi, mais je n'irai pas au théâtre ce soir.

– Je vous demande pardon ?

Priscilla n'en croyait pas ses oreilles.

– J'entends que rien de tout ceci ne remonte jusqu'à ma fille. Vous savez comment elle est.

– Mais où allez-vous ?

Eunice se tourna malicieusement vers son compagnon.

– Je n'en sais rien. Enrique, où allons-nous ?

Le jeune homme se contenta d'un large sourire qui révéla ses dents à la blancheur éblouissante. Priscilla remarqua que de longs cils presque féminins encadraient ses yeux dans lesquels dansait une lueur d'excitation.

– Vous gardez ça pour vous, n'est-ce pas, Priscilla ? Nous sommes allées au théâtre et nous avons passé une soirée merveilleuse ; c'est ce qu'il faudra raconter à ma fille si elle vous pose la question – et elle vous la posera sûrement.

– Ça va aller ?

– Beaucoup mieux que si je devais subir ce fichu spectacle une seconde fois. Pour être honnête, je ne l'ai pas aimé quand je l'ai vu à New York. Ne vous en faites pas. Enrique prendra bien soin de moi. (Eunice se serra contre lui.) N'est-ce pas, Enrique ?

– C'est pour ça que je suis ici, pour vous traiter comme la femme superbe que vous êtes, répondit l'intéressé en dévoilant de nouveau ses dents blanches.

– J'aurais préféré que vous me préveniez, Eunice, dit Priscilla. Vous me mettez dans une position délicate.

– Si je vous avais prévenue, vous auriez été tentée

de m'en empêcher. Ou pire, vous auriez tout raconté à ma fille.

Eunice s'approcha de la jeune femme et, à la grande surprise de celle-ci, la serra dans ses bras.

– Nous avons toutes nos petits secrets, pas vrai ?

Elle s'éloigna en dansant puis glissa une main sous le coude d'Enrique.

– Venez, mon chéri. La nuit nous tend les bras.

Enrique afficha une fois encore sa denture spectaculaire, puis entraîna Eunice vers une moto garée un peu plus loin sur le trottoir. Il lui tendit un des deux casques attachés à la selle et enfila le second.

Ainsi harnaché, il enfourcha la moto et démarra. Eunice mit son propre casque, puis releva sa jupe sans façon pour pouvoir s'asseoir derrière lui.

Elle agita une dernière fois la main, et la moto fila le long de Shaftesbury Avenue en direction de Piccadilly Circus, laissant Priscilla secouer la tête d'un air consterné.

33

Un petit porto ?

À peine arrivé, Mark Ryde fut introduit dans la pièce lambrissée de chêne où siégeait le commandant Peter Trueblood. Éclairé par la seule lumière de sa lampe de bureau, celui-ci avait l'air plus sinistre que jamais. Mark songea que s'il y avait eu un méchant dans ce scénario, le commandant Blood aurait été parfait pour le rôle.

– Asseyez-vous, Mark, l'invita Trueblood. Je bois un petit porto, vous en voulez un ?

– Non merci, répondit le jeune homme en s'asseyant face à lui.

L'ambiance de la pièce était calme. Trueblood ne toucha pas au verre posé près de son coude.

– Vous avez vu l'*Evening Standard* ?

– Oui.

– Et quel est votre avis ?

– Franchement, je ne sais pas quoi en penser. Nous savions que les Russes développaient des toxines affreuses, mais mon équipe et moi avons du mal à imaginer que ceci soit leur œuvre.

– Alors, qui a fait le coup ?

– Il m'a traversé l'esprit que vos Walsingham étaient peut-être impliqués là-dedans.

Au lieu de répondre tout de suite, Trueblood sirota une gorgée de porto.

– Personnellement, je pensais plutôt au MI5.

– C'est un peu tiré par les cheveux.

– Pas plus tiré par les cheveux que de nous mettre ça sur le dos. Vous disposez certainement des moyens nécessaires pour orchestrer un truc aussi moche tout en donnant l'impression que ça vient des Soviets.

– Des moyens, oui, mais que dire du mobile ?

– Soyons honnêtes : nous aurions tous les deux nos raisons. Il n'existe pas trente-six possibilités. Soit aucun de nous deux n'est responsable des événements inconsidérés survenus au Savoy.

– Soit… ?

– Soit l'un de nous est en train de mentir à l'autre.

– Dans les deux cas, nous avons de bonnes raisons de ne pas vouloir que cette affaire s'ébruite, affirma Mark. Ce qui soulève un autre problème.

Trueblood leva les sourcils.

– Et aucun de nous n'a besoin d'un problème supplémentaire, pas vrai ?

– Priscilla Tempest.

– Oui, Miss Tempest, acquiesça le commandant comme s'il se résignait à accepter son existence. Son nom ne cesse d'apparaître un peu partout dans cette affaire. Ne la gardez-vous pas à l'œil ?

– Si.

– Vous la gardez à l'œil ou vous la séduisez ?

Les sourcils levés prirent une inflexion accusatrice.

– L'important, c'est que j'ai découvert qu'elle était au courant de la présence d'Alana Wynter dans la suite de Bannister.

– Elle connaît son nom ?

Mark opina.

– Doux Jésus, murmura Trueblood.

– Du moins, elle *pense* que c'était Alana, dit Mark en faisant ce pour quoi il se considérait le plus doué : rassurer les hommes en position de pouvoir tels que Trueblood. J'ai réussi à la convaincre qu'Alana était en voyage et qu'elle l'avait confondue avec quelqu'un d'autre.

– A-t-elle partagé ces informations avec la police ? s'enquit Trueblood, tendu.

– Elle dit que non, et je pense avoir suffisamment semé le doute dans son esprit pour qu'elle s'abstienne jusqu'à nouvel ordre.

Trueblood se rembrunit.

– Cette jeune femme sortie de nulle part, cette traînée en minijupe qui, j'ignore comment, a réussi à se faire embaucher au Savoy – Dieu sait avec qui elle a dû coucher pour y parvenir – pourrait tout faire capoter.

– Je pense que l'imprudence d'Alana nous fait courir un danger bien plus grand, contra Mark.

– Nous en débattrons plus tard. Pour le moment, je voudrais que nous nous concentrions sur les inquiétudes que m'inspire Miss Tempest.

– Puis-je suggérer quelque chose ? Je pense que votre vision des choses très conservatrice vous induit en erreur au sujet de Priscilla, dit Mark en choisissant soigneusement ses mots.

– En erreur, vraiment ? Je me le demande. (À cette perspective, une certaine détresse s'inscrivit sur le visage spectral de Trueblood.) À mes yeux, elle représente tout ce qui va de travers dans ce pays : le manque de respect envers les classes dirigeantes, la désintégration de nos valeurs dans une cacophonie de musique populaire et de slogans qui réclament… l'égalité, Dieu du ciel !

– Et tout ça en minijupe.

Trueblood eut un faible sourire.

– La brièveté des jupes ne me dérange pas. Contrairement à tout le reste.

– Néanmoins, les temps changent, commandant.

– Voilà pourquoi nous devons nous dresser tel un rempart face à ces changements, en particulier lorsqu'ils menacent les institutions qui assurent la sécurité de ce pays depuis des centaines, voire des milliers d'années.

– Des institutions telles que la monarchie ?

– La plus durable, et donc la plus importante de toutes.

– Priscilla Tempest ne va pas renverser la monarchie.

– Mais elle peut lui causer de gros ennuis si elle parle à la police. Je ne peux pas prendre le risque de l'y autoriser.

– Elle n'en fera rien, affirma Mark.

– Il n'y a qu'un seul moyen sûr de l'en empêcher, fit valoir Trueblood.

– Vos méthodes ne résoudront pas notre problème, commandant.

Trueblood leva de nouveau un sourcil sceptique.

– Vous croyez ? Dans ce cas, je vous conseille de me prouver que j'ai tort. Et vite.

Après le départ de Mark, Trueblood finit son porto, se leva et se dirigea vers la console sur laquelle il avait posé la carafe. Il se servait un autre verre quand la porte du fond s'ouvrit, livrant passage à Alana Wynter. *Elle était particulièrement en beauté ce soir-là*, songea Trueblood. Comme elle s'approchait de lui, il sentit la chaleur qui émanait de son corps.

– Vous avez entendu ? lui demanda-t-il.

– Pour l'essentiel, oui. Cette maudite fille a découvert mon nom.

– Un petit porto ?

– C'est tout ce que vous avez ?

– Je le crains.

Alana grimaça. *Quel joli visage*, songea Trueblood.

– Du porto. Ce que vous pouvez être vieux jeu.

– Tandis que Mark et vous êtes si modernes.

– Mark est mou, affirma la jeune femme. Bien trop moderne. Nous ne pouvons pas laisser cette Priscilla Tempest se promener en liberté avec tout ce qu'elle sait.

– Vous n'auriez pas dû vous rendre dans la suite de Bannister, lui reprocha Trueblood.

– Il m'a appelée en disant qu'il ne se sentait pas bien. Puis il s'est mis à proférer des absurdités, disant qu'il était au courant pour les Walsingham et que ce qu'il avait entendu ne lui plaisait pas du tout. J'ai pensé qu'il valait mieux lui parler. Je ne m'attendais pas à ce qu'il meure, et encore moins à ce qu'il reçoive de la visite.

– Mark va s'en occuper.

– Mark a le béguin pour cette fille. Vous feriez mieux de me laisser faire.

– J’ai accepté de lui donner un peu plus de temps.

– Nous n’en avons pas beaucoup.

– Ne vous mêlez pas de ça pour le moment, Alana, la tança Trueblood. Vous ne feriez que compliquer les choses.

La jeune femme laissa passer quelques secondes puis sourit.

– Si vous le dites, très cher, susurra-t-elle.

Tout en songeant qu’il était hors de question qu’elle attende pour s’en mêler.

34

Le spécialiste de la persuasion

Priscilla rentra chez elle, très inquiète à l'idée que son patron la tienne pour responsable s'il arrivait quoi que ce soit à sa belle-mère. La nouvelle que celle-ci avait disparu dans la nuit à l'arrière d'une moto, conduite par un jeune homme aux cheveux frisés et aux yeux brillants qui répondait au prénom d'Enrique et affichait la moitié de son âge, ne serait pas bien reçue.

On pouvait même dire qu'elle serait très mal reçue.

Il faudrait donc mentir, et mentir n'était pas le point fort de Priscilla – même si elle avait beaucoup d'occasions de s'entraîner depuis quelque temps.

Alors qu'elle descendait du taxi et traversait le trottoir, elle tenta de se convaincre qu'Eunice était une femme adulte et mature – d'âge mûr, tout au moins – parfaitement capable de se débrouiller seule. Elle semblait connaître déjà le jeune Enrique. Son petit ami londonien, peut-être ? Cela paraissait difficile à imaginer, mais au fond, qu'en savait Priscilla ? À défaut d'autre chose, Eunice la surprenait constamment.

La jeune femme fouillait dans son sac à la recherche de ses clés quand une voix lança :

– Priscilla !

Elle fit volte-face, alarmée. Aziz Abrahim s'approchait d'elle. Trop occupée à penser à Eunice, Priscilla n'avait pas vu sa Mercedes, garée un peu plus loin dans la rue.

– Que faites-vous ici ?

– Je vous attendais. Vous rentrez tard, lâcha Aziz, l'air mécontent.

– J'étais au théâtre. Qu'y a-t-il de si important ?

– Vous devez venir avec moi immédiatement, réclama-t-il d'un ton sévère.

– Je suis très fatiguée. La journée a été difficile. Le seul endroit où je vais encore me rendre, c'est dans mon lit, et je vais m'y rendre seule.

– Mon père exige votre présence. Il est très fâché.

– C'est fort dommage, Aziz, mais je n'irai nulle part ce soir.

– Malheureusement, il a insisté pour que j'amène un spécialiste de la persuasion, un individu capable de convaincre les gens de faire ce qu'ils n'ont pas envie de faire. Ce soir, si nécessaire, cette personne vous persuadera de venir avec moi.

Tournant la tête, Priscilla aperçut le type costaud de la fois précédente, très élégant dans son costume sombre. Il leva la main et lui fit coucou.

– Il a son pistolet avec lui ? interrogea-t-elle.

– Je crains que oui, confirma Aziz.

– Vous savez, Aziz, quand vous essayez de courtiser une femme, il est peu probable que la présence d'un tireur armé vous aide à conclure.

– Je vous en prie, c'est très important, insista Aziz avec un regard implorant. Je vous promets qu'on ne vous fera aucun mal.

– Tout le monde me dit la même chose à cette heure de la nuit. *Accompagnez-moi sous la menace d'une arme, Priscilla. Et ne vous en faites pas : je ne vous veux aucun mal*, grogna la jeune femme. Très bien, finissons-en.

Le type costaud conduisit les deux mains posées sur le volant de la Mercedes, ce qui tranquillisa Priscilla. Tant que ses mains restaient bien en vue, il ne pouvait pas dégainer son arme. Aziz s'était assis à l'arrière avec la jeune femme, et il se sentait assez détendu pour poser la main sur son genou.

– Je dois vous mettre en garde contre quelque chose, dit-il.

Priscilla repoussa promptement sa main.

– Franchement, Aziz, vous pouvez m'expliquer pourquoi, dans cette ville, les hommes passent leur temps à tripoter les femmes sur la banquette arrière de leur voiture ?

– Beaucoup d'hommes vous tripotent ?

– Des hordes entières. Alors je vous en prie, ne soyez pas comme eux. Au fait, contre quoi devez-vous me mettre en garde ?

– Il est très important que vous ne révéliez pas à mon père que vous êtes la source anonyme de l'article de l'*Evening Standard*.

– Mais Aziz, c'est *vous* qui m'avez ordonné de renseigner le journaliste !

– J'ai peut-être mentionné la presse, mais je ne vous ai jamais dit d'aller leur parler.

– Bien sûr que si ! s'indigna Priscilla. Vous avez dit que vous ne pouviez pas aller voir la police, mais que si la presse était informée, la police serait au courant sans que votre famille soit impliquée.

– Je ne me souviens pas avoir dit une telle chose.

– Vous plaisantez.

– Je suis très sérieux. Mais pas autant que mon père. Vous devez absolument lui dire que vous n'avez pas la moindre idée de la façon dont cette histoire s'est retrouvée dans le journal, et nous en resterons là. C'est très simple, non ?

Non, songea Priscilla. Ça ne l'était pas du tout. Elle commençait à perdre le compte de tous les secrets qu'elle était censée garder, de tous les mensonges qu'elle était censée raconter. Ne pas parler de ceci à la police, ne pas dire ceci à la fille d'Eunice, ne pas dire cela au père d'Aziz… La tête lui tournait.

La main d'Aziz se posa de nouveau sur son genou, l'arrachant à sa rêverie.

– Je ne veux pas que ceci affecte notre relation, dit-il.

– Aziz, nous n'avons pas de relation, répliqua Priscilla en repoussant sa main plus brutalement cette fois. Vous êtes juste un type qui m'a plus ou moins enlevée par deux fois maintenant.

– Je comprends, répondit calmement Aziz. Mais je suis un homme très patient, comme vous le découvrirez en apprenant à me connaître.

– Aziz, nous n'allons pas apprendre à mieux nous connaître.

– N'en soyez pas si certaine.

Priscilla recommença à s'inquiéter.

35

Une excellente épouse

Par-delà le portail qui venait de s'ouvrir pour laisser entrer la Mercedes, la maison de Tarak Abrahim semblait enveloppée de ténèbres. Comme la fois précédente, Priscilla fut introduite dans le vestibule à l'escalier incurvé puis entraînée dans la grande salle chichement éclairée à l'atmosphère empestant la fumée de cigarillo.

Mais cette fois, le fauteuil-trône était vide.

Cela parut surprendre Aziz qui s'arrêta et fixa le siège, bouche bée. Priscilla sentit que le type costaud se tenait juste derrière elle, sans doute au cas où elle tenterait de s'enfuir en courant. Puis elle entendit une quinte de toux et Tarak Abrahim apparut, clopinant, appuyé sur une canne. Il ne parut pas s'apercevoir de la présence des nouveaux arrivants jusqu'à ce qu'Aziz lance :

– Père !

Alors, Tarak s'arrêta net et leva brusquement la tête. Le soulagement inonda son visage ravagé.

– Tu es là.

– Et j'ai amené Miss Tempest comme tu me l'avais demandé.

L'effort que Tarak dut faire pour se tourner vers ses visiteurs sembla le fatiguer davantage. Il s'appuya plus lourdement sur sa canne tout en étudiant Priscilla. Ce qu'il vit ne parut pas lui plaire.

– Vous m'avez causé beaucoup de chagrin, déclara-t-il d'une voix rocailleuse.

– Je ne vois pas comment, croassa la jeune femme.

– Toutefois, j'ai décidé de vous pardonner, poursuivit Tarak comme si elle n'avait rien dit. Mon fils vous tient en très haute estime, et je dois prendre son avis en considération.

– C'est très aimable à vous, Père, intervint Aziz.

– Au fond, je suis un homme gentil qui veut faire passer le bonheur de son fils avant tout. C'est pourquoi j'ai décidé d'autoriser ce mariage.

– Mariage ? Quel mariage ? s'écria Priscilla avec une panique nouvelle.

– Silence ! rugit Tarak. (Il semblait avoir du mal à respirer. Au prix d'un gros effort, il se redressa et transperça Priscilla du regard.) Comme je l'ai dit, j'autorise ce mariage. La cérémonie aura lieu dans notre propriété de Gizeh, près du Caire. Vous partirez là-bas demain matin pour commencer les préparatifs.

– C'est de la folie, parvint à articuler Priscilla.

De nouveau, Tarak ne parut pas l'entendre.

– En attendant, vous serez mon hôte ici cette nuit.

Priscilla se tourna vers Aziz.

– Dites à votre père que c'est impossible, supplia-t-elle. Je n'irai pas en Égypte, et je ne vous épouserai pas.

Face à tant de véhémence, Aziz se contenta de hausser les épaules.

– Oh si, je le crains. Mon père pense que vous en savez trop et que, livrée à vous-même, vous constitueriez une menace envers notre famille. (Il eut un sourire qui se voulait encourageant mais ne parvint pas tout à fait à l'être.) Écoutez, vous aurez une vie merveilleuse à Gizeh. Vous serez ma femme. Vous aurez accès à toutes les richesses du monde, et tous vos souhaits seront immédiatement exaucés.

– Je souhaite rentrer chez moi et oublier toute cette folie, répondit Priscilla d'une voix aiguë.

– Hélas, c'est le seul de vos vœux que je ne puis satisfaire.

Priscilla réalisa que le type costaud avait été rejoint par un de ses copains encore plus costaud. Tous deux s'approchèrent et l'empoignèrent par les bras. Priscilla tenta de se dégager, mais elle était aussi solidement maintenue que par un étau.

– Criez si vous voulez, ça ne servira à rien. Personne ne vous entendra dehors, dit Aziz.

– Je ne vais pas vous donner la satisfaction de crier, répliqua Priscilla.

– Je le savais ! Vous ferez vraiment une excellente épouse, affirma-t-il, tout excité.

En fait, songea Priscilla plus tard, elle aurait dû hurler de toute la force de ses poumons face à une telle indignité. Mais elle n'en eut jamais l'occasion grâce au fracas qui figea tous les occupants de la pièce, dont les deux brutes qui prenaient un plaisir particulier à l'entraîner vers la sortie.

Le grondement de tonnerre qui s'éleva quelque part dans la maison mit un terme immédiat à ces sévices et la dispensa de hurler.

Au loin, quelqu'un aboyait des ordres, ponctués par des bris de verre. Un bruit de bottes s'intensifia, accompagné d'exclamations coléreuses et de cris paniqués. Puis deux bobbies londoniens à la mine sévère firent irruption dans la pièce enfumée. Ils parurent quelque peu interloqués à la vue du spectacle qui s'offrait à eux. L'un d'eux lança d'une voix bourrue :

– Par tous les diables, que se passe-t-il ?

Excellente question, songea Priscilla.

– Cette femme s'est introduite chez nous par effraction et a attaqué mon père ! s'écria Aziz sur un ton accusateur.

– Certainement pas ! s'indigna Priscilla.

– Dieu merci, nous avons pu l'arrêter à temps ! C'est une folle furieuse !

– Ils m'ont enlevée ! s'époumona Priscilla.

Perplexes, les agents de police hésitaient quand une silhouette familière entra dans la pièce. L'inspecteur principal Robert « Bulldozer » Lightfoot afficha la même expression incrédule que ses subordonnés.

– Miss Tempest ! lâcha-t-il sur un ton accusateur.

36

Une arrestation

D'après ce que Priscilla pouvait voir à travers la fenêtre crasseuse du bureau de l'inspecteur Robert Lightfoot à Scotland Yard, l'aube commençait à poindre. La jeune femme tenta de se souvenir de la dernière fois qu'elle avait vu le soleil se lever, ou dormi huit heures d'affilée, et elle n'y parvint pas.

– Encore vous, Miss Tempest, lâcha l'inspecteur sur un ton las.

Dans la maison de Hampstead Heath, Priscilla avait fait de son mieux pour expliquer ce qui s'était passé, comment elle avait été enlevée et retenue prisonnière. Elle s'était donné beaucoup de mal pour convaincre l'inspecteur : contrairement à ce qu'Aziz affirmait avec véhémence, elle ne s'était pas introduite par effraction pour attaquer Tarak Abrahim – qu'en fait, elle était la victime, et non l'agresseur.

Malgré ses explications, elle n'était pas certaine que l'inspecteur Lightfoot l'ait crue sur le coup, et elle était encore moins certaine qu'il la croyait maintenant.

– Même si j'adorerais vous croire quand vous dites que nous sommes arrivés à point nommé pour vous sauver d'un sort pire que la mort…

– C'est exactement ce que vous avez fait, inspecteur, affirma Priscilla avec force.

– Quoi qu'il en soit, ce n'est pas pour vous que nous étions là, reprit Lightfoot. En nous basant sur un article paru dans l'*Evening Standard* et sur les informations collectées dans le cadre d'une enquête de longue durée sur la famille Abrahim, nous avons obtenu un mandat de perquisition dans leur résidence de Hampstead Heath. Imaginez notre stupéfaction quand nous avons découvert que vous vous trouviez également sur les lieux.

– Vous n'avez pas pu être aussi surpris – ni aussi soulagés – que moi, affirma Priscilla.

– Vous avez déjà expliqué aux agents présents, ainsi qu'à moi-même, de quelle façon vous vous étiez retrouvée là-bas. Vous ne serez sans doute guère surprise d'apprendre qu'Aziz Abrahim nous a raconté une tout autre histoire.

– Mensonges ! s'exclama Priscilla.

– Nous sommes enclins à croire votre version, si étrange soit-elle…

– Ce n'est *pas* une version, inspecteur, coupa Priscilla, de plus en plus véhémente.

– … et de l'ajouter à la pile grandissante des explications douteuses que vous nous avez déjà fournies.

– Je vous dis la vérité, insista Priscilla.

L'inspecteur Lightfoot lui jeta un regard suggérant qu'il n'en était qu'à moitié convaincu.

– Sachez qu'en nous basant sur les éléments collectés au cours de notre investigation, nous avons inculpé Tarak et son fils Aziz du meurtre d'Amir Abrahim.

– Je suppose que c'est une bonne nouvelle pour moi, dit Priscilla en choisissant soigneusement ses mots.

Toutefois, j'avoue que je ne comprends pas bien pourquoi ils auraient tué leur propre fils et frère.

– D'après ce que nous avons pu établir, le meurtre serait survenu à la suite d'une querelle familiale. Apparemment, et de façon quelque peu surprenante, Amir souhaitait s'engager dans le commerce du caviar. Cela ne plaisait pas à Tarak ni à Aziz, qui ont pris les mesures ayant entraîné sa mort.

– Et Bernard Bannister ? Je peux éventuellement comprendre que Tarak et son fils aient voulu se débarrasser d'Amir, mais pourquoi s'en seraient-ils pris à M. Bannister ?

– L'enquête sur le décès de M. Bannister est toujours en cours, répliqua l'inspecteur Lightfoot avec raideur. Nous n'avons pas encore engagé de poursuites pénales dans cette affaire.

– Et que faites-vous de notre gouvernante, qui pense avoir vu la princesse Margaret sortir de la suite d'Amir ?

– Nous avons interrogé Mme Holmes à plusieurs reprises, et conclu qu'elle avait confondu la princesse avec quelqu'un d'autre.

– Et la femme que j'ai vue s'enfuir de la suite de M. Bannister ?

– Oui ?

– L'avez-vous identifiée ?

– Pas encore, non. Il a été suggéré que dans la confusion du moment, alors que vous veniez de découvrir M. Bannister en piteux état, vous avez peut-être vu une chose qui n'existait pas.

– Et comment cela est-il possible, inspecteur ? s'indigna de nouveau Priscilla. J'ai vu une femme sortir de sa chambre, mais en réalité, elle n'était pas là ?

– Comme je viens de vous le dire, Miss Tempest, vous avez pu vous tromper dans la confusion du moment.

Priscilla lutta pour réprimer sa colère grandissante.

– Je vois. Et Millicent Holmes souffre-t-elle du même genre d'hallucination ? A-t-elle également vu quelqu'un qui n'était pas là ?

– Cela suffit, Miss Tempest. J'ai bien noté vos remarques sarcastiques.

– Supposons que je connaisse le nom de cette femme que je n'ai pas réellement vue. Que se passerait-il alors ?

Priscilla foudroya du regard l'inspecteur assis de l'autre côté de son bureau.

– Dans ce cas, je vous demanderais de me le donner. Connaissez-vous son nom ?

Priscilla était si épuisée et si furieuse qu'elle faillit répondre « Alana Wynter ». Mais une petite voix tout au fond d'elle lui ordonna de se taire.

– Pas encore.

– Dans ce cas, nous ne pouvons pas faire grand-chose à ce sujet, n'est-ce pas ? dit l'inspecteur Lightfoot avec un geste résigné. En revanche, il me reste quelques questions à vous poser.

– Je suis très fatiguée, inspecteur. Pourrais-je rentrer chez moi ?

– Encore une ou deux petites choses, et vous pourrez y aller.

L'air solennel, l'inspecteur se pencha en avant, les mains pressées l'une contre l'autre. L'image même de l'autorité flegmatique.

– La question se pose de savoir d'où la presse tire

ses informations sur la toxine inconnue qui mystifie nos experts. Je me demande si vous pourriez nous éclairer sur ce sujet.

– Justement, inspecteur, répondit prudemment Priscilla. C'est Aziz qui m'a parlé du A-232. Il l'a fait parce que son père et lui ne voulaient pas avoir affaire à la police. Aussi, ils m'ont *demandé* de renseigner la presse.

– Et c'est ce que vous avez fait ? Au lieu de venir nous trouver, vous avez parlé à un journaliste de l'*Evening Standard* ?

– Oui. Mais l'important, c'est que… pourquoi m'auraient-ils donné cette information s'ils avaient tué Amir ? Pourquoi auraient-ils voulu que la police sache comment ils s'y étaient pris ?

Lightfoot se radossa à sa chaise comme pour esquiver la question.

– Miss Tempest, vous auriez dû venir nous trouver immédiatement, dit-il sur son ton le plus désapprobateur d'inspecteur de police. Vous n'auriez pas dû parler à la presse. En prenant les choses en main, non seulement vous vous êtes mise en danger, mais vous avez également, de mon point de vue, compromis notre enquête.

– J'en suis désolée, inspecteur, dit Priscilla, estimant que la contrition était de mise. C'est un trait de mon caractère que je dois améliorer. Je pense toujours faire la meilleure chose possible, alors qu'en réalité, je suis en train de faire la pire.

– Je vous conseille fortement de travailler là-dessus à l'avenir, Miss Tempest.

Au moins, Lightfoot semblait quelque peu radouci, songea Priscilla.

– Je ferai de mon mieux, inspecteur.

Il la gratifia d'un regard suggérant qu'il doutait de sa sincérité.

– Je pense que ça suffit pour le moment, dit-il, consentant à lui adresser un sourire avant d'ajouter : Rentrez chez vous et reposez-vous. Pour ce que ça vaut, vous le méritez probablement.

Et même certainement, songea Priscilla.

37

Des ennuis en perspective

Le soleil filtrait à travers le couvert des nuages matinaux, jetant une lumière flatteuse sur la MGB et son propriétaire. Mark Ryde agita la main pour attirer l'attention de Priscilla comme elle sortait de Scotland Yard. La jeune femme s'inquiéta d'abord de ne ressembler à rien, avant de se demander comment et pourquoi Mark se trouvait là, en train de l'attendre.

– Je me suis dit que vous auriez peut-être besoin d'un chauffeur, expliqua le jeune homme avec un large sourire.

– Comment avez-vous su que j'étais ici ?

Priscilla hésitait entre lui en vouloir et se sentir soulagée qu'il lui offre un moyen de locomotion.

– Allez, en voiture ! Laissez-moi vous raccompagner chez vous – ou vous conduire à l'hôtel, si vous préférez.

– Je suis déjà montée dans suffisamment de voitures que je n'avais pas commandées pour cette nuit, merci bien, répondit Priscilla avec humeur. Et vous n'avez pas répondu à ma question.

– Comme je vous l'ai déjà dit, je suis un fonctionnaire qui sait certaines choses, notamment quand une demoiselle en détresse pourrait avoir besoin d'un chauffeur.

– Certes, mais vous n'avez jamais daigné me dire quel genre de fonctionnaire exactement, n'est-ce pas, Mark ? Non seulement j'en ai assez des voitures que je n'ai pas commandées, mais j'en ai également assez des hommes mystérieux qui ne veulent pas me dire la vérité à leur sujet.

– Très bien. Alors marchons le long de la Tamise, et je répondrai à toutes vos questions. Qu'en dites-vous ?

– Je ne veux pas marcher le long de la Tamise, s'emporta Priscilla.

– Juste quelques minutes. Puis je vous conduirai où vous voulez aller.

– Je vous déteste.

– Bien sûr que non. Mais même si c'était le cas, je vous intrigue. Vous voulez des réponses. Et je suis prêt à vous les fournir, du mieux que je peux.

Malgré sa fatigue, Priscilla ne pouvait contredire la logique de Mark. Ou peut-être pensait-elle juste que se promener avec lui n'était pas une si mauvaise idée. Cela dit, elle pouvait se tromper sur ce point. À ce stade, elle n'avait plus les idées claires.

Le soleil continua à lutter contre les nuages pour briller sur la première fournée de joyeux touristes entassés dans les bateaux qui naviguaient sur la Tamise.

– Le nom officiel du service pour lequel je travaille est Military Intelligence, section 5, commença Mark.

– C'est quoi, ça ? demanda Priscilla sans le regarder.

Ne voulant rien faire pour affaiblir le peu de

détermination qui lui restait, elle gardait les yeux rivés sur les bateaux touristiques.

– En général, on l'appelle juste MI5.

– Vous êtes un *espion* ?

Cette fois, Priscilla ne put s'empêcher de dévisager Mark.

– Je suis dans le renseignement intérieur, la détrompa le jeune homme. Nous n'espionnons pas : nous traquons les espions étrangers, ou toute autre personne considérée comme une menace envers la sécurité nationale. Nous laissons l'espionnage international à ces crétins balourds du MI6.

– Et donc, quand vous vous êtes garé devant chez moi avec votre MGB en surchauffe, c'était… ?

Mark était devenu plus intéressant que le trafic fluvial. Priscilla remarqua les poils qui assombrissaient son menton et conclut qu'il se n'était pas rasé ce matin-là. Trop occupé à foncer à Scotland Yard pour l'intercepter, sans doute.

– C'était moi, garé devant chez vous avec une MGB en surchauffe.

– Tout à fait par hasard ?

– Vos liens avec Amir Abrahim y étaient peut-être pour quelque chose. Ça, et le fait que vous êtes assez jolie.

– *Assez* jolie ? C'est le genre de compliment qui fait palpiter le cœur d'une fille.

– Mettez ça sur le compte de ma réserve britannique. En réalité, je vous trouve très attirante.

– Dommage que vous m'espionniez, et pire encore, que vous soyez déjà fiancé. Au fait, comment va Alana ?

– Bien, à ma connaissance. Et nous ne sommes plus fiancés.

– Vous êtes un rapide ! Un jour, vous êtes sur le point de vous marier, et le lendemain, vous êtes de nouveau célibataire.

– Vous m'en voyez aussi surpris que vous. Mais c'est comme ça. Alana a décidé de passer à autre chose, et je lui souhaite le meilleur.

– Néanmoins, vous restez un espion, fit remarquer Priscilla. Ou avez-vous renoncé à votre carrière en même temps qu'à votre futur mariage ?

– Agent de renseignement est beaucoup plus exact, rectifia Mark.

– Je ne pourrai jamais être certaine de vos intentions, n'est-ce pas ?

Ou de mes sentiments, ajouta Priscilla en silence.

Mark s'arrêta brusquement et se tourna vers elle. Il prit délicatement son visage à deux mains et l'attira vers lui pour l'embrasser.

Priscilla se dit qu'elle devait se dégager. Et elle allait le faire – bientôt. Très bientôt. Dans un instant.

Quand Mark finit par s'écarter d'elle, Priscilla aurait juré que ses yeux pétillaient. Et elle détestait que Mark sache qu'il était la cause de ce pétillement.

– C'était quoi, ça ? lança-t-elle, le souffle court.

– C'était une démonstration de mes intentions – qui, à cet instant précis, souhaitaient vous embrasser.

Priscilla hocha la tête.

– C'est bien ce qu'il me semblait.

– Écoutez, Priscilla, vous me plaisez. Beaucoup. Raison pour laquelle je vous raconte des choses que je devrais probablement vous cacher. Je vais faire de mon mieux pour qu'il ne vous arrive rien, mais j'ai besoin que vous vous teniez à l'écart de la presse et que vous cessiez de vous mettre la police à dos. Je ne crois pas que vous ayez fait quoi que ce soit de mal, mais ils semblent penser le contraire.

– Vous essayez de me séduire pour me faire taire, l'accusa Priscilla, furieuse.

– Il se peut que j'essaie de vous séduire, concéda Mark. Mais ça n'a rien à voir avec votre silence.

Et voilà : elle n'était plus sûre de rien. Mark venait-il enfin de se montrer honnête en lui révélant son métier d'espion ? Ou n'avait-il fait que remplacer un mensonge par un autre ? Priscilla était trop fatiguée et trop lasse de tout pour en décider immédiatement.

– Vous avez proposé de me raccompagner.

– Tout à fait.

– Alors allons-y avant que je ne m'attire encore plus d'ennuis que je n'en ai déjà.

Comme elle se détournait pour rebrousser chemin, Mark la prit par le bras et la fit pivoter vers lui.

– Ça n'en a peut-être pas l'air, mais je suis de votre côté, dit-il avec un air grave – et particulièrement séduisant, ne put s'empêcher de penser Priscilla. Je ne vous causerai pas d'ennuis. Sincèrement.

– Bien sûr que si, insista la jeune femme. Vous m'en causerez certainement.

– Vous vous trompez.

– Vraiment ?

Elle prit conscience que les nuages s'étaient dissipés et que le soleil brillait de tous ses feux. D'autres bateaux touristiques apparaissaient sur la Tamise, et une petite brise matinale soufflait. Priscilla leva une main pour la poser sur la joue mal rasée de Mark. Puis elle l'embrassa.

– Là, dit-elle, de nouveau essoufflée. J'avais raison. Vous ne me causerez que des ennuis.

38

Trouvez la belle-mère !

Son corps en manque de sommeil lui ordonnait de rentrer chez elle et de dormir. Mais le cerveau de Priscilla, qui n'était pas toujours relié au reste de sa personne, la poussait vers le bureau.

Pour une fois, il remporta la bataille. Mark gara la MGB contre le trottoir du Strand, un peu après le Savoy.

– N'essayez pas de m'embrasser, lui dit Priscilla. Nous sommes bien trop près de l'hôtel.

– Cette idée ne m'avait même pas traversé l'esprit, répondit Mark.

– Je suppose qu'on vous enseigne la discipline chez les espions.

– C'est une grande partie de notre formation – apprendre à ne pas embrasser de jolies filles dans les rues de Londres. Toutefois, on a négligé de nous dire comment réagir si l'une d'elles prenait l'initiative du baiser.

– Une brève erreur de jugement, affirma Priscilla.

– Je n'en doute pas, dit Mark avant de se pencher et de l'embrasser.

Priscilla se dit qu'elle n'aurait jamais dû lui rendre

son baiser la première fois, et qu'elle ne devrait pas l'autoriser à lui en donner un autre à présent. Elle finit par trouver la volonté de s'écarter de lui et de déverrouiller la portière passager.

– Je ne vous fais toujours pas confiance, annonça-t-elle, au cas où Mark se ferait des idées.

– Et je ne suis pas certain de vous faire confiance non plus, répliqua-t-il.

Elle lui jeta un regard peu amène, puis descendit de la voiture. Mark se pencha par-dessus le siège passager.

– Je vous recontacte.

– Vraiment ?

Il sourit et referma la portière.

– Tu portes les mêmes vêtements qu'hier !

Rien n'aurait pu étonner Susie davantage ce jour-là.

– Pas de commentaire, dit Priscilla en se laissant tomber sur sa chaise de bureau et en fixant ses téléphones comme pour les mettre au défi de sonner.

– Tu vas bien ? s'enquit Susie. On dirait qu'on t'a passée à l'essoreuse. Qu'est-ce que tu as fait la nuit dernière ?

– J'ai été enlevée et retenue prisonnière par un homme qui veut m'épouser. Rien de nouveau pour moi.

Susie éclata de rire.

– Je vois. (Puis, plus sérieusement :) Tu as parlé à Mme Banville ? Elle te cherche.

Eunice. *Malédiction*, songea Priscilla. Dans le chaos de la soirée précédente, elle l'avait totalement oubliée.

Elle appuya sur le bouton Serveur, et deux minutes plus tard, Karl fit une apparition bienvenue.

– Ne me dites rien. Un café.

– Comment le savez-vous ?

– Il suffit de vous regarder. Que vous est-il arrivé ?

– Un type qui veut l'épouser l'a enlevée, intervint Susie.

– Ah. Encore une soirée agitée à Londres, commenta Karl.

– C'est ça, acquiesça Priscilla. Un café, et vite.

Karl opina et s'en fut. Priscilla se leva en ignorant le regard interrogateur de Susie et referma la porte du bureau. Puis elle alla s'asseoir et prit une grande inspiration en repensant à sa rencontre avec Mark Ryde.

L'espion qui l'avait embrassée. Ou, si on regardait la scène d'un point de vue légèrement différent, l'espion qu'elle avait embrassé. Dans un cas comme dans l'autre, la dernière chose dont elle avait besoin en ce moment, c'était d'embrasser des espions, surtout s'ils lui coupaient le souffle tout en éveillant ses soupçons. Bon, Mark lui coupait le souffle plus qu'il n'éveillait ses soupçons, elle devait bien l'admettre.

Tout de même, décida-t-elle, l'un aurait dû aller sans l'autre.

Priscilla avait aimé leurs baisers, elle ne pouvait pas le nier. Beaucoup trop, selon ses propres estimations. Mais quoi qu'il dise à propos de son travail, Mark Ryde restait un espion – un espion qui l'espionnait, elle. Un espion qui pouvait très bien mentir et ne l'avoir embrassée que parce que ça faisait partie de son boulot. C'était ce que faisaient les espions, pas vrai ? Ils séduisaient les jeunes femmes impressionnables comme elle.

Après tout, il voulait qu'elle se taise et se tienne à distance de la presse. Quel meilleur moyen que quelques baisers pour l'en persuader ?

Eh bien, elle allait lui donner une bonne leçon. Priscilla saisit son téléphone.

– C'est moi, annonça-t-elle quand Percy Hoskins décrocha.

– J'ai un article à finir, répondit-il sèchement. Quoi de neuf ?

– Oh, pas grand-chose, lâcha-t-elle avec une nonchalance feinte. Je pensais que tu voudrais savoir qu'Aziz Abrahim et son père Tarak ont été arrêtés pour le meurtre d'Amir Abrahim.

– Quoi ? s'écria Percy, soudain tout ouïe. Bon sang, tu en es certaine ?

– Je sors juste de Scotland Yard où j'ai encore été interrogée par l'inspecteur Lightfoot, l'informa joyeusement Priscilla. Je crois que je suis sa suspecte préférée.

– Que s'est-il passé ? demanda Percy d'une voix tendue. Pourquoi t'ont-ils encore interrogée ?

– C'est une longue histoire, mais là, il faut que tu appelles Scotland Yard immédiatement.

– Une minute, je veux être sûr d'avoir bien compris. Ils pensent que Tarak a participé au meurtre de son propre fils ?

– L'inspecteur Lightfoot m'a dit que c'était le résultat d'une querelle familiale. Personnellement, je n'en crois rien, mais bien entendu, il ne m'écoute pas.

– Tout de même, ça expliquerait l'A-232, pas vrai ? dit Percy après avoir pris quelques instants pour digérer les révélations de Priscilla. Les Russes leur ont procuré cette fameuse toxine, et ils s'en sont servis pour éliminer Amir.

– Mais de quelle façon exactement ? demanda Priscilla. Il aurait fallu qu'ils introduisent le poison dans la bouteille de champagne qui a été apportée dans la suite d'Amir. Ça semble peu probable. De plus, ça n'explique pas pourquoi Bernard Bannister a été tué à l'aide de la même substance.

Avant que Percy puisse répondre, la porte du bureau de Priscilla s'ouvrit à la volée. Daisee Banville, la perfection incarnée si on faisait abstraction de son rictus hideux, entra en trombe en criant :

– Où diable est passée ma mère ?

– Je te rappelle plus tard, dit Priscilla au téléphone.

Elle raccrocha et prit une grande inspiration pour affronter une Daisee furieuse.

– Je suis désolée, madame Banville, j'étais au téléphone. Quel est le problème ?

– Le *problème*, c'est que ma mère n'est pas rentrée hier soir ! hurla Daisee. Qu'avez-vous fait d'elle ?

– Nous sommes allées au théâtre ensemble, répondit Priscilla, son estomac faisant la culbute comme elle gagnait du temps avec cette vérité approximative.

– Eh bien, elle n'est pas dans sa chambre !

– Elle est peut-être sortie de bonne heure ce matin.

– Je viens d'aller voir, son lit n'est même pas défait.

– Alors, je n'en sais rien. Elle allait très bien quand je l'ai laissée hier soir, dit Priscilla sans mentir.

– Vous étiez responsable d'elle ! s'époumona Daisee. Mon mari a été assez bête pour vous la confier. Il n'aurait jamais dû vous faire confiance.

– Laissez-moi voir si je peux la retrouver, dit Priscilla, bien décidée à rester l'image du calme dans la tempête, mais sans avoir la moindre idée de la façon dont elle pourrait s'y prendre.

– Comment est-ce possible ? se lamenta Daisee. Margaret vient ce soir, et ma fichue mère a disparu !

– La princesse Margaret vient ce soir ? s'étonna Priscilla. Mais ce n'est pas son anniversaire, si ?

Daisee lui jeta un regard horrifié.

– Vous n'êtes pas censée le savoir !

– Malheureusement, vous venez juste de me le dire.

– Ce n'est pas censé se produire maintenant, mais c'est quand même le cas, se désespéra Daisee. Je ne suis pas en état de gérer, mais je *dois* quand même le faire. Je n'ai pas le choix !

Elle pointa un doigt accusateur vers Priscilla.

– Et vous ! Tout le monde se méfie de vous. Vous ne devez en parler à personne, c'est bien compris ?

– Oui, évidemment. Je peux faire quelque chose ?

– Trouvez ma mère. Et gardez le secret !

Sur ces instructions on ne peut plus claires, Daisee s'en fut.

La tête de Priscilla commençait à lui faire mal. Le monde entier était contre elle. Des hommes maléfiques décidaient de l'enlever. Scotland Yard refusait de la croire. Daisee Banville se méfiait d'elle, et son mari aussi probablement. Elle aurait voulu ramper dans un trou et y rester – mais Karl ne lui avait pas encore apporté son café, et le téléphone sonnait de nouveau. Priscilla serra les dents et décrocha.

– Aidez-moi, gémit plaintivement Eunice.

39

Pas de secrets au Savoy

Priscilla se redressa d'un coup.

– Où êtes-vous ?

– Je ne sais pas. Quelque part dans une cabine téléphonique. Vous pouvez m'aider ?

Dans la voix d'Eunice résonnait une note que Priscilla entendait pour la première fois : du désespoir.

– J'ai besoin de savoir à peu près où vous êtes.

– Je ne connais pas le nom, mais laissez-moi vous dire que c'est un endroit peu reluisant, répondit Eunice sur un ton funeste. Il n'y a pas une seule voiture de luxe en vue. Attendez une minute.

Elle revint en ligne quelques instants plus tard, et lança d'une voix essoufflée :

– Brick Lane, je crois. Je suis dans un endroit appelé Brick Lane.

– D'accord. Restez où vous êtes, je viens vous chercher.

– Des gens me regardent, se plaignit Eunice.

– Ça va aller, mais ne bougez pas. J'arrive le plus vite possible.

– Dépêchez-vous, je vous en prie ! On pourrait m'assassiner à tout moment.

Karl réapparut avec son café. Priscilla en but deux gorgées et appela Susie.

– Demande à Bogans d'amener la voiture tout de suite, et ne le laisse pas refuser.

– Compris, répondit Susie en décrochant son téléphone.

Priscilla avala son café puis passa un moment dans la salle de bains ; elle rafraîchit son maquillage et se brossa les dents pour se donner l'air d'être en forme – même si elle ne se souvenait plus de la dernière fois où elle l'avait été réellement. Elle fit de son mieux pour dissimuler toute trace du monstre auquel elle devait ressembler après une nuit blanche.

Quand elle sortit en trombe du Savoy, Cecil Bogans était appuyé contre la Daimler, le dos voûté.

– On va à Brick Lane, et le plus vite possible, annonça Priscilla. Je monte devant avec vous.

– Entendu, Miss Tempest, dit Bogans en lui tenant la portière passager.

Des bouchons le long de Victoria Embankment les ralentirent. Bogans s'impatienta.

– La circulation, Miss. Ça empire chaque année.

– Faites de votre mieux, Bogans. Nous sommes en mission pour aller sauver la mère de Mme Banville.

Le visage ridé du chauffeur conserva l'expression neutre perfectionnée au fil des nombreuses années passées à servir les clients du Savoy – et parfois, comme en ce moment, ses employés.

– Puis-je vous demander si Mme Kerry a des ennuis, Miss ?

– J'espère que non, répondit Priscilla, inquiète. Moi-même, j'en ai déjà suffisamment sans égarer la belle-mère du directeur.

– Je suppose que vous devez la ramener avant l'arrivée de S.A.R. la princesse Margaret.

Priscilla jeta un coup d'œil à Bogans.

– Comment êtes-vous au courant ? C'est censé être top secret.

Alors le chauffeur fit une chose qu'elle l'avait rarement vu faire : il sourit. De façon assez malicieuse, de surcroît.

– Il n'y a pas de secrets au Savoy, Miss Tempest. Du moins, pas pour le personnel.

– Tout le monde est au courant pour la princesse Margaret ?

Bogans garda son attention fixée sur la route.

– Et la mort d'Amir Abrahim et de Bernard Bannister ? Le personnel sait quelque chose à ce sujet ?

– Ah oui, notre mystérieuse gouvernante.

– Vous parlez de Millicent Holmes ?

– De celle qui *dit* s'appeler ainsi, oui.

– Qu'insinuez-vous par là ? Ce n'est pas son vrai nom ?

De nouveau, Bogans se concentra sur la route. Au bout d'un moment, il lâcha :

– La mystérieuse Mme Holmes et son amant autrichien.

– Karl ? Elle a une liaison avec Karl Steiner ?

– Enfin, il *dit* qu'il est autrichien.

– Vous pensez qu'il ne l'est pas réellement ?

Cette fois, Bogans haussa les épaules.

– Nous jouons tous un rôle, pas vrai ? Chaque jour, nous portons un masque pour nous produire devant les clients. Mais ça n'a aucun rapport avec qui nous sommes vraiment. Par exemple, une gouvernante qui se plaît à voir des princesses là où il n'y en a peut-être pas. Ou un serveur qui excelle dans ses attributions pour dissimuler d'autres activités. Nos masques peuvent cacher toutes sortes de choses, mais ils finissent toujours par tomber. Au risque de me répéter, il n'y a pas de secrets au Savoy.

– Êtes-vous en train de me dire que Mme Holmes n'a pas réellement vu la princesse Margaret le matin où elle a découvert le corps d'Amir Abrahim ?

– Je ne vous dis rien du tout, répliqua Bogans. Là, je remets en place le masque que je porte bien accroché sur mon visage depuis vingt-cinq ans que je travaille au Savoy, et j'ajoute seulement que nous approchons de Brick Lane.

Ils ne tardèrent pas à trouver une Eunice très agitée, faisant les cent pas près d'une cabine téléphonique rouge. Bogans arrêta la Daimler, et Priscilla descendit.

– Qu'est-ce que vous fichiez ? demanda Eunice.

– Vous allez bien ?

– Oui. Pourquoi je n'irais pas bien ?

– La dernière fois que nous avons parlé, vous craigniez qu'on ne vous assassine.

– Eh bien, personne ne m'a tuée. Au contraire, les gens se sont montrés très amicaux. À l'exception de ce salopard d'Enrique.

– Il vit dans le quartier ?

– Pas loin d'ici. Dans un appartement minable où sa femme n'a pas été contente du tout de me trouver au lit avec lui ce matin.

– Vous étiez au lit avec Enrique ?

Chaque fois que Priscilla croyait que plus rien ne pourrait la surprendre venant d'Eunice, elle découvrait qu'elle s'était trompée.

– À quel autre endroit vouliez-vous que je sois ? Mais quand Mme Enrique s'est pointée, j'ai dû m'éclipser sans même l'avoir payé.

– Vous *payez* Enrique ?

Une fois de plus, Priscilla eut du mal à masquer la stupéfaction dans sa voix.

– Naturellement, je le paye ! Vous ne pensez quand même pas que les Enrique de ce monde proposent leurs services gratuitement, si ? Toutefois, la plupart du temps, ils ne sont pas pourvus d'une épouse. La sienne était soi-disant absente pour la semaine, mais elle devait soupçonner qu'il mijotait quelque chose, et elle est revenue plus tôt que prévu. Tant pis, je lui enverrai un chèque. Venez, Priscilla, filons d'ici.

Son masque bien en place, Bogans tint la portière arrière à Eunice.

– Bonjour, Madame, la salua-t-il comme elle montait dans la voiture.

– Pour l'instant, il n'est pas particulièrement bon, non, répondit Eunice d'un ton sec.

Bogans se contenta de toucher la visière de sa casquette.

Tandis que la Daimler reprenait le chemin du Savoy, Eunice, pelotonnée dans un coin, poussa un soupir de bien-être.

– Je suis morte. Est-ce que ma fille m'a cherchée ?

– Elle se fait beaucoup de souci pour vous.

– Pourquoi donc ?

– Apparemment, elle est montée dans votre suite et elle a vu que vous n'aviez pas dormi dans votre lit.

Eunice fronça les sourcils.

– Vous ne lui avez rien dit, j'espère ?

– Seulement que nous étions allées au théâtre ensemble.

– Brave petite. Au fait, comment était le spectacle ?

– Je l'ignore, je ne suis pas restée.

– Je vois. Qu'avez-vous fait à la place ?

– J'ai été enlevée, et la police m'a sauvée.

Eunice rit.

– D'accord, pigé. Je n'aurais pas dû poser la question. On n'a jamais le temps de s'ennuyer dans le Swinging London, pas vrai ?

– Jamais, acquiesça Priscilla.

Eunice poussa un autre soupir las et regarda par la fenêtre.

– Je me demande ce que voulait ma fille. Elle voulait forcément quelque chose, sans ça, elle ne s'intéresserait pas à mes allées et venues.

– Je crois que ça un rapport avec la princesse Margaret. Apparemment, elle vient au Savoy ce soir.

Eunice se redressa brusquement.

– Quoi ? Où avez-vous entendu ça ?

– C'est votre fille qui me l'a dit quand je suis arrivée au bureau.

– Dieu du ciel, elle n'était pas censée venir ce soir !

Eunice se pencha en avant et s'adressa à Bogans sur un ton pressant.

– Chauffeur, bougez-vous les fesses ! J'ai besoin de retourner au Savoy immédiatement !

– Nous y allons, Madame.

Priscilla croisa le regard du chauffeur dans le rétroviseur. Sauf erreur de sa part, il souriait malicieusement.

40

Dîner en tête à tête

Si la princesse Margaret devait arriver prochainement au Savoy, rien ne le laissait supposer au vu de la tranquillité qui régnait à l'hôtel en cette fin de matinée. Eunice fonça droit vers la réception. Quand M. Tomberry la vit approcher, il lutta pour dissimuler son appréhension.

– Où est-elle ? demanda Eunice avant qu'il puisse ouvrir la bouche.

– Où est qui, Madame ? répondit Tomberry sur un ton hautain.

– Ne jouez pas à ça avec moi, aboya Eunice. Où est ma fille ?

– Il me semble qu'elle procède à quelques arrangements dans la suite 501, répondit Tomberry de son ton le plus froid.

Sans rien ajouter, Eunice mit le cap vers les ascenseurs, Priscilla sur ses talons.

– Ne traînez pas, fillette ! lança Eunice par-dessus son épaule.

Une fois dans l'ascenseur, elle grimaça et poussa un de ces soupirs auxquels Priscilla avait fini par s'habituer.

– Préparez-vous à un feu d'artifice. Avec un peu de

chance, votre présence réduira les risques de départ d'incendie.

Quand les portes s'ouvrirent au cinquième étage, Priscilla suivit Eunice jusqu'à la suite 501. Celle-ci frappa. Un instant plus tard, Karl Steiner ouvrit la porte.

– Madame, la salua-t-il poliment en s'écartant, tandis qu'Eunice entrait en fulminant.

– Mère ! glapit Daisee en jaillissant de la chambre, le visage chiffonné par la colère. Où diable étiez-vous passée ?

Priscilla vit que le salon avait été décoré avec de grands bouquets multicolores provenant du fleuriste de l'hôtel. Une table recouverte d'une nappe était dressée pour deux avec la plus belle des porcelaines Royal Worcester.

– Et si on se concentrait plutôt sur ce qui va se passer ce soir ? répondit Eunice en esquivant adroitement les accusations implicites de sa fille.

Mais Daisee ne se laissa pas distraire.

– Je sais ce que vous mijotez, Mère. N'allez surtout pas vous imaginer le contraire.

Elle jeta un coup d'œil furieux à Priscilla.

– Et *vous*, je vous tiens pour responsable. Une telle négligence ! Vous entendrez parler de mon mari.

– Fiche la paix à Priscilla, ordonna Eunice. Elle n'a rien fait de mal. Si tu tiens à être fâchée contre quelqu'un, sois-le contre moi.

– Je *suis* fâchée contre vous, Mère.

– Tant mieux, parce que contrairement à Priscilla ici présente, je n'en ai rien à foutre de ce que tu penses.

– Franchement, Mère. Et en un jour comme

aujourd'hui, alors que je me rends malade à m'assurer que tout est en ordre pour ce soir.

– Fichons le camp, dit Eunice à Priscilla. J'ai besoin d'une bonne douche et d'un peu de repos.

– Mère, je vais avoir besoin de votre aide, contra Daisee avant de jeter un regard féroce à Priscilla. Et de la vôtre aussi, peut-être.

– Je serai ravie de vous assister au mieux de mes capacités, affirma Priscilla.

Une fois dans le couloir, Eunice leva les yeux au ciel.

– Pardonnez à ma fille. Et ne vous en faites pas, je me débrouillerai pour que vous n'ayez pas d'ennuis. Daisee est sous pression, et naturellement, elle le fait payer à son entourage. Surtout aux gens comme vous, qui sont obligés de la supporter sans se rebiffer.

Priscilla se retint de faire remarquer que la fille avait bien retenu les leçons de la mère. Au lieu de ça, elle répondit :

– Ça va être une fête d'anniversaire plutôt modeste, dirait-on.

Eunice secoua la tête d'un air navré.

– Priscilla, vous n'avez pas encore compris ? Il n'y a *pas* de fête. Ce n'est même pas l'anniversaire de Margaret. Voilà pourquoi Daisee fait autant de mystères. Voilà pourquoi elle est si paranoïaque et craint tant que la presse n'ait vent de la chose.

– Quelle chose, du coup ? interrogea Priscilla, qui en avait maintenant une assez bonne idée.

– Un dîner en tête à tête ! siffla Eunice en se penchant vers elle. Pour Margaret et…

– Et qui ?

Eunice se redressa et réfléchit.

– C'est toute la question, n'est-ce pas ? Je crois que même Daisee l'ignore.

Elle eut un sourire espiègle.

– Mais tout sera révélé ce soir, pas vrai ?

Comme toujours, Susie était au bord de la panique quand Priscilla regagna la 205 où tous les téléphones sonnaient en même temps.

– C'est la folie, tout le monde te cherche, rapporta Susie, les yeux grands comme des soucoupes.

– Moi ?

– Deux personnes ont été arrêtées pour le meurtre au Savoy, et tous les journalistes de Fleet Street réclament des commentaires. Je ne sais pas quoi leur dire.

– Susie, pour l'amour du Ciel, il faut leur dire la même chose que d'habitude.

Susie grimaça.

– Rappelle-moi ce qu'on leur dit d'habitude ?

– On leur dit que le Savoy ne peut pas faire de commentaires sur une enquête de police en cours.

– Parfait. Ça me plaît, déclara Susie, soulagée.

Priscilla ravala une remarque sarcastique. Elle aimait beaucoup Susie, mais parfois…

Ses pensées furent interrompues par une nouvelle sonnerie de téléphone. Elle fixa Susie, qui décrocha rapidement et répondit :

– Je suis navrée, mais le Savoy ne peut faire de commentaires sur une enquête de police en cours.

Voilà qui est mieux, songea Priscilla. Elle bâilla, s'ébroua pour chasser sa fatigue et appuya sur le bouton Serveur. Elle allait avoir besoin de beaucoup de café pour traverser cette journée.

Cinq minutes plus tard, Karl arriva avec la boisson salvatrice.

– J'ai pensé que vous voudriez soit du café, soit du champagne, et j'ai parié sur le café.

– Du champagne, ce serait merveilleux, sauf qu'il est encore un peu tôt.

– Donc, j'ai bien choisi, dit le serveur en posant devant elle une tasse et sa soucoupe, ainsi qu'un pot à crème en argent.

Alors qu'il se dirigeait vers la sortie, une pensée traversa subitement l'esprit de Priscilla. Elle rappela Karl qui se retourna.

– Oui, Miss Tempest ?

– Je peux vous demander quelque chose ?

– Certainement, répondit Karl avec un sourire quelque peu artificiel.

– C'est juste que… vous venez ici tout le temps, et vous êtes fantastique, mais je ne sais presque rien sur vous.

– Ceux qui servent au Savoy servent discrètement.

Son sourire restait accroché sur son visage, mais la lumière dans ses yeux s'était éteinte.

– Vous venez d'Autriche, n'est-ce pas ?

Il hésita avant de répondre :

– J'y ai vécu un certain temps, oui.

– À Vienne ?

– Non, à Salzbourg. Je travaillais à l'hôtel Goldener Hirsch.

– Mais vous êtes autrichien ?

– En effet, Miss. Toutefois, mon père voyageait beaucoup, et j'ai grandi tout près de Moscou.

– Depuis combien de temps travaillez-vous au Savoy ?

– Un certain nombre d'années maintenant.

Franchement, Miss Tempest, ces questions me mettent très mal à l'aise, dit Karl sur un ton devenu froid et distant.

– Je suis navrée, Karl, je ne voulais pas être indiscrète.

– Ce n'est pas grave. Autre chose ?

– Dites-moi, comment va Mme Holmes ? Je vous demande ça parce que je viens d'apprendre que la police a procédé à des arrestations dans l'affaire du gentleman qu'elle a retrouvé mort dans sa suite.

– Mme Holmes a quitté l'hôtel, répondit Karl avec raideur.

– Quitté l'hôtel ? Vous voulez dire qu'elle a démissionné ?

– C'est ce que j'ai cru comprendre, oui.

– Elle n'a pas été virée, si ?

– Pas à ma connaissance.

– Elle va bien ? Vous lui avez parlé ?

Le sourire de Karl s'était évanoui. Le serveur semblait aux abois, ce qui était très inhabituel pour quelqu'un que Priscilla considérait comme l'incarnation du flegme caractérisant le personnel du Savoy.

– Non, je n'ai pas parlé à Mme Holmes. S'il n'y a rien d'autre, d'autres tâches requièrent mon attention ce matin.

– Bien entendu, Karl, dit Priscilla sur un ton d'excuse. Je ne voulais pas vous mettre en retard.

Karl sortit du bureau de presse, aussi raide que s'il venait de subir un interrogatoire par la Gestapo. Priscilla tenta de digérer la nouvelle inattendue du départ de Mme Holmes. Pourquoi la gouvernante aurait-elle démissionné ?

Elle appela Susie.

– Supposons que je veuille me renseigner sur les employés de l'hôtel. À qui devrais-je m'adresser ?

Susie se leva de son bureau et s'approcha de la porte de séparation, hésitante.

– Pourquoi tu voudrais faire ça ?

– Peut-être que je suis curieuse. Alors, je m'y prendrais comment ?

– Il y a un type au sous-sol qui s'occupe de ce genre de choses.

– Rends-moi service, tu veux ? Vois ce que tu peux découvrir.

41

Effraction

Alana Wynter verrouilla sa voiture en regrettant déjà d'avoir choisi de porter un pantalon en cuir moulant. À en juger par les regards que lui jetaient les passants de sexe masculin, il attirait trop l'attention sur elle alors qu'aujourd'hui, elle aurait voulu rester discrète.

Mais elle ne pouvait plus y faire grand-chose, songea-t-elle en hissant son sac sur son épaule et en longeant Knightsbridge jusqu'au 37-39, qu'on lui avait indiqué comme l'adresse de Priscilla Tempest. Alana ne comprenait pas pourquoi ils prenaient des gants avec cette femme ; leur réticence à agir mettait tout le monde en danger, à commencer par elle-même.

Voyons qui est cette personne et comment elle vit, songea Alana. Ensuite, elle déciderait quoi faire à son sujet.

Elle fut quelque peu surprise de découvrir que la porte de l'immeuble n'était pas fermée à clé. Elle monta l'escalier jusqu'à l'appartement de Priscilla – d'après ses renseignements. Elle frappa deux fois puis, une fois sûre qu'il n'y avait personne à l'intérieur, s'attaqua à la serrure encastrée à l'aide d'une clé de tension et d'une épingle.

Lorsque le pêne cliqueta, Alana poussa la porte du genre d'appartement exigu et en désordre qu'occupaient toutes les jeunes femmes célibataires de Londres. Il y avait des vêtements partout ; dans la cuisine, le petit frigo était vide à l'exception d'une demi-bouteille de vodka Stoli et d'un quart non ouvert de Dom Pérignon ; dans la chambre, une armoire ouverte déversait d'autres vêtements jusque sur un lit défait. Comme on pouvait s'y attendre, la salle de bains était jonchée de crèmes de beauté, de nettoyants, de peignes, de tubes de rouge à lèvres et d'ombres à paupières. Un sèche-cheveux pendait au bout de son cordon enroulé autour d'un porte-serviette.

Alana retourna au salon pour chercher des indices sur la vie privée de Priscilla. Il y avait une photo sur une console, un couple d'âge mûr qui souriait à la caméra sur fond de montagnes. Les parents Tempest ?

Alana voulait se faire une idée du genre de personne à qui elle avait affaire ; aussi, entrer par effraction dans l'appartement de Priscilla lui avait paru valoir le risque. Une traînée aux longues jambes, qui avait la chance d'être employée au Savoy et qui en savait plus qu'elle n'aurait dû. Il n'y avait pas grand-chose d'autre à en dire, en réalité. Une fille inoffensive… Sauf que cette poule inoffensive l'avait vue dans la suite de Bernard Bannister, et qu'elle connaissait son nom. Donc, il allait falloir se débarrasser d'elle.

Alana entendit un mouvement dans le couloir de l'immeuble. Elle se figea quand quelqu'un introduisit une clé dans la serrure. Priscilla Tempest rentrait-elle plus tôt que prévu ? *Tant mieux*, se réjouit Alana. Elle allait pouvoir lui régler son compte immédiatement. Elle sortit son revolver Enfield du sac qu'elle portait à l'épaule. Elle utiliserait un coussin pour étouffer le bruit de la détonation.

La porte s'ouvrit.

Quand Alana vit l'homme qui se tenait sur le seuil, elle baissa son arme et se détendit.

– Comme on se retrouve, lança-t-elle.

– Tu comptais m'abattre ?

– Pas toi.

– Priscilla ?

Avec un léger sourire, Alana rangea son revolver.

– Disons que l'idée m'a traversé l'esprit.

– Tu ne devrais pas être ici, Alana.

– Tu ne m'as pas suivie, j'espère ?

– Disons que je ne te fais pas confiance. Ce genre d'initiative complique la vie de tout le monde.

– Dis plutôt qu'elle compliquerait la tienne, contra Alana. Après tout, j'en sais long sur toi, pas vrai ?

– Malheureusement, oui, dit l'homme en s'approchant d'elle.

– Mais ne t'en fais pas, chéri. Tes vilains secrets sont en sécurité avec moi.

Il sourit.

– Comment pourrais-je croire le contraire ? Tout va bien, nous avons du temps devant nous. Elle ne rentrera pas avant un bon moment.

Cette lueur familière dans son œil… Alana le laissa la prendre dans ses bras. Ils s'embrassèrent longuement, puis elle s'écarta de l'homme, lui tourna le dos et entreprit de défaire son pantalon.

Pendant qu'elle se déshabillait, il saisit un des couteaux dans le bloc sur le comptoir de la cuisine.

– Je t'adore en cuir, dit-il en se dirigeant vers elle.

Alana se tourna vers lui et songea qu'elle le savait : elle n'aurait pas dû porter ce pantalon.

42

Debout, les cœurs brisés

Les téléphones s'étaient tus. Susie était partie ; assise à son bureau, Priscilla songeait qu'elle aurait vraiment dû rentrer chez elle et dormir un peu. D'un autre côté, un reste d'adrénaline conjugué à une envie irrésistible de savoir qui la princesse Margaret recevait à l'étage la tenait plus ou moins éveillée.

La sonnerie stridente du téléphone la fit sursauter. Elle saisit le combiné.

– Montez immédiatement, ordonna la voix tendue d'Eunice Kerry.

– Tout va bien ? demanda Priscilla.

– Contentez-vous de monter.

Alors qu'elle traversait le hall, Priscilla remarqua que l'employé de la réception avait l'air inquiet.

– Vous avez entendu quelque chose ? lança-t-elle.

– Des clients se sont plaints du bruit dans la 501. Dois-je monter ?

– C'est bon, je m'en occupe.

– Bonne chance.

En sortant de l'ascenseur, Priscilla entendit quelqu'un chanter – faux.

La porte de la suite 501 était entrebâillée. À l'intérieur,

une voix pleine de trémolos enflait, massacrant « Anything Goes ». Priscilla frappa doucement. Presque aussitôt, la porte s'ouvrit plus largement, et Eunice ordonna sans sourire :

– Dépêchez-vous d'entrer.

Daisee Banville sanglotait tout bas sur un canapé. La table dressée pour le dîner restait intacte ; personne ne s'y était assis, bien que les bougies dans leurs chandeliers en argent se soient consumées jusqu'à ce qu'il n'en reste plus qu'une flammèche vacillante. Au milieu de la pièce, une cigarette allumée à la main et un verre de whisky dans l'autre, la minuscule princesse Margaret se balançait en chantant. Elle portait une robe de cocktail noire qui lui arrivait aux genoux, et elle était pieds nus.

Voyant Priscilla, elle s'interrompit, les yeux humides et brillants, et eut un sourire en coin.

– Une nouvelle arrivante – excellent ! Des renforts pendant que je massacre Cole Porter et me lamente sur l'état des choses. Qu'en dites-vous ? demanda-t-elle à Priscilla. Je vous sers à boire ? J'ai du scotch Famous Grouse. Je ne bois que ça. J'en descends des litres, surtout par une soirée comme celle-là.

– Pas la peine, Votre Altesse, merci, répondit Priscilla.

– Appelez-moi « madame ». Doux Jésus ! Reste-t-il une seule personne qui ne soit pas au courant ? Appelez-moi « madame » !

– Bien, madame.

– Priscilla travaille pour l'hôtel, intervint prudemment Eunice tandis que Daisee pleurait toujours sur le canapé. Je lui ai demandé de monter au cas où elle pourrait vous aider.

– Elle pourrait boire un verre avec moi. Ça, ça m'aiderait.

– Priscilla, dit Eunice à voix basse, et si vous rameniez ma fille au rez-de-chaussée, et que vous lui appeliez une voiture pour la conduire chez elle ? Ça nous rendrait un grand service.

– Je ne veux pas rentrer chez moi, se lamenta Daisee.

– Daisee, il est l'heure. Quelqu'un du Palais vient chercher Son Altesse Royale, et…

– Appelez-moi « madame » ! cria la princesse Margaret.

Priscilla vit qu'elle tenait dans sa main une boîte d'allumettes sur laquelle elle avait réussi miraculeusement à faire tenir son verre. La princesse tâtonna en renversant du whisky et parvint enfin à s'allumer une nouvelle cigarette.

Agitant sa cigarette allumée, elle trébucha et se laissa tomber sur le canapé à côté de Daisee, puis passa un bras réconfortant autour des épaules de son amie.

– Ne vous en faites pas pour ça, ma chérie. Tout est complètement lamentable. Le monde. Les hommes. Tout.

Daisee ne fit que redoubler de sanglots. Eunice se pencha vers Priscilla et siffla :

– Emmenez ma fille, et vite.

Priscilla opina. Elle se dirigea vers le téléphone et appela la réception. Un instant plus tard, on lui passa Bogans.

– Où êtes-vous ? demanda-t-elle.

– Pas très loin, Miss, répondit le chauffeur, qui semblait parfaitement réveillé. Il y a un problème ?

– J'ai besoin que vous rameniez Mme Banville chez elle.

– J'arrive tout de suite, Miss.

Priscilla raccrocha et se tourna vers Eunice.

– Une voiture est en route.

– Faites-la descendre. Je m'occupe de la princesse jusqu'à ce que quelqu'un du Palais vienne la chercher.

Un bras toujours passé autour des épaules de Daisee, la princesse Margaret s'était lancée dans une autre ballade discordante, « Night and Day ».

– Vous êtes adorable, lui dit Daisee en se laissant aller contre la princesse.

Priscilla se pencha vers la femme du directeur.

– Madame Banville, une voiture vous attend en bas. Voulez-vous bien venir avec moi ?

Daisee parut contrariée.

– Pour qui vous prenez-vous ?

La princesse Margaret cessa de chanter et dévisagea Priscilla, les yeux plissés.

– Je la connais. C'est l'insolente qui a refusé de boire avec moi. Vous devriez la faire virer immédiatement !

– Daisee, il est temps de rentrer chez toi, intervint Eunice sur un ton ferme. Ton mari doit s'inquiéter. Va avec Priscilla.

– Mon mari, gémit Daisee. Ce vieux schnock.

Mais elle laissa Priscilla la soustraire à l'étreinte de la princesse et la mettre debout.

– Au revoir, Margaret, sanglota-t-elle. Je vous aime.

– Appelez-moi « madame », et allez vous faire voir ! répliqua la princesse.

Priscilla parvint à entraîner Daisee jusqu'à l'ascenseur,

ce qui eut pour effet de stopper ses larmes. Elle s'affaissa contre la paroi du fond en marmonnant :

– Vous êtes une horrible personne. La princesse veut que vous soyez virée. Mon mari vous virera.

– Oui, madame, je n'en doute pas, répondit Priscilla, s'émerveillant de ce que, quelle que soit la crise en cours, il se trouve toujours quelqu'un pour vouloir se débarrasser d'elle.

Dieu merci, Bogans attendait près de l'entrée sur Savoy Hill quand Priscilla sortit de l'hôtel avec Daisee. Le chauffeur ne menaça pas de la virer ; au lieu de ça, il tint la portière arrière. Quant à Daisee, ce fut une autre histoire.

– Mon mari va renvoyer cette femme à cause de la façon dont elle m'a traitée ce soir, informa-t-elle Bogans d'une voix pâteuse. Je crois que vous devriez le savoir.

– Merci de m'en informer, Madame, répondit courtoisement le chauffeur.

Il jeta un bref coup d'œil à Priscilla, mais ne manifesta aucune autre émotion en aidant Daisee à monter en voiture.

– Vous aussi, vous êtes viré ! claironna-t-elle. Me tripoter ainsi ! Comment osez-vous ? Tous à la porte !

Dès qu'elle fut assise, la tête de Daisee bascula en arrière, et elle sombra dans un profond sommeil.

– Vous savez où aller ? demanda Priscilla à Bogans tandis qu'il refermait la portière arrière.

– Oui. (Le chauffeur toucha la visière de sa casquette.) Je vais la reconduire chez elle, Miss Tempest. Soyez tranquille, il ne lui arrivera rien.

Tandis que la Daimler s'éloignait, Priscilla se hâta de rentrer dans l'hôtel et de prendre l'ascenseur jusqu'au cinquième étage. Comme elle approchait de la suite, la porte de celle-ci s'ouvrit, livrant passage à une princesse Margaret titubante qui agitait une cigarette et s'appuyait lourdement sur la robuste silhouette de Mark Ryde.

– Jamais au grand jamais je ne vous pardonnerai d'avoir été tellement en retard, lui dit la princesse.

– J'en suis vraiment navré, madame.

– Vous êtes un connard, vous savez ? Un sacré connard.

– Tout à fait, madame.

Ils s'arrêtèrent net à la vue de Priscilla, qui s'efforçait d'empêcher sa mâchoire de se décrocher davantage. La princesse Margaret dévisagea la jeune femme, les yeux plissés par le soupçon.

– Je me souviens de vous. Vous êtes l'horrible personne qui n'a pas voulu boire de Famous Grouse avec moi. Vous serez virée !

– Oui, madame.

Mark s'était suffisamment ressaisi pour articuler :

– Je raccompagne la princesse chez elle.

– Très bien, dit Priscilla.

Penché vers la minuscule princesse, Mark la guida vers l'ascenseur. Priscilla entendit Margaret dire :

– Vous êtes vraiment un connard de m'avoir posé un lapin.

– Oui, madame, répondit Mark.

Au moins, lui, il l'appelle « madame », songea Priscilla.

43

À couteaux tirés

La détermination dont fit preuve le chauffeur de taxi à informer Priscilla de son avis sur l'implication des Américains dans la guerre du Viêt Nam l'empêcha de s'assoupir pendant le trajet vers chez elle.

Elle résista à la tentation de lui exposer les véritables problèmes du monde : trafiquants d'armes doublés de ravisseurs, princesses soûles, chœur de détracteurs insistant pour réclamer sa tête et – le plus inquiétant – hommes séduisants mais fourbes qui s'avéraient être des espions capables de poser un lapin à la princesse Margaret.

Ça, ce sont de vrais *problèmes*, songea Priscilla en payant le chauffeur et en pénétrant dans son immeuble. Mais pour le moment, elle allait les laisser de côté afin de s'octroyer une bonne nuit de sommeil. Elle se sentait très vieille quand elle poussa la porte de son appartement et entendit un gémissement.

Un gémissement ?

Qui pouvait bien gémir chez elle ? Avait-elle des hallucinations auditives ?

La lumière de la cuisine trouait l'obscurité du reste de l'appartement. Tandis que Priscilla traversait son salon, d'autres sons plaintifs, plus étouffés, lui parvinrent depuis la pièce voisine. Non, son imagination ne lui jouait pas de tours.

Vêtue d'un pantalon en cuir que Priscilla lui envia instantanément, Alana Wynter était assise de travers sur une chaise de cuisine. Ses longues jambes écartées, elle se tenait le ventre pour tenter d'endiguer le flot de sang s'échappant autour du manche d'un des couteaux de Priscilla. Cette dernière lâcha un hoquet mi-choqué, mi-horrifié, et Alana leva les yeux.

Une secousse la parcourut. Avec un grand cri de douleur, elle bascula en avant.

Priscilla tendit un bras pour la retenir. Au lieu de ça, ses doigts se refermèrent sur le manche du couteau tandis qu'Alana s'affaissait à terre. Le couteau glissa hors de la plaie et lui resta dans la main.

Terrifiée, Priscilla fixa la lame dégoulinante, le sang qui gouttait sur ses vêtements et partout ailleurs. Elle n'arrivait pas à croire ce qu'elle était en train de vivre. C'était impossible.

Elle détailla sans comprendre le corps vêtu de cuir d'Alana Wynter qui gisait à ses pieds. La preuve indiscutable que c'était, au contraire, *très* possible.

– Laissez-moi vous expliquer ce qui me pose problème, dit l'inspecteur principal Robert Lightfoot à Priscilla.

Anesthésiée, comme détachée du monde, la jeune femme ignorait combien de temps s'était écoulé. Elle avait vaguement conscience de se trouver avec

Lightfoot à bord d'un fourgon de police garé devant chez elle. La porte arrière était entrebâillée, afin de permettre à une policière en uniforme de surveiller ce qui se passait à l'intérieur.

Priscilla tenta de se concentrer.

– Qu'est-ce qui vous pose problème, inspecteur ?

Elle était si fatiguée, et elle ne voyait vraiment pas de quoi il parlait.

– Le fait qu'une femme dont vous dites maintenant l'avoir vue dans la suite de Bernard Bannister – une femme dont vous aviez refusé de nous donner le nom jusqu'à présent – ait été découverte morte dans votre appartement, avec un de vos couteaux planté dans le ventre. Et que des agents vous aient trouvée couverte de sang auprès de son corps.

– Ça vous pose un problème ? Et pourquoi donc ?

– Je lutte contre l'envie irrépressible de conclure qu'en rentrant chez vous, vous avez trouvé Miss Wynter dans votre appartement, et que vous l'avez poignardée.

Priscilla ne put que fixer l'inspecteur, bouche bée. Puis, d'une voix à peine plus forte qu'un murmure, elle dit :

– Comme je l'ai répété maintes fois à vos collègues, quand je suis rentrée chez moi en sortant du travail, Miss Wynter était dans ma cuisine, un couteau planté dans le ventre. Je n'ai aucune idée de la façon dont elle est entrée, ni de ce qu'elle était venue faire là.

Lightfoot ne parut pas convaincu par son explication.

– Si vous ne l'avez pas poignardée, à votre avis, qui l'a fait ?

– Je n'en ai pas la moindre idée. Je suis aussi perplexe que vous.

– La défunte a utilisé les outils de crochetage que nous avons trouvés dans son sac pour accéder à votre appartement. Par conséquent, ce malheureux épisode peut être considéré comme un cas de légitime défense, à condition que vous cessiez de mentir et que vous me racontiez ce qui s'est réellement passé.

– Je suis épuisée, inspecteur. Je n'ai pas dormi depuis des lustres, et je n'ai tué personne.

– Pour l'heure, Miss Tempest, je crains de devoir vous demander de nous accompagner à Scotland Yard.

– Suis-je en état d'arrestation ?

Des mots qu'elle pensait ne jamais prononcer.

Pour toute réponse, Lightfoot se leva. Priscilla remarqua que sa tête touchait le toit du fourgon, et qu'il devait se pencher légèrement en avant.

– Vous allez nous accompagner. Vous avez le droit de garder le silence. Mais tout ce que vous direz pourra être retenu contre vous.

La gravité de la situation commença à lui apparaître. Elle était soupçonnée de meurtre. *Impossible !* Comment en était-elle arrivée là ?

L'inspecteur Lightfoot se détourna et poussa la porte arrière. La policière se raidit, comme prête à bondir au cas où Priscilla tenterait de s'échapper.

– Sortons d'ici, vous voulez bien, Miss Tempest ?

Priscilla suivit Lightfoot dans la rue, dans la nuit tiède où les agents de police allaient et venaient discrètement depuis son immeuble, et où ses voisins plus ou moins dévêtus recevaient la confirmation de ce qu'ils soupçonnaient depuis longtemps : elle préparait un mauvais coup, du genre qui finit par rameuter les forces de l'ordre. Tous ces gens avaient l'air sombre et accusateur, l'ayant déjà jugée coupable d'un meurtre qu'elle n'avait pas commis. Un seul visage familier et compatissant se détachait de la foule. Dans la lumière incertaine des lampadaires, Percy Hoskins semblait plus débraillé et mal rasé que jamais. Mais il était ce que Priscilla avait de plus proche d'un chevalier en armure étincelante.

– Bonsoir, inspecteur, lança-t-il sur un ton étonnamment jovial.

– Qu'est-ce que vous fichez ici, Hoskins ? grogna Lightfoot, dont l'air perpétuellement contrarié vira à la franche colère.

– Inspecteur, j'enquête sur un scandale potentiel impliquant Miss Alana Wynter et sa relation avec l'Honorable Bernard Bannister, le célèbre parlementaire conservateur.

Lightfoot sembla pris au dépourvu.

– Je n'ai pas de commentaire à faire pour le moment, répondit-il avec raideur.

– Mais moi, j'en ai des tas, intervint Priscilla en haussant la voix.

– Ça suffit, Miss Tempest, répliqua Lightfoot, irrité. Vous n'allez réussir qu'à vous attirer davantage d'ennuis.

– Vraiment ? Vous savez quoi ? Je pense que vous vous trompez.

– Allons, inspecteur, insista Percy. J'ai entendu dire par une source fiable que c'était Miss Wynter qui avait été assassinée ce soir à cette adresse. Vous confirmez ?

– Pas de commentaire, aboya Lightfoot.

– Oui, *c'était* bien Alana Wynter, claironna Priscilla pour être sûre qu'on l'entende.

– Miss Tempest ! tonna Lightfoot, consterné.

Priscilla ne se laissa pas impressionner.

– Inspecteur, quoi que vous en pensiez, je suis convaincue qu'Alana a été assassinée pour étouffer sa liaison avec M. Bannister, poursuivit-elle. Qu'avez-vous à répondre à ça ?

– Oui, inspecteur, renchérit Percy. Face aux allégations de Miss Tempest, vous devez sûrement avoir un commentaire.

– Aucun, grommela Lightfoot en promenant un regard inquiet à la ronde, comme pour vérifier si quelqu'un écoutait.

– Dans ce cas, vous voudrez peut-être discuter de la possibilité qu'on tente de me faire porter le chapeau pour le meurtre d'Alana Wynter, suggéra Priscilla.

– C'est ridicule, s'étrangla Lightfoot.

– À la lumière des révélations faites par Miss Tempest, intervint Percy, je dois vous prévenir que je compte écrire un article insinuant qu'elle est accusée d'un crime qu'elle n'a pas commis, facilitant ainsi le coup monté qui vise à dissimuler les véritables circonstances de la mort de Bernard Bannister – et, à présent, d'Alana Wynter.

– Il n'y a aucun coup monté, s'indigna l'inspecteur Lightfoot.

– Dans ce cas, je vous suggère de relâcher immédiatement Miss Tempest et de m'autoriser à l'emmener, vous épargnant de ce fait l'accusation de faute professionnelle qui, sans cela, sera incluse dans l'article déjà accablant qui paraîtra dans la prochaine édition de l'*Evening Standard*.

L'inspecteur Lightfoot présentait tous les signes d'un

homme sur le point d'exploser. Son instinct de survie se déclencha ; il prit une grande inspiration, serra les dents et se tourna vers Priscilla.

– Vous êtes libre de partir, Miss Tempest, mais n'oubliez pas que vous pourriez avoir à répondre à d'autres questions ultérieurement.

– Du moment que vous faites attention à ne pas l'interroger sans la présence de son avocat, dit Percy.

– Hors de ma vue, Hoskins, gronda l'inspecteur Lightfoot. Je n'en peux plus de vous deux.

Percy prit Priscilla par le bras et l'entraîna à travers la petite foule de curieux qui s'attardait. Priscilla ralentit.

– Je ne peux aller nulle part, protesta-t-elle plaintivement. Je suis couverte de sang, et toutes mes affaires sont chez moi.

– Ils ne te laisseront pas remonter dans ton appartement ce soir, dit Percy. Fichons le camp d'ici avant que Bulldozer ne change d'avis. On réfléchira au reste plus tard.

– Justement. Je n'ai nulle part où aller.

– Bien sûr que si.

– Où ça ?

Percy se fendit d'un large sourire. *Oh oh*, songea Priscilla.

44

Galipettes est un mot canadien

L'appartement en rez-de-chaussée où Percy logeait à Camden Town, dans le nord de Londres, était beaucoup plus propre et mieux rangé que ne l'imaginait Priscilla, considérant que son occupant était célibataire, de sexe masculin et travaillait dans la presse. En tout cas, il était beaucoup plus propre et mieux rangé que celui de la jeune femme.

De toute façon, l'épuisement l'avait changée en zombie ; elle n'était pas en état de se demander quand Percy avait fait le ménage pour la dernière fois. Il avait une douche avec suffisamment de pression pour lui permettre de nettoyer le sang sur sa peau. Voilà bien une chose dont elle n'aurait jamais cru devoir se soucier : laver son corps nu du sang d'une victime de meurtre.

Cela fait, elle sortit de la douche, se sécha avec la serviette étonnamment moelleuse que Percy lui avait fournie puis lutta pour enfiler un tee-shirt beaucoup trop grand pour elle, sur le devant duquel s'étalait une tête de lion de profil – le logo de l'équipe de rugby de Grande-Bretagne. Enfin, elle passa un peignoir en soie orné d'un dragon lové sur lui-même. Percy l'avait rapporté de Hong Kong pour une petite amie qui avait disparu de sa vie le temps qu'il rentre à Londres.

Du moins, c'était ce qu'il racontait.

Priscilla retourna au salon, notant au passage les étagères pleines de livres d'histoire – parmi lesquels elle remarqua les cinq volumes des récits de Winston Churchill sur la Deuxième Guerre mondiale. Un album de jazz de John Coltrane jouait en sourdine sur un phonographe d'aspect coûteux, et soudain, la jeune femme se sentit plus détendue qu'elle ne l'avait été depuis des semaines. Mais aussi épuisée, elle devait l'admettre.

Percy sortit de la cuisine en manches de chemise.

– Je prépare du thé, tu en veux ?

Priscilla grimaça.

– On n'aurait jamais dû me laisser entrer dans ce pays. Je déteste le thé.

– Quelque chose de plus fort, alors ?

– Un verre d'eau, ce serait merveilleux.

Le temps que Percy revienne, elle s'était affalée sur le canapé et avait du mal à garder les yeux ouverts. Elle se redressa et but avidement.

– Je suppose que je devrais te remercier d'être venu à mon secours, dit-elle en rendant le verre vide à Percy.

– Ça ne serait pas une mauvaise idée, convint ce dernier. Je crois bien que Bulldozer était sur le point de te jeter en taule.

– J'aurais pu gérer.

– Oui, tu avais tout à fait l'air de contrôler la situation, répondit Percy comme s'il n'en croyait pas un mot.

– Tout de même, je me demande comment tu as su que j'avais besoin d'être secourue.

Il s'assit près d'elle.

– Comme je n'arrête pas de te le dire, j'ai des amis dans tous les milieux. Dont des sources à Scotland Yard, qui savent que j'enquête sur la mort de Bannister et qui ont cru bon de me prévenir qu'une personne soi-disant liée à lui venait d'être retrouvée morte dans un appartement de Knightsbridge. Imagine ma surprise quand, en arrivant à l'adresse qu'on m'avait fournie, j'ai découvert que c'était la tienne, et que tu m'as confirmé l'identité de la victime.

– Alana Wynter.

– J'ai entendu ce que tu as dit à la police. Tu n'as vraiment aucune idée de ce qu'elle venait faire dans ton appartement ?

– Il y a beaucoup de choses que je n'ai pas dites à la police. Ni à toi d'ailleurs, répondit Priscilla après avoir réfléchi une minute.

– Bon sang, Priscilla ! s'écria Percy, exaspéré. C'est toujours la même chose !

– C'est que j'aurais peur, si je te disais tout, que tu n'ailles l'écrire dans un article et que tu m'attires davantage d'ennuis que je n'en ai déjà.

– Je ne vais rien publier – du moins, pas pour l'instant. Qu'est-ce que tu m'as caché jusqu'ici ?

– J'ai rencontré un homme du nom de Mark Ryde, expliqua Priscilla en choisissant soigneusement ses mots. Au début, il m'a dit qu'il était fonctionnaire. Mais il s'est avéré qu'il travaille pour le MI5 – du moins, c'est ce qu'il raconte. Il m'a également dit qu'il était fiancé avec Alana Wynter et que pour cette raison, je ne pouvais pas l'avoir vue dans la suite de M. Bannister. Il m'a convaincue de ne pas donner son nom à la police ou à la presse parce que, selon lui, elle se trouvait en France au moment où Bannister a été empoisonné.

– Mais tu ne le crois pas.

– Maintenant, il me dit qu'ils ont rompu leurs fiançailles. Honnêtement, je ne sais plus quoi penser.

– Ok. Donc, Alana a pu s'introduire dans ton appartement pour en découvrir davantage sur toi.

– Je suppose que oui.

– Ce type du MI5 aurait-il pu la suivre jusque chez toi ?

– Et la tuer ? Pourquoi aurait-il fait une chose pareille ?

– Peut-être pour la faire taire, suggéra Percy.

– Ce n'est pas tout. J'ai découvert que Mark était censé dîner avec la princesse Margaret, ce soir au Savoy. Mais il n'est pas venu au rendez-vous. Il est arrivé très en retard pour la raccompagner chez elle.

Les yeux de Percy se mirent à briller.

– Très en retard, parce qu'il était occupé à assassiner son ex-fiancée chez toi.

– Alana Wynter dans la suite avec Bernard Bannister. Alana Wynter avec Mark Ryde. Alana Wynter poignardée par Mark Ryde, qui va ensuite rejoindre la princesse Margaret. Tout colle. Plus ou moins.

– Et tout nous conduit vers la Yellow Brick Road qui mène droit au palais de Buckingham, ajouta Percy.

– En effet, acquiesça Priscilla.

– Ce Mark Ryde du MI5 est-il l'amant de la princesse Margaret ?

– Il pourrait l'être, concéda Priscilla, qui ne voulait pas croire que ce soit le cas.

Mais après les avoir vus tous les deux ensemble, naturellement, elle avait des soupçons.

– Et toi ? demanda Percy sur un ton qui se voulait nonchalant. Toi aussi, tu as couché avec ce type ?

– Pourquoi tout le monde me pose toujours cette question ? Et toi, avec qui tu as couché ?

– Pas avec toi, répliqua-t-il.

– Qu'est-ce que ça veut dire ? Tu voudrais coucher avec moi ?

Assise sur son canapé, vêtue du peignoir en soie d'une de ses ex, Priscilla ne savait pas trop si elle devait être flattée ou effrayée.

– Cette idée ne m'a jamais traversé l'esprit, répondit Percy sans aucune conviction et avec un sourire en coin.

– Tant mieux. Je suis beaucoup trop claquée pour faire des galipettes ce soir.

– Des galipettes ? C'est quoi, ça, un mot canadien ?

– Un mot utilisé dans le monde entier pour décrire ce que nous n'allons pas faire.

Désormais allongée sur le canapé, Priscilla avait encore davantage conscience de sa vulnérabilité. Ou de sa disponibilité, peut-être.

– Parce que tu n'es pas intéressée ? insista Percy.

– Je n'irais pas jusqu'à dire ça, répondit-elle prudemment.

– J'imagine que tu t'intéresses bien plus à ce Mark Ryde.

– Il est fiancé, ou il l'était récemment, et il a peut-être une liaison avec la princesse Margaret.

– N'oublie pas qu'il a tué sa fiancée.

– Son ex-fiancée.

Sans compter que c'est un menteur notoire, ajouta Priscilla en son for intérieur. Même si elle devait concéder qu'être un assassin était indubitablement pire.

Un peu.

– Pas le genre de type que je voudrais fréquenter, à ta place, déclara Percy. Je suis un candidat bien plus qualifié.

– Parce que tu n'as pas éliminé ton ex-fiancée ?

– Parce que je n'ai pas d'ex-fiancée à éliminer.

– Je l'ai envisagé.

– Envisagé quoi ?

– La possibilité de t'embrasser.

– Et qu'as-tu décidé ?

– Que tu pouvais m'embrasser, dit Priscilla en se redressant sur les coudes. Mais c'est tout. Un baiser, rien de plus.

– Ça me suffit, dit Percy.

Il se pencha pour poser ses lèvres sur celles de la jeune femme. Elle lui rendit son baiser en s'efforçant de ne pas penser à ceux qu'elle avait échangés avec Mark Ryde, et de ne pas les comparer à celui-là. Puis elle s'écarta de Percy pour dire :

– Tu ne peux rien publier de ce que je viens de te dire pour le moment.

– Si j'accepte, je pourrai t'embrasser encore ?

– C'est du chantage.

– En effet.

– Tant que tu n'écris rien.

– C'est promis.

Priscilla se rallongea sur le canapé, et ils reprirent là où elle les avait interrompus. *Pas mal du tout*, songea-t-elle, bien qu'hésitant à désigner le gagnant du Grand Prix de Priscilla. Les baisers des deux hommes avaient des qualités différentes et aucun défaut perceptible. Un sifflement leur parvint depuis la cuisine.

– Sauvée par la bouilloire, dit Priscilla d'une voix étouffée contre les lèvres de Percy.

Comme cela n'arrêtait pas son partenaire, elle soupira et se remit à l'embrasser de plus belle tandis que la bouilloire continuait à émettre des sons discordants. Percy finit par pousser un grognement agacé et par se lever pour aller l'éteindre.

Le temps qu'il revienne avec son thé, Priscilla dormait à poings fermés.

Il n'y aurait pas de galipettes ce soir-là.

45

Le jour s'est levé

Priscilla émergea d'un sommeil profond, pelotonnée sous un édredon sur le canapé de Percy Hoskins. Encore mal réveillée, elle s'assit et remarqua qu'elle portait toujours le peignoir en soie de son hôte. Puis elle aperçut le petit mot épinglé à la couette :

Parti au boulot. Café dans la cuisine.
Appelle-moi. P

Si Percy était un véritable gentleman, songea Priscilla, *il lui aurait laissé son lit et aurait pris le canapé.* D'accord, il n'avait pas grand-chose d'un héros, mais il faudrait bien qu'il fasse l'affaire. Et, dut-elle admettre en se dirigeant pieds nus vers la cuisine, il n'embrassait pas mal du tout. Aussi bien que Mark Ryde ? Elle aurait besoin d'une investigation plus poussée pour se prononcer. Ce n'était pas le genre de choses sur lequel on concluait à la légère.

Par ailleurs, dut reconnaître Priscilla, il préparait un café très décent. Encore une croix dans la colonne de ses plus. Mark Ryde ne lui avait pas préparé de café et ne l'avait pas non plus sauvée d'un séjour en prison. Mark Ryde lui avait menti tandis que Percy, eh bien, Percy lui avait plus ou moins dit la vérité malgré le fait que jusqu'ici, elle-même la lui avait plus ou moins cachée.

Il y avait un téléphone sur le comptoir. Priscilla poussa un discret soupir de soulagement quand Susie décrocha dès la première sonnerie. Pour une fois, elle était à l'heure.

– Tu vas bien ? s'écria sa collègue. J'ai entendu des trucs absolument dingues !

– Oui, ça va, mais j'ai besoin que tu ailles au Marks & Spencer de Marble Arch et que tu m'achètes des vêtements.

– Des *vêtements* ? répéta Susie comme si elle avait du mal à en croire ses oreilles, ce qui était souvent le cas depuis quelque temps.

– Tu connais ma taille. Il me faudra des dessous...

– Tu n'as même pas de *dessous* ? coupa Susie, carrément choquée cette fois.

– Susie, contente-toi de m'écouter sans faire de commentaires hystériques. Des dessous. Une robe présentable et une veste. Mes chaussures devraient aller. Après ça, tu devras apporter tout ça à l'adresse que je vais te donner. J'ai besoin que tu y ailles tout de suite. Et surtout, ne prends rien de beige !

– Rien de beige, splendide. J'arrive tout de suite.

– Et si quelqu'un me demande, dis que je suis en retard mais que je ne tarderai pas.

– Je dois t'avouer que M. Banville te cherche, révéla Susie sur un ton inquiet.

– Je m'occuperai de lui une fois au bureau. Maintenant, bouge, s'il te plaît.

– J'arrive, répéta Susie.

En cas de crise, sa collègue était capable de réagir

vite et bien, concéda Priscilla après avoir raccroché. Sirotant son café, elle erra dans l'appartement. Elle examina l'alcôve dans laquelle Percy avait installé un bureau et une machine à écrire électrique, entourée de boules de papier froissé et d'un exemplaire corné du *Soleil se lève aussi*. Un aspirant Hemingway britannique en plein Camden Town.

Priscilla finit son café et passa dans l'étroite salle de bains. Elle se doucha pour la seconde fois sous un jet tiède, et réutilisa la serviette moelleuse de la veille.

Le temps qu'elle trouve comment refaire du café, on sonnait à la porte.

– Entre, c'est ouvert, lança Priscilla à Susie.

Sauf que ce n'était pas elle.

Depuis le seuil de l'appartement, Mark Ryde lança :

– Bonjour, ça vous dérange si j'entre ?

Il était tiré à quatre épingles, comme s'il s'était arrêté sur le chemin du fameux shooting pour le magazine *Esquire*. Sa cravate de soie rouge arborait un splendide nœud Windsor sur un col blanc parfaitement amidonné. *Et en plus, il sent bon*, songea Priscilla en lui faisant face. Une odeur boisée et très masculine.

Mark s'arrêta au milieu du salon, leva le nez et renifla.

– Ça sent le café.

Luttant pour se remettre de sa surprise, Priscilla demanda :

– Que faites-vous ici ?

Mark fit mine d'être très intéressé par la décoration. Il était rasé de près, remarqua Priscilla, et sa peau brillait d'une santé éclatante.

– Pas mal comme appartement. Je devrais sans doute vous demander lequel de vos amants habite ici.

Priscilla était furieuse, stupéfaite – intriguée ? Non, décida-t-elle. Elle ne pouvait pas être intriguée. Extrêmement soupçonneuse conviendrait beaucoup mieux.

– Peu importe.

Le regard de Mark se posa sur elle. Il la gratifia d'un de ses sourires à la fois insouciants et entendus que Priscilla commençait à trouver moins sexy qu'agaçants.

– Je le sais déjà. Le douteux Percy Hoskins de l'*Evening Standard*. Fricoter avec l'ennemi n'est jamais une bonne idée, Priscilla.

La jeune femme tint bon.

– Je répète : que faites-vous ici ?

– J'essaie de vous garder en vie, si vous voulez vraiment le savoir. (Mark haussa les épaules.) Cela vous ennuierait-il que je vous réclame une tasse de café ? Je n'en ai pas encore bu ce matin.

– Dans la cuisine, dit Priscilla en tendant un doigt.

Elle regarda Mark passer dans la pièce voisine et ouvrir les placards jusqu'à ce qu'il trouve une tasse.

– Vous en voulez ? lança-t-il.

Priscilla secoua la tête. Mark saisit la cafetière sur la plaque chaude et se concentra pour verser le liquide brûlant.

– Vous devez être au courant pour Alana Wynter, dit Priscilla comme il revenait au salon avec sa tasse pleine.

Il resta silencieux un moment, se contentant de siroter son café. Puis il grimaça.

– Pas terrible, annonça-t-il.

– Répondez-moi, exigea Priscilla, en colère. Vous êtes au courant pour Alana Wynter ?

Mark posa sa tasse sur une console et s'en détourna avec un dernier coup d'œil dédaigneux.

– Hélas, oui. C'est la raison pour laquelle je vous cherchais.

– Parce que vous croyez que je l'ai tuée ? Ou parce que c'est vous l'assassin ?

Mark lui jeta un regard incrédule.

– Ne soyez pas ridicule. Pourquoi je l'aurais tuée ? Et pourquoi l'auriez-vous fait, vous ?

– Scotland Yard semble convaincu que j'y suis pour quelque chose. Quant à vous, peut-être que vous vouliez la faire taire.

– Je n'avais aucune raison d'éliminer Alana, et même si ça avait été le cas, je ne l'aurais pas assassinée chez vous.

– Vous auriez pu le faire si vous vouliez que la police me croie coupable.

– Mais je ne veux pas que la police pense une chose pareille, répliqua Mark sur un ton raisonnable.

– Et comment m'avez-vous trouvée ? Ou peut-être ne suis-je pas censée poser ce genre de questions à mon espion préféré ?

– Je me dois de vous rappeler que je ne suis pas réellement un espion.

– Je ne sais pas trop ce que vous êtes. Mais d'une façon ou d'une autre, vous avez réussi à me trouver.

– En additionnant deux et deux, tout simplement. Vous êtes partie avec l'estimable Hoskins. Je n'ai pas eu de mal à découvrir son adresse, et me voilà.

– Mais vous êtes passé chez moi, l'accusa Priscilla.

Mark hésita avant de répondre :

– Oui. J'ai su qu'Alana avait des ennuis, et je suis arrivé au moment où vous partiez avec Hoskins.

– Après avoir ramené votre maîtresse au palais de Kensington, donc ?

– La princesse n'est pas ma maîtresse.

Mark semblait amusé par cette idée.

– Vous savez quoi ? J'ai du mal à y croire. J'ai du mal à croire à tout ce que vous me racontez.

– Une partie de mon travail consiste à lui éviter des ennuis, expliqua-t-il. C'est ce que je faisais quand vous m'avez croisé avec elle. D'ailleurs, j'essaie de faire la même chose pour vous en ce moment.

– Vraiment ? Eh bien, vous vous débrouillez assez mal.

– Écoutez-moi, Priscilla. Que vous le croyiez ou non, je suis de votre côté.

Quelle assurance, songea la jeune femme. Il dégageait une telle confiance en lui ! Comment pourrait-elle ne pas le croire ?

Sauf que…

– Et Alana ? De quel côté était-elle ?

– Je n'ai pas la moindre idée de ce qu'elle faisait chez vous. Elle n'était pas censée vous approcher.

– La police a dit qu'elle avait des outils de crochetage. C'est comme ça qu'elle a pu entrer.

Mark se dispensa de réponse en lançant une question :

– Qui d'autre aurait pu entrer chez vous ? Vous avez une idée ? Un petit ami ? Quelqu'un comme ça ?

Priscilla songea brièvement à Aziz Abrahim et à son

père Tarak. Ils auraient pu faire le coup, mais la police les avait placés en détention provisoire. Elle secoua la tête.

– J'ai arrêté de sortir avec des assassins potentiels il y a déjà plusieurs années.

Ce qui était plus ou moins vrai. Récemment, il y avait eu un ou deux hommes pour lesquels elle n'était pas tout à fait sûre.

– Laissez-moi vous retourner la question. Qui aurait pu vouloir tuer Alana et le faire chez moi ?

Avant que Mark ait pu répondre, on sonna deux fois. L'instant d'après, Susie faisait irruption dans l'appartement, les bras chargés de sacs de shopping. Elle s'arrêta net à la vue de Mark.

– Désolée, je…

– C'est bon, la rassura-t-il. J'allais partir.

Il se tourna vers Priscilla.

– Pour répondre à votre question, franchement, je n'en sais rien. Mais j'ai bien l'intention de le découvrir.

Il la gratifia d'un bref sourire.

– Je vous recontacte.

– Vous dites toujours ça.

– Parce que c'est vrai, répliqua-t-il avec un nouveau sourire qui se voulait rassurant : *Vous pouvez me croire.*

Sauf qu'elle ne pouvait pas.

– À votre place, je ne boirais pas de café, lança Mark à Susie. Il est infâme.

Puis il sortit.

Après son départ, Susie laissa tomber les sacs qu'elle portait et écarquilla les yeux.

– Seigneur, souffla-t-elle.

– Qu'y a-t-il, Susie ?

– Cet appartement…
– Oui ?
– C’est celui de Percy.
Ce fut le tour de Priscilla d’en rester ébahie.
– Comment tu le sais ?
Les yeux de Susie s’agrandirent encore.
– Oh mon *Dieu*, gémit-elle.

46

Le prix de l'amour

Susie manœuvrait sa Mini Cooper dans les bouchons de l'heure de pointe, les yeux fixés droit devant elle et les mains crispées sur le volant. Elle semblait bien décidée à ne pas décrocher un mot.

Mais Susie étant Susie, ce silence ne dura pas longtemps.

– Les vêtements que je t'ai achetés, ils te vont ?

– Très bien, Susie. Merci.

Le tailleur à carreaux noirs et blancs de chez Marks & Spencer n'était pas tout à fait au goût de Priscilla, mais il ferait l'affaire.

– J'espérais trouver des choses dans ton style.

– Et tu as réussi.

Du moins, elle avait essayé.

– Le gentleman qui était avec toi tout à l'heure…, commença Susie.

– Oui ?

– Ce n'était pas Percy.

– Non, en effet, acquiesça Priscilla qui ne voulait pas en révéler plus que nécessaire.

– Mais c'était l'appartement de Percy.

– Oui, en effet.

Susie agrippa le volant encore plus fort.

– Écoute, je suis désolée, dit-elle d'une toute petite voix. Je ne savais pas, pour Percy et toi.

– Il n'y a pas de Percy et moi, Susie. Pour des raisons qui deviendront bientôt évidentes, j'avais besoin d'un endroit où dormir la nuit dernière. Percy m'a proposé son canapé ; c'est tout. Et non, au cas où tu te le demanderais, je n'ai pas non plus couché avec le type que tu as croisé tout à l'heure.

– Il est passé au bureau il y a quelque temps.

– C'est exact.

– J'imagine que c'est tout ce que j'ai besoin de savoir, pas vrai ?

Priscilla acquiesça vivement.

– Tout à fait.

– Écoute, à propos de Percy…

La voix de Susie était devenue presque inaudible.

– Susie, peu importe. Ça ne me regarde pas.

– Tu dois juste savoir qu'il ne s'est rien passé… ou disons, pas grand-chose. C'était juste une nuit, et on avait trop bu tous les deux…

– Je serais curieuse de savoir combien de soirées qui tournent mal commencent par deux personnes imbibées d'alcool.

– Ça me rend malade rien que d'y penser, affirma Susie.

– Il n'y a pas de quoi. De toute façon, je serai peut-être à la rue d'ici une heure ou deux, ajouta Priscilla sur un ton résigné.

– Oh, Seigneur, grogna Susie – une lamentation à laquelle Priscilla avait eu le temps de s'habituer.

– Au moins, dit-elle en baissant les yeux vers ses vêtements, je serai habillée convenablement.

Tous les messages, sauf un, empilés sur le bureau de Priscilla – sauf un – émanaient d'El Sid et exigeaient qu'elle se présente devant M. Banville *immédiatement.*

Celui qui ne provenait pas d'El Sid venait de H.L. Higgins, le directeur du personnel.

Priscilla interrompit Susie alors qu'elle tentait d'allumer sa première cigarette de la journée.

– Pourquoi le directeur du personnel m'a-t-il appelée ?

– Tu voulais te renseigner sur les employés de l'hôtel, lui rappela Susie avant de souffler un nuage de fumée. C'est Harry Higgins qui gère tous les dossiers. Il sait où les cadavres sont enterrés. Je l'ai contacté de ta part.

– Ok, merci.

– Mais je préfère te prévenir.

– Quoi ?

– Harry sait où les cadavres sont enterrés ; par contre, vu le peu que j'ai réussi à lui soutirer, il ne voudra le révéler à personne.

Priscilla décida de s'occuper d'Harry Higgins plus tard. Pour l'heure, elle devait se rendre au Lieu des Exécutions. Pas moyen d'y échapper.

Alors qu'elle traversait le hall d'entrée, le major Jack O'Hara s'approcha d'elle, la mine renfrognée. Priscilla songea que ce serait chouette si, une fois de temps en temps, les membres les plus âgés du personnel la gratifiaient d'un sourire n'impliquant pas son licenciement imminent.

Mais de toute évidence, ce serait pour un autre jour.

– On a tenté de vous joindre toute la matinée, rapporta sévèrement le major.

– J'ai eu des problèmes à régler chez moi.

– Si l'on peut qualifier de « problème » la découverte d'un cadavre dans son appartement, dit le major.

L'estomac de Priscilla se noua.

– Donc, vous savez.

– C'est mon travail de savoir, asséna le major avec autorité alors qu'ils pénétraient dans l'antichambre du bureau de Banville.

Ils y furent accueillis par la mine lugubre d'El Sid. Une fois de plus, Priscilla fut submergée par la même nausée que devaient sans doute éprouver les sorcières du XVIIIe siècle quand on entassait de la paille au pied du bûcher.

– Nous vous avons cherchée toute la matinée, siffla El Sid.

Banville était debout dans son bureau – un signe indiscutable d'agitation, selon Priscilla. Mais à la vue de ses deux visiteurs, il parut extrêmement soulagé.

– Vous voilà !

– J'ai trouvé Miss Tempest dans le hall d'entrée, annonça le major comme s'il avait élucidé un crime.

– Oui, Miss Tempest, vous voilà enfin. Nous sommes confrontés à une situation assez gênante, qu'il va nous falloir gérer avec la plus grande discrétion, et j'ai pensé que vous pourriez peut-être nous y aider.

Une situation gênante telle que la découverte d'un cadavre chez l'attachée de presse de l'hôtel ? se demanda Priscilla.

– Connaissez-vous un individu du nom d'Enrique Ramos ? poursuivit Banville.

Un instant, Priscilla chercha en vain dans sa mémoire. Puis elle blêmit. *Enrique* ? L'amant d'Eunice ? Le gigolo aux dents blanches et aux grands yeux larmoyants ?

– Je devrais ?

– Ne tergiversons pas, Miss Tempest, s'impatienta Banville. Je sais que votre premier réflexe est de protéger Mme Kerry, et je le trouve louable. Mais là tout de suite, j'ai besoin que vous soyez franche avec nous. Connaissez-vous cet homme ?

– Je sais juste qu'il est parti avec Mme Kerry.

– Quand cela ?

– Le soir où nous sommes allées au théâtre.

– Celui où vous deux avez vu *Hair* ?

– Mme Kerry n'a pas assisté à la représentation, monsieur.

Banville parut encore plus consterné.

– Alors que diable a-t-elle fait ?

– Elle est partie avec Enrique.

– Comment ça, elle est partie avec lui ? répéta Banville, stupéfait.

– Sur une moto.

– Une moto ? Ma belle-mère, sur une moto ? Et vous l'avez laissée faire ?

– Je n'ai pas eu mon mot à dire. Mme Kerry est une femme qui sait ce qu'elle veut. Pourquoi ? Lui serait-il arrivé quelque chose ?

– J'ai reçu un coup de fil de ce Ramos dans le courant de la matinée. Il m'a informé qu'il avait passé la nuit chez lui avec ma belle-mère. Et qu'il avait pris des photos.

– Le gredin, gronda le major O'Hara.

– Précisément, acquiesça Banville. Cet homme réclame vingt-cinq mille livres en échange des photographies – et de son silence. Sans cela, il compte aller voir *News of the World* pour leur raconter toute l'histoire. « *J'ai couché avec la belle-mère du directeur du Savoy* », ou une ânerie du genre.

– C'est du chantage ! claironna le major O'Hara. Il n'y a pas d'autre mot !

– Je le crains. (Banville braqua son regard sur Priscilla.) Le major suggère que nous découvrions où habite ce Ramos et que nous tentions de récupérer ces photos.

– Sans le payer ? demanda Priscilla.

– Le major O'Hara m'informe que, d'après son expérience, les maîtres-chanteurs ne lâchent pas facilement leurs preuves. D'après lui, ces vingt-cinq mille livres ne seront que le premier des paiements que Ramos exigera. N'est-ce pas, major ? lança Banville avec un regard pénétrant dans sa direction.

– Comme vous venez de le dire, monsieur, telle est effectivement mon expérience.

– Bien. Maintenant, Miss Tempest, j'imagine qu'après son escapade, ma belle-mère a dû revenir à l'hôtel d'une façon ou d'une autre.

– C'est exact, monsieur. Elle m'a appelée ; je suis allée la chercher et je l'ai ramenée ici.

– J'espérais que vous diriez cela. Et où êtes-vous allée la chercher ?

– Près d'une cabine téléphonique de Brick Lane, à Bethnal Green.

– Dans l'East End ! s'écria le major O'Hara, comme s'il n'existait pas pire cauchemar que de se retrouver dans l'East End de Londres.

– Monsieur Banville, dit Priscilla, ne pourriez-vous pas vous adresser à Mme Kerry ? Elle serait peut-être en mesure de vous fournir davantage d'informations.

Banville parut encore plus horrifié que le major.

– Dieu du ciel, non ! Ni Mme Kerry ni ma femme ne doivent rien savoir. Surtout ma femme. Non, nous devons régler ce problème nous-mêmes, avec la plus grande délicatesse.

– Je comprends, monsieur.

– Pensez-vous que vous reconnaîtriez ce Ramos si vous le voyiez ?

– Il était jeune, d'origine hispanique m'a-t-il semblé, plutôt petit avec des cheveux noirs frisés.

– Un maudit étranger ! explosa le major, plus outré que jamais.

– À quoi vous attendiez-vous ? lança Banville. Un authentique gentleman anglais n'aurait jamais couché avec ma belle-mère en premier lieu, et encore moins tenté d'en profiter de la sorte.

– Qu'en pensez-vous, Miss Tempest ? Avez-vous une idée de l'endroit où nous pourrions trouver cet individu ? demanda le major comme s'il soupçonnait Priscilla de planquer Enrique sous son bureau.

– Quand je suis allée la chercher, Mme Kerry m'a dit qu'Enrique n'habitait pas loin, rien de plus.

– Pas loin de Brick Lane, hein ? Je suppose que ça réduit le champ des recherches. Voici ce que vous allez faire, Miss Tempest, dit Banville. Je veux que vous accompagniez le major O'Hara sur place, et que vous voyiez si vous pouvez découvrir où réside cet étranger.

– Nous pouvons essayer, monsieur, mais je ne suis pas certaine que ce sera efficace.

– Pour le moment, nous n'avons pas d'autre choix. N'est-ce pas, major ?

– Je le crains, acquiesça O'Hara.

– Je présume que nous pouvons retrouver la cabine téléphonique et partir de là. Il est permis de supposer que Mme Kerry ne se sera guère éloignée de l'endroit où elle avait passé la nuit.

– Nous allons nous y rendre immédiatement en voiture pour localiser la cabine téléphonique en question, lança le major de son ton le plus autoritaire, comme s'il prenait la direction des opérations. Du moins, si Miss Tempest est disponible.

– Évidemment, dit Priscilla.

– Entendu. Allez-y, tous les deux, et bonne chance, conclut Banville.

– Nous ferons de notre mieux, monsieur, promit le major O'Hara.

Alors que Priscilla et lui s'apprêtaient à sortir, Banville lança :

– Au fait, Miss Tempest...

Priscilla s'arrêta et pivota vers lui.

– Au vu des récents événements dans lesquels vous êtes potentiellement impliquée, selon ce que m'a dit le major, n'allez pas croire que nous ne discuterons pas de votre position ici à une date ultérieure. C'est bien compris ?

– Oui, monsieur.

Chaque fois qu'elle réussissait à faire un pas pour s'éloigner du Lieu des Exécutions, elle devait ensuite reculer de deux.

47

Trouvez Enrique !

– Une maudite aiguille dans une meule de foin ! grommela le major O'Hara en manœuvrant sa Ford Anglia dans la circulation londonienne. Une maudite perte de temps, si vous voulez mon avis.

Priscilla ne le voulait pas, mais le major semblait n'en avoir cure. Sans y avoir été invité, il vomissait un torrent d'opinions, occasionnellement interrompu par un cri de désespoir face aux défaillances des conducteurs avec lesquels il partageait la route vers l'East End. Qui n'était pas sa destination préférée, ainsi qu'il eut à cœur de bien le faire comprendre à Priscilla.

– Un maudit quartier, grouillant d'étrangers et de mécontents – des bons à rien comme ce scélérat d'Enrique.

– Beaucoup de travailleurs habitent également là, fit remarquer Priscilla, qui estimait qu'en tant que membre des classes laborieuses, il était de son devoir de soutenir ses congénères.

– Par l'enfer ! Regardez-moi cet abruti qui bloque toute la maudite circulation avec son camion !

– Je peux vous demander quelque chose, major ?

lança Priscilla afin de le distraire des aléas de la circulation londonienne.

– Oui, quoi ? s'impatienta-t-il.

– En tant que responsable de la sécurité du Savoy…

– Je suis foutrement occupé, c'est certain !

– J'imagine, oui. Mais vous devez constamment avoir affaire aux employés de l'hôtel.

– Les employés ? répéta le major comme s'il s'agissait d'une espèce inconnue. Pourquoi aurais-je affaire aux employés ?

– Vous savez, pour vérifier que le Savoy embauche les bonnes personnes, ce genre de choses.

– Bien sûr que le Savoy embauche les bonnes personnes ! C'est le plus bel hôtel du monde. Seuls les gens les plus qualifiés postulent pour y travailler. Les responsables du personnel, ce monsieur Harry Higgins et son équipe – ils gardent un œil là-dessus. Dieu sait que j'ai suffisamment à faire avec nos clients et avec les misérables, hommes ou femmes, qui tentent d'abuser d'eux. Sans parler de vos ouailles, ces soi-disant célébrités qui croient pouvoir semer le chaos quand ça leur chante.

– Avez-vous une idée de la raison pour laquelle Millicent Holmes est partie ?

Le major O'Hara jeta un regard de biais à Priscilla.

– Pourquoi cette question ?

– J'ai appris récemment que Mme Holmes avait démissionné et je me demandais pourquoi, c'est tout.

– Elle devait se sentir gênée d'avoir raconté tous ces mensonges au sujet de S.A.R. la princesse Margaret, j'imagine.

– Vous pensez qu'elle mentait ?

– Absolument, affirma le major O'Hara.

– Mais pour quelle raison aurait-elle fait ça ?

– Qui sait ce qui peut passer dans la tête de certains de ces gens ! Vous savez qu'elle n'est pas réellement anglaise ?

– Ah bon ?

– Russe, à ce qu'on m'a dit. Sous le sceau du secret. Des origines russes quelconques. Et si je sais une chose, c'est qu'on ne peut pas faire confiance à ces maudits Russes.

– Puis-je vous demander comment vous avez découvert les origines de Mme Holmes ?

Le major O'Hara bomba le torse tout en conduisant.

– Je ne devrais pas colporter de ragots. Mais je tiens mes informations d'une source irréprochable, un type du Palais avec qui je suis en rapport. Mystérieux, mais très efficace. Vous savez comment on l'appelle ?

– C'est passionnant ! s'enthousiasma Priscilla. Comment l'appelle-t-on ?

– Le commandant Blood. Son vrai nom, c'est Trueblood. Pas mal comme surnom, vous ne trouvez pas ?

– Tout à fait effrayant.

– Croyez-moi, quand vous avez affaire à lui, vous comprenez tout de suite que c'est lui qui commande, et qu'il ne ferait pas bon le prendre pour un imbécile.

– Juste ciel ! Vous avez vraiment des fréquentations fascinantes, major.

– Ça fait partie du boulot, Miss Tempest. J'ai étoffé mon réseau au fil du temps.

– Avez-vous parlé de Mme Holmes à ce commandant Blood ?

Le major hocha très vite la tête.

– Laissez-moi vous dire qu'il avait beaucoup d'éléments à charge contre elle. Si elle n'avait pas démissionné, j'aurais incité M. Banville à la licencier, c'est certain.

Lorsqu'ils atteignirent Brick Lane, Priscilla n'eut pas de mal à retrouver l'endroit où Eunice Kerry l'avait attendue. La cabine téléphonique se découpait dans les rayons du soleil qui se reflétaient sur le rouge vif de ses parties métalliques et mettaient en évidence la poussière sur ses vitres. Le major O'Hara se gara plus loin dans la rue, et Priscilla et lui rebroussèrent chemin jusqu'à la cabine comme s'ils s'attendaient à ce qu'Enrique en jaillisse magiquement.

Ce qui ne fut pas le cas.

Le major se dandina impatiemment.

– Et maintenant, qu'est-ce qu'on fait ?

Bonne question, songea Priscilla. Ils pouvaient difficilement rester plantés là en espérant qu'Enrique finisse par se montrer. Même si ça lui déplaisait d'être d'accord avec le major O'Hara, fouiller Bethnal Green aurait été comme chercher une aiguille dans une meule de foin.

– Il doit habiter tout près d'ici. Et si on se séparait ? suggéra Priscilla. Je vous l'ai décrit. Remontez Bethnal Green Road et voyez si vous l'apercevez. Pendant ce temps, j'irai voir dans le parc des Allen Gardens et je continuerai vers le sud en direction de Whitechapel.

– Quelle perte de temps, grommela le major. À la place de Banville, j'enverrais ce vaurien se faire voir. Je doute que son histoire intéresserait les journaux, de toute façon.

Priscilla pensa à Percy Hoskins et à la manière dont il réagirait si on lui apportait une histoire pareille. Au vu des événements survenus au Savoy ces dernières semaines, lui et ses collègues de la presse s'en donneraient à cœur joie.

– Essayons quand même, insista Priscilla. Même si ça ne donne rien, on pourra dire qu'on a fait quelque chose.

Le major O'Hara leva les yeux au ciel.

– Très bien.

– On se retrouve ici dans une heure, ça vous va ?

– Je prends le nord et vous le sud, c'est ça ?

– Exactement.

– Je cherche un petit basané avec des cheveux noirs frisés, correct ?

– Séduisant, avec de grands yeux.

– Ça pourrait décrire la moitié des passants de cette rue.

– Faites de votre mieux, major, dit Priscilla sur un ton encourageant.

Il s'éloigna en soufflant bruyamment. Derrière lui, Priscilla secoua la tête à tout son cinéma. À l'intérieur de la bulle protectrice du Savoy, lorsqu'il avait affaire à des gens riches et à des aristocrates, le major était le responsable de la sécurité, un gros dur à cuire ; mais dehors, quand il devait se mêler aux classes inférieures, il se changeait en un bébé irrascible.

Elle passa bien trop de temps à arpenter les espaces verts des Allen Gardens. Il y avait peu de monde dans le parc à cette heure de la journée, et personne qui ressemblât même de loin à Enrique. Plus elle y réfléchissait, moins Priscilla était convaincue que ce gars était du genre à flâner ici. Elle finit par consulter sa montre et découvrit avec horreur qu'il lui restait moins d'une demi-heure avant de rejoindre le major O'Hara.

Fâchée contre elle-même pour avoir perdu tant de temps, Priscilla sortit du jardin. Alors qu'elle s'apprêtait à traverser la rue, elle s'arrêta brusquement. *Non*, se dit-elle. *Impossible.*

Pourtant, à moins que son imagination ne lui joue des tours, la cabine téléphonique située sur le trottoir en face était occupée par un homme qui ressemblait terriblement à Enrique Ramos.

Priscilla resta bêtement plantée là, incapable d'en croire ses yeux. Mais c'était bien Enrique – gigolo, amant d'une nuit d'Eunice Kerry, maître-chanteur – qui émergea de la cabine téléphonique, une expression éminemment satisfaite sur son beau visage.

D'un pas vif, il enfila Brick Lane en direction du nord, Priscilla à ses trousses. Il marchait comme s'il était en retard pour un rendez-vous. Il tourna dans une rue commerçante très animée, ce qui permit à Priscilla de se fondre dans la foule pour continuer à le suivre. Une décharge d'adrénaline traversa la jeune femme. Elle se sentait comme Miss Marple pendant une enquête, même si elle doutait que Miss Marple se serait abaissée à suivre quelqu'un. Les filatures – c'était bien le nom que ça portait ? – semblaient plutôt le domaine des détectives privés américains.

Enrique partit brusquement sur le côté. Priscilla accéléra. Elle franchit l'angle de la rue commerçante juste à temps pour le voir disparaître dans une maison. Elle se hâta de s'approcher de celle-ci. Une volée de marches conduisait à l'entrée : une porte dans un renfoncement sombre. Priscilla saisit la poignée, et le battant s'ouvrit en grinçant.

Au fond du hall, un étroit escalier se perdait dans la pénombre. Priscilla entendait de la musique quelque part au-dessus d'elle, ainsi que de légers rires. Elle hésita : devait-elle rejoindre le major O'Hara ? Décidant que ça prendrait trop de temps, elle ôta ses chaussures et commença à gravir les marches.

Un rire de femme cristallin se précisa comme elle atteignait le palier. Le cœur de Priscilla était-il en train de remonter dans sa gorge ? Non, pas réellement, mais elle se réjouit qu'une mélodie romantique tourbillonne dans le couloir, couvrant ses battements. Sans cela, elle était certaine qu'on aurait pu les entendre à plusieurs pâtés de maisons de distance.

Elle s'avança vers une porte fermée. La musique qui s'échappait de l'autre côté fut ponctuée par un hoquet de plaisir féminin. Enrique était-il à l'œuvre ? Au fond du couloir, une porte ouverte donnait sur un bureau. Poussée contre le mur, une table de travail était couverte de journaux à scandale locaux, qui tous parlaient des récents événements au Savoy. Priscilla fouilla un peu. Dessous, elle trouva une enveloppe brune pleine de photos au format vingt sur vingt-cinq centimètres. Des clichés d'un lit, mal éclairés et pris à une certaine distance. Un homme ressemblant à Enrique s'affairait sur une femme ressemblant à… impossible de l'identifier avec certitude.

Un gémissement de plaisir résonna dans la pièce voisine. Priscilla tourna son attention vers un placard ouvert dans lequel un appareil photo monté sur un trépied faisait face à une petite fenêtre. Elle pénétra dans le réduit et regarda par la fenêtre. Enrique était en train de rejouer en direct la scène des photos, sauf que cette fois, il était dessous. Une femme le chevauchait, tournant le dos à l'objectif.

Tiens, tiens, songea Priscilla. *Enrique le misérable maître-chanteur en plein travail.*

L'appareil était un Empire Scout. Priscilla le dévissa de son trépied, ouvrit le boîtier et retira la pellicule. Puis elle repassa dans le bureau et fouilla discrètement jusqu'à ce qu'elle trouve les négatifs, qu'elle ajouta aux photos. Ramassant une corbeille à papier métallique par terre, elle la posa sur la table de travail et y fourra la totalité de son butin. Enrique avait eu l'obligeance de ranger des allumettes près d'un paquet de cigarettes, dans le tiroir du haut. Priscilla en craqua une et la laissa tomber dans la corbeille. Puis elle répéta l'opération une deuxième et une troisième fois. Des flammes s'élevèrent de la corbeille comme les photos et les négatifs prenaient feu. Priscilla s'adossa au mur et attendit.

Dans la pièce voisine, les voix atteignirent un crescendo. Les cris d'Enrique se firent perplexes tandis qu'il jouissait, ou réalisait qu'il y avait le feu juste à côté, ou les deux.

Peu de temps après, il fit irruption dans le bureau, entièrement nu. Son expression à la fois furieuse et horrifiée céda la place à de la stupéfaction lorsqu'il aperçut Priscilla.

– Mais qu'est-ce que vous foutez, merde ?

– Je brûle les photos et les négatifs dont vous vous servez pour faire chanter Mme Kerry, répondit calmement Priscilla.

– Espèce de garce ! hurla-t-il en marchant sur elle d'un air menaçant.

– À votre place, Enrique, je ferais très attention. Je suis venue avec la sécurité du Savoy. Ils savent où je suis, et se tiennent prêts à appeler la police.

Cela l'arrêta net.

– Vous ne voulez pas que la police fourre son nez là-dedans, n'est-ce pas, Enrique ?

Avant qu'il puisse répondre, une femme entra, une serviette drapée autour de son corps nu.

– Qu'est-ce qui se passe ici ? lança Daisee Banville.

48

Priscilla à la rescousse

Daisee reconnut Priscilla à travers le nuage de fumée. Elle poussa un cri alarmé, plaqua une main sur sa bouche puis sortit en titubant. Enrique bondit pour la rattraper.

– Daisee ! appela-t-il. Daisee, s'il te plaît, laisse-moi t'expliquer...

Priscilla le suivit dans le couloir en se demandant comment il allait s'y prendre. Adossée au mur, Daisee agrippait sa serviette. Elle ravala ses larmes en dévisageant Enrique d'un air désespéré.

– Qu'est-ce que tu fais ? Que se passe-t-il ?

– Cette horrible folle s'est introduite ici ; elle a mis le feu et elle profère des accusations mensongères !

– Madame Banville, intervint Priscilla. Cet homme, Enrique Ramos...

Les yeux de Daisee jetèrent des éclairs de colère à travers ses larmes.

– Enrique ? Tu m'as dit que tu t'appelais Ricardo.

– C'est mon deuxième prénom, se justifia piteusement l'intéressé.

– Je doute que même Enrique soit son vrai nom, dit

Priscilla. Quoi qu'il en soit, ce gentleman fait chanter votre mère.

– Ma *mère* ? répéta Daisee, comme frappée par la foudre. Tu as *couché* avec ma *mère* ?

– Il a pris des photos d'elle, et il menaçait de les diffuser à moins que votre mari ne lui donne de l'argent. Il y a un appareil photo et un miroir sans tain dans le bureau voisin de sa chambre ; je suppose qu'il comptait faire la même chose avec vous.

– *Salopard* !

La serviette tomba au sol tandis que Daisee jetait son corps sculptural sur Enrique et lui martelait la figure avec ses poings. Enrique se défendit en lui saisissant les poignets et en la forçant à s'allonger par terre.

Priscilla bondit pour le repousser.

– Touchez-la encore, et je vous jure que vous finirez en prison ! cria-t-elle.

Cela calma quelque peu Enrique.

– Vous n'appellerez pas la police, dit-il, le souffle court, avec une assurance qui la surprit.

– Madame Banville, s'il vous plaît, rhabillez-vous, demanda Priscilla sans quitter Enrique des yeux.

Daisee lutta pour se lever et, avec un dernier sanglot, disparut dans la chambre à coucher.

– Vous avez raison, dit Priscilla à Enrique. La police ne s'en mêlera pas, à moins que vous ne continuiez à menacer M. Banville, sa femme ou sa belle-mère.

– Vous êtes une putain de garce, vous le savez ?

– Une garce de première classe qui sait où vous habitez et à quelle adresse envoyer la police en cas de nouveau problème.

Tandis que l'air s'emplissait d'une odeur âcre de plastique brûlé, Daisee ressortit de la chambre, habillée. Ignorant à la fois Enrique et Priscilla, elle descendit l'escalier.

Priscilla la suivit, ne s'arrêtant que le temps de remettre ses chaussures avant de sortir dans la rue. Une pluie légère s'était mise à tomber. Priscilla chercha Daisee du regard et l'aperçut qui attendait au bord du trottoir un peu plus loin, silhouette solitaire dans la lumière des feux des voitures. Elle se dirigea vers elle en l'appelant.

– Vous allez bien ? demanda-t-elle lorsqu'elle la rejoignit.

– Écartez-vous, gronda Daisee. Ne vous approchez pas de moi.

Elle avait le menton levé ; la pluie et ses larmes faisaient couler son mascara sur ses joues, et ses cheveux mouillés étaient plaqués sur son crâne. Elle ressemblait à une triste orpheline perdue dans la tempête.

Priscilla eut l'impression d'avoir reçu un coup de poing dans le ventre.

– Je voulais juste vous aider…

– Je n'ai pas *besoin* de votre aide, aboya Daisee. Pourquoi a-t-il fallu que vous vous en mêliez ?

– Il faisait chanter votre mère, commença Priscilla.

– Il n'aurait pas diffusé les photos, coupa Daisee, furieuse. Je me serais débrouillée. Maintenant, je suppose que vous allez tout dire à mon mari et qu'il voudra divorcer – merci.

– Je ne dirai rien à M. Banville, la détrompa Priscilla.

– Mais vous saurez. Chaque fois que vous me verrez, vous vous souviendrez de ce qui s'est passé aujourd'hui.

– Ça ne fera pas de différence.

– Bien sûr que si. Vous êtes une employée. Et moi, je suis au-dessus de vous. Vous ne devriez pas détenir ce genre de secret sur moi.

Les deux femmes se fixèrent. *Si je ne dis rien, elle va s'en tirer sans une égratignure,* songea Priscilla. *Mon silence sera son sauf-conduit.*

Non, décida-t-elle. Ça ne se passerait pas comme ça.

– Vous savez quoi ? lança-t-elle. Au final, nous ne sommes peut-être que des employées toutes les deux.

– Que voulez-vous dire ?

– Je parle de la princesse Margaret. Pour elle, vous n'êtes rien de plus qu'une bonniche.

– Cette garce, cracha Daisee. Toutes les fois où je suis venue à son secours ! Elle a insisté pour voir cet horrible Amir Abrahim. Elle n'aurait jamais dû s'approcher de lui. Comment se fait-il qu'on finisse toujours dans le lit des hommes qu'on devrait éviter à tout prix ?

– Excellente question, approuva tristement Priscilla.

– Margaret n'aurait jamais pu entrer dans l'hôtel sans moi.

– Mais elle n'a pas réussi à voir Amir...

Daisee secoua la tête.

– Ce salopard ne lui a jamais ouvert. Sa visite serait passée inaperçue si cette maudite gouvernante ne l'avait pas croisée. Mais bon, personne ne va croire une simple employée, pas vrai ?

Un taxi se rangea le long du trottoir. Daisee s'en approcha. Avant de monter à l'arrière, elle se tourna vers Priscilla.

– Peut-être avez-vous raison. Peut-être sommes-nous toutes les deux des employées. La différence...

– Oui ?

– C'est que je suis une employée qui ne perdra pas sa place, cracha Daisee. Contrairement à vous.

Elle monta en voiture et claqua la portière. Le taxi redémarra, laissant Priscilla plantée seule sous la pluie. Une fois de plus, elle avait du mal à respirer.

49

À l'abri de la pluie

Fulminant encore après sa rencontre avec Daisee et Enrique – ou Ricardo, selon la personne avec qui il batifolait –, Priscilla se traîna sous la pluie jusqu'à la cabine téléphonique rouge où tous les ennuis semblaient avoir commencé. La rue était déserte. Aucun signe du major O'Hara. Il avait probablement renoncé à l'attendre. Elle allait en entendre parler jusqu'à la fin de ses jours. Ou de son contrat avec le Savoy.

Priscilla entra dans la cabine pour se mettre à l'abri de la pluie. Elle avait très envie de s'apitoyer sur son sort. Ces derniers temps, les gens la considéraient comme une employée, une suspecte de meurtre ou une traînée – il n'y avait pas d'autre mot pour ça.

Voire un mélange des trois.

Traînée et suspecte de meurtre, elle pouvait l'encaisser. Employée, en revanche... Certes, techniquement, elle ne pouvait pas nier qu'elle l'était. Mais elle aurait apprécié un petit merci. Après tout, elle venait de sauver les fesses de Daisee – des fesses rebondies qui attiraient irrésistiblement le regard, devait-elle reconnaître –, et sans doute aussi son mariage.

Son appartement était toujours considéré comme une

scène de crime. Priscilla ne pouvait pas rentrer chez elle, et il était hors de question qu'elle retourne chez cet hypocrite de Percy Hoskins. En revanche, elle pouvait s'adresser à son amoureuse – ou à son coup d'un soir, selon le point de vue.

À son immense soulagement, Susie Gore-Langton décrocha au bout de deux sonneries.

– Susie, c'est moi, annonça Priscilla. J'ai besoin d'un endroit où dormir ce soir.

– Tu veux venir *chez moi* ? dit Susie comme si cette idée lui semblait inconcevable.

– Juste pour cette nuit.

– Eh bien, je suppose que tu peux. Enfin…

– J'arrive tout de suite. Débarrasse-toi de ton invité du jour.

Avant que Susie ait pu protester, Priscilla raccrocha. Elle resta dans la cabine téléphonique une bonne demi-heure avant que la pluie cesse enfin et qu'un taxi salvateur apparaisse dans la rue.

Néanmoins, elle ressemblait à un rat noyé et ne se sentait guère mieux quand elle atteignit la ruelle pavée de Susie sur Kenway Road, à Earl's Court.

– Pour ta gouverne, je n'avais pas d'invité ce jour, lança Susie, en pyjama de flanelle bleue et sur la défensive, en laissant Priscilla entrer dans son minuscule appartement.

Celui-ci était étonnamment propre et bien rangé – rien

à voir avec le chaos dans lequel vivait Priscilla. Le salon était décoré en jaune citron avec des bordures blanches. Il y avait un canapé en chintz et des rideaux assortis. Le mobilier ancien avait été fourni par la mère de Susie.

– Quelle fée du logis, commenta Priscilla en s'approchant de la cheminée à gaz pour se réchauffer. Bravo. Et merci, aussi. C'est très gentil de ta part de me recueillir à la dernière minute.

– Déshabille-toi ou tu vas attraper la mort, ordonna Susie dans un élan d'instinct maternel. Tu veux boire quelque chose ? Je sais que tu n'aimes pas le thé. Un café ?

– Je ne refuserais pas quelque chose de plus costaud, répondit Priscilla.

– Je crains de ne pas avoir ça sous la main. J'ai décidé de ne jamais boire quand je suis seule chez moi.

– Quelle volonté de fer ! Re-bravo.

– Et si tu veux tout savoir, poursuivit Susie sur un ton de reproche, je passe la plupart de mes soirées à me demander ce que tu mijotes et à m'inquiéter qu'on soit toutes les deux sur le point de se faire virer. D'ailleurs, je peux te demander ce que tu as fichu pour te mettre dans cet état ?

– Tu ne veux pas le savoir, répondit Priscilla en se détournant de la cheminée. Si je te le disais, tu te mettrais immédiatement à chercher un autre boulot.

– Oh, mon Dieu ! Quel cauchemar ! On dirait que je vais devoir épouser Harry Higgins.

– Harry Higgins ? répéta Priscilla, perplexe, en ôtant sa veste trempée.

– Je t'ai parlé de lui. H.L. Higgins, le directeur du personnel. Harry. J'ai découvert qu'il avait le béguin pour moi, lui expliqua Susie avec un hochement de tête entendu. Je te parie que si je le lui demandais, il m'épouserait et m'arracherait à tout ça.

– Tu as envie de l'épouser ?

– Je n'ai envie d'épouser personne, répondit Susie avec un faible sourire. Mais si tu continues comme ça, je n'aurai peut-être pas le choix.

Priscilla s'abîma dans ses pensées. Susie prit un air inquiet.

– Oh, oh. J'entends tourner les rouages de ton cerveau, et ça ne me plaît pas du tout. À quoi tu penses, Priscilla ?

– Laisse-moi te poser une question. Est-ce que Harry sort déjeuner ?

Le soupçon voila le visage de Susie.

– Je ne sais pas pourquoi tu me demandes ça, mais je crois qu'il ne va jamais nulle part. Il est toujours enfermé dans son bureau au sous-sol. Le gardien des archives et tout le bazar.

– Et si tu l'invitais à déjeuner demain ? suggéra Priscilla.

La question ne fit qu'augmenter la méfiance de Susie.

– Pourquoi je ferais ça ? demanda-t-elle prudemment.

– Parce que Harry te fascine, et que tu veux apprendre à mieux le connaître.

– Mais il ne me fascine pas du tout.

– Bien sûr que si, Susie. Du moins, il te fascinera demain.

– Quel cauchemar, grogna Susie. On va se faire virer, j'en suis certaine.

50

Déjeuner avec Harry

– Après que nous avons repéré la cabine téléphonique en question, Miss Tempest est partie de son côté, et bien que nous soyons convenu de nous retrouver là une heure plus tard, je ne l'ai jamais revue, rapporta le major O'Hara furieux, le lendemain matin, comme Priscilla et lui comparaissaient devant un Clive Banville au visage minéral dans le Lieu des Exécutions. Je suis resté près de la cabine très longtemps, attendant qu'elle réapparaisse. Puis j'ai fini par abandonner et par rentrer chez moi.

– Que vous est-il arrivé, Miss Tempest ? demanda Banville sur un ton accusateur.

– Tout d'abord, je tiens à présenter mes excuses au major O'Hara, dit Priscilla en espérant qu'aucun des deux hommes ne remarquerait qu'elle portait le même tailleur à carreaux noirs et blancs que la veille, plus ou moins bien séché devant la cheminée à gaz de Susie. Ou qu'elle avait dû se maquiller avec le peu de produits dont disposait Susie avant que toutes deux prennent un taxi pour se rendre au travail.

– Le temps que j'en finisse avec Enrique Ramos, il était tard. Je suis retournée à la cabine téléphonique, mais le major était déjà parti.

– Attendez une minute, coupa Banville, un voile d'hésitation passant sur son visage de pierre. Vous avez trouvé ce Ramos ?

– En effet, monsieur.

– Que diable… ? tonna le major O'Hara, aussi incrédule que mécontent.

– Que s'est-il passé ? demanda Banville sur un ton autoritaire.

– J'ai confronté M. Ramos – qui, incidemment, se fait aussi appeler Ricardo – dans son appartement de Shoreditch. J'ai récupéré les photos et les négatifs, je les ai détruits, et je lui ai dit que s'il s'approchait encore de Mme Kerry ou s'avisait de menacer cet hôtel, nous le dénoncerions à la police.

– Vous avez *détruit* les photos ? répéta le major O'Hara comme s'il n'en croyait pas ses oreilles.

– Ça n'a pas plu du tout à M. Ramos – Enrique. Mais, oui, j'ai brûlé les photos et les négatifs. Ils ne vous causeront plus de problèmes.

Un silence gêné s'installa dans la pièce. Banville et le major O'Hara échangèrent un rapide coup d'œil. Puis le directeur se racla la gorge.

– Eh bien, euh, beau travail, Miss Tempest. Je crois que ni le major O'Hara ni moi-même ne nous attendions à ça.

– Si c'est réellement ce qui s'est passé, grogna le major.

Banville le fixa.

– Vous mettez en doute la parole de Miss Tempest ?

– Non, non, bien sûr que non. Mais je suppose que seul le temps dira si ce Ramos – ou peu importe comment il se fait appeler – reviendra à la charge ou pas.

Banville se racla de nouveau la gorge avant de s'adresser à Priscilla.

– J'ai discuté de la situation ce matin avec mon épouse, et nous avons décidé qu'il valait mieux que Mme Kerry écourte son séjour et rentre à New York.

– C'est bien dommage, monsieur, répondit Priscilla, sincèrement déçue.

– Mieux vaut pour tout le monde que nous mettions ce fâcheux incident derrière nous, poursuivit Banville. Par conséquent, Miss Tempest, vous raccompagnerez Mme Kerry à l'aéroport dès cet après-midi.

– Très bien, monsieur.

Le major O'Hara sortit à la suite de Priscilla. Ils traversèrent le bureau d'El Sid qui parut déçu que, contre toute attente, Priscilla émerge encore du Lieu des Exécutions avec sa tête sur ses épaules. Quand ils atteignirent le hall d'entrée, le major O'Hara prit brusquement la jeune femme par le bras et l'entraîna sur le côté.

– Ne pensez pas que je suis aveugle, Miss Tempest, je vois bien votre petit manège.

Sans se troubler, Priscilla répondit :

– Quel petit manège, major ?

– Vous tentez de saper mon autorité en me faisant passer pour un imbécile.

– Vous êtes sérieux ? Pourquoi ferais-je ça ?

– Pour consolider votre position précaire au Savoy en usant de mensonges et de tromperie. Je ne parviens pas à croire que dès que nous nous sommes séparés, vous êtes comme par hasard tombée sur ce Ramos, et qu'il vous a obligeamment remis les photos. Je soupçonne que ce n'est jamais arrivé. Ou que si c'est arrivé, c'est parce que vous êtes de mèche tous les deux.

– De mèche ? Vous croyez que je suis *de mèche* avec Enrique Ramos ?

– Niez autant que vous voudrez, Miss Tempest, mais je continuerai à envisager cette éventualité et à mener mon enquête conséquemment. Je suis, comme vous ne tarderez pas à le découvrir, un adversaire redoutable.

Le major s'éloigna à grands pas majestueux, faisant étalage de toute la hauteur d'un gentleman anglais et d'un ancien militaire partant défendre l'Empire.

Connard, songea Priscilla, furieuse, en le suivant des yeux.

Fulminant toujours, elle regagna la 205, où elle trouva une Susie aux yeux grands comme des soucoupes.

– Alors, tu es toujours en poste ?

– Au moins jusqu'à ce que j'aie déposé Mme Kerry à l'aéroport. Après, je n'en suis pas si sûre.

– Oh mon Dieu !

Karl entra avec du café.

– J'ai pensé que tu en aurais besoin, dit Susie.

– Je vous ai également apporté un croissant, ajouta Karl.

– Ah, oui. Manger. C'est ce que font les gens normaux de temps en temps si mes souvenirs sont exacts, marmonna Priscilla. J'avais presque oublié.

Karl était en train de lui verser du café quand elle remarqua que son œil gauche ainsi que sa pommette étaient boursouflés et avaient viré au noir violacé.

– Tout va bien, Karl ? On dirait que vous vous êtes cogné dans une porte.

– Comment dit-on, déjà ? répondit le serveur avec

un léger sourire. Vous devriez voir l'autre type ? Oui, c'est ça. Vous devriez voir l'autre type.

Il posa la tasse devant Priscilla et se détourna pour sortir. Il boitait visiblement, remarqua Priscilla en mâchant son croissant d'un air pensif. Les secrets du Savoy... Des épouses et des mères qui se compromettaient avec des gigolos de l'East End, des serveurs autrichiens peu loquaces qui venaient travailler avec un œil au beurre noir et une claudication prononcée.

Susie l'arracha à ses pensées.

– Il a accepté, dit-elle, très excitée.

Priscilla épousseta les miettes sur ses genoux et se força à se concentrer.

– Qui ça ?

– Harry. On va déjeuner ensemble.

– Super. À quelle heure ?

– Midi, je suppose. Il passera me chercher. Et il est très excité à cette perspective.

– Ne le laisse pas venir ici. Va le chercher, toi. Et fais en sorte qu'il oublie de fermer son bureau à clé en partant.

– Comment tu veux que je m'y prenne ?

– Fais appel à tes artifices féminins.

– Quel cauchemar, gémit Susie. Où veux-tu que je trouve des artifices en si peu de temps ?

Quelques minutes après midi, Priscilla regardait Susie, pendue au bras d'un type dégingandé, se laisser entraîner à travers le hall et en direction de l'entrée principale. L'heureux couple en route pour un déjeuner en amoureux.

En fait, songea Priscilla en gagnant l'ascenseur, *Harry n'était pas vilain du tout*. Peut-être Susie feraitelle bien de l'épouser finalement, car l'avenir professionnel de sa chef se présentait assez mal. Pour sa part, Priscilla avait décidé d'épouser le major Jack O'Hara. Ce serait bien fait pour lui. Si elle devait mener une existence misérable, il n'était que justice que le major la partage avec elle.

Arrivée au sous-sol, elle longea un couloir étroit jusqu'au bureau du directeur du personnel. Elle appuya sur la poignée. Fermée à clef.

Malédiction !

Priscilla se demandait quoi faire quand une des femmes de ménage apparut avec un seau et une serpillière. Priscilla fouilla sa mémoire en quête de son nom. Jane ?

– Bonjour, Jane, lança-t-elle.

– Janice, rectifia la femme.

– Pardon, Janice, bien sûr. Écoutez, je suis censée apporter à M. Banville des dossiers qu'il a demandés à Harry, mais il est sorti déjeuner. Vous n'auriez pas la clé de son bureau, par hasard ?

– Certainement, Madame.

Janice posa son seau et sa serpillière, puis saisit un anneau auquel était accroché tout un tas de clés. Elle en choisit une et l'introduisit dans la serrure.

– Voilà, dit-elle en poussant la porte. Refermez derrière vous en sortant, je verrouillerai plus tard.

– Merci infiniment.

Priscilla entra dans la pièce obscure et actionna l'interrupteur. La lumière crue d'un plafonnier éclaira deux bureaux métalliques et plusieurs rangées d'étagères également métalliques, bourrées de dossiers en carton. Ceux de tous les employés du Savoy depuis… quand ? Quand même pas 1889, date à laquelle D'Oyly Carte avait ouvert l'hôtel ? Tenait-on seulement des dossiers sur le personnel à l'époque ? Les premières stars du Savoy, César Ritz et Georges Auguste Escoffier, avaient-ils dû remplir des formulaires de demande d'emploi ? Et que s'était-il passé quand on les avait licenciés après qu'ils avaient été accusés de diverses activités illégales ? Leurs transgressions étaient-elles notées dans leurs dossiers respectifs ?

Priscilla se déplaça entre les étagères, cherchant un dossier bien plus récent. Elle ne savait pas ce qu'il contiendrait – peut-être un secret qui confirmerait ses soupçons, ou qui lui prouverait qu'elle se trompait du tout au tout.

Elle longea les étagères jusqu'à atteindre les dossiers des employés dont le nom de famille commençait par la lettre H. *Là, Millicent Holmes !* Priscilla s'en saisit au moment où quelqu'un ouvrait la porte du bureau.

51

Prisonnière !

Priscilla se figea, le dossier à la main. Elle entendit une voix d'homme dire :

– Désolé, je n'en ai besoin que pour lire, mais sans elles, je ne parviendrai pas à déchiffrer le menu.

– Je vous l'aurais lu volontiers, Harry, ne vous inquiétez pas.

Susie semblait nerveuse, sans doute parce qu'elle soupçonnait que Priscilla se trouvait toujours dans le bureau.

– J'en ai pour une minute, promit Harry.

Priscilla, qui apercevait un bureau au bout de la rangée d'étagères, pria en silence pour que ça ne soit pas le sien.

– Et puis, c'est une bonne chose que j'aie rebroussé chemin : j'étais sûr d'avoir fermé la porte à clé, mais apparemment, j'avais oublié.

Harry arriva en vue. Priscilla retint son souffle. Il suffisait qu'il jette un coup d'œil dans sa direction, et elle se ferait pincer.

Elle le regarda fouiller dans un tiroir de bureau.

– Ah, les voilà.

Il se retourna en brandissant une paire de lorgnons tel un trophée qu'il aurait gagné.

– On ferait bien de se dépêcher, lança Susie. Je n'ai pas beaucoup de temps pour déjeuner.

– J'arrive tout de suite, dit Harry en disparaissant au bout de l'allée, ses lunettes à la main.

Un instant plus tard, Priscilla entendit la porte se refermer et la clé tourner dans la serrure.

Elle attendit encore une minute environ, puis ouvrit le dossier dont elle s'était emparée. Il contenait une seule feuille de papier, qui portait ces mots en majuscules : VOIR PETROVA, IRINA.

Qu'est-ce que ça signifiait ? Millicent Holmes ne s'appelait pas réellement Millicent, mais Irina Petrova ?

Sa conversation avec Bogans revint à l'esprit de Priscilla. « Ah oui, notre mystérieuse gouvernante. – Vous parlez de Millicent Holmes ? – De celle qui *dit* s'appeler ainsi, oui. »

Elle passa dans une autre rangée d'étagères et trouva les dossiers en P. Il n'y en avait aucun pour une employée du nom de Petrova. Priscilla eut beau fouiller, elle ne trouva rien. Pas d'Irina.

Saisie par une brusque inspiration, elle s'avança encore pour chercher le dossier de Karl Steiner. Lui, il en avait un. Outre son passage à l'hôtel Goldener Hirsch de Salzbourg, il avait travaillé pendant deux ans à l'hôtel Adlon dans Berlin-Est. Il n'était apparemment pas marié. À Londres, il habitait au 183 Southwark Bridge Road, au sud de la Tamise.

Priscilla rangea le dossier de Karl, se dirigea vers la sortie et actionna la poignée de la porte. Celle-ci refusa de s'ouvrir. Harry avait enfermé Priscilla dans son bureau, et dès qu'il reviendrait de son déjeuner, elle pourrait dire adieu à son emploi au Savoy.

Il y avait un téléphone sur le bureau. Priscilla s'en approcha. Qui pourrait-elle bien appeler à l'aide ? Pas le major O'Hara, pour sûr. Il n'aurait été que trop ravi de la découvrir dans une pièce fermée à clé où elle n'aurait jamais dû se trouver. Percy ? Mais comment arriverait-il à temps, et qui lui donnerait la clé ?

Puis une idée lui traversa l'esprit – une idée folle qui n'avait aucune chance d'aboutir. D'un autre côté, elle n'avait pas le choix.

Priscilla décrocha le combiné et demanda qu'on lui passe la suite d'Eunice. Au bout de six sonneries, cette dernière répondit et demanda sur un ton irrité qui était au bout du fil.

– C'est Priscilla.

– Où êtes-vous ? Je dois partir à l'aéroport.

– Il y a un léger problème. Je suis dans un bureau au sous-sol. J'ai des ennuis, et vous seule pouvez m'aider.

– Moi ? Et que diable voulez-vous que je fasse ? s'impatienta Eunice.

– Il faut que vous trouviez une clé et que vous veniez me délivrer. Le plus vite possible.

– Vous ne pouvez pas demander ça à la réception ?

– Non, je ne peux pas, madame Kerry.

– Comment voulez-vous que je me procure une clé ?

– Il va falloir que vous trouviez un moyen toute seule, et que vous le trouviez rapidement. Je suis dans le bureau du directeur du personnel.

Le silence à l'autre bout de la ligne fut suivi par un soupir résigné.

– Vous êtes vraiment cinglée, hein ?

– Madame Kerry, je vous en prie…

– D'accord, je vais voir ce que je peux faire.

À peine dix minutes plus tard, on frappa à la porte, et la voix d'Eunice appela :

– Priscilla ? Vous êtes là ?

La jeune femme s'approcha en toute hâte.

– Je suis là. Vous pouvez m'ouvrir ?

– Attendez.

Elle entendit qu'on introduisait une clé dans la serrure. Puis une autre, et encore une autre. Eunice jura et en essaya une quatrième qui ne fonctionna pas. Enfin, à la cinquième tentative, la porte s'ouvrit sur Eunice, un trousseau de clés à la main. Elle sursauta quand Priscilla se jeta sur elle pour l'étreindre.

– Vous me sauvez la vie !

Alarmée, Eunice se dégagea.

– Attention, vous allez abîmer mon maquillage.

– Comment avez-vous fait pour vous procurer ces clés ?

– À votre avis ? Je suis allée voir mon gendre, ce grand distrait, et je lui ai dit que j'avais oublié mes lunettes de soleil dans un bureau du sous-sol en visitant l'hôtel. J'ai prétendu que je ne voulais pas déranger le personnel. Et comme je m'en doutais, il s'est contenté de me lancer son trousseau pour ne pas avoir à s'en occuper lui-même. Maintenant, vous pouvez m'expliquer ce que vous faites ici ?

– Disons, répondit Priscilla alors qu'elles sortaient toutes les deux du bureau, que moi aussi, j'ai mes petits secrets, et que vous devez me faire confiance.

Elle prit les clés des mains d'Eunice et vérifia que la porte était bien verrouillée.

– En parlant de secrets, je n'arrive pas à joindre

Enrique pour le prévenir que je m'en vais, se plaignit Eunice.

– C'est peut-être aussi bien.

Elle haussa les épaules.

– Je ne sais pas. Il me plaît beaucoup. Je sais bien que c'est un gigolo, et c'est à peine si je comprends ce qu'il raconte, mais il est assez charmant. Et une fois au lit…

Elle termina sa phrase avec un sourire entendu.

Alors qu'elles atteignaient le hall d'entrée, Priscilla aperçut Harry Higgins qui revenait de son déjeuner. Elle ne put s'empêcher de remarquer qu'un sourire béat flottait sur son visage.

– En fait, il est plutôt gentil, rapporta Susie lorsque Priscilla regagna la 205. Et puis, il m'a invitée à déjeuner.

– Un homme qui paye la note. On ne peut pas en demander beaucoup plus, acquiesça Priscilla.

Susie baissa la voix.

– Mais j'ai failli avoir une crise cardiaque quand il a insisté pour retourner chercher ses lunettes de lecture. Tu as trouvé ce que tu cherchais ?

– Pas vraiment. Le dossier a disparu.

– D'après Harry, la gestion de la paperasse est assez laxiste. La direction pense – à raison, j'imagine – que le Savoy est le plus bel hôtel d'Europe, et que par conséquent, il n'attire que des employés de premier choix. Mais Harry dit que parfois, il s'interroge.

De premier choix, comme une dénommée Irina Petrova qui se fait appeler Millicent Holmes ? songea Priscilla.

La sonnerie d'un de ses téléphones la fit sursauter.

Seigneur, qu'elle était nerveuse ! Il lui semblait que chaque coup de fil annonçait une catastrophe imminente. Elle fut soulagée de constater que, cette fois au moins, elle se trompait.

– C'est l'heure des Buck's Fizz, lança joyeusement la voix de Noël Coward.

– C'est vous, Noël, Dieu merci ! s'écria Priscilla.

– Bien, ma chère, je rentre juste de Sardaigne après l'enfer sur Terre qu'a été le tournage de *Boom !* Un petit conseil : n'allez jamais en Sardaigne. Ou du moins, pas avec les Burton.

– C'était donc si terrible ?

– Elizabeth et Richard semblent croire qu'un tournage n'est qu'une opportunité supplémentaire de boire et de manger au restaurant, en faisant parfois une apparition devant la caméra entre deux verres. Je les adore, sincèrement, mais leur façon de se comporter… Quand ils sont soûls, ils se disputent ; quand ils sont à jeun, ils se disputent. De temps en temps, ils s'interrompent pour proclamer leur amour éternel et passionné. Puis ils recommencent à se disputer. Le pauvre Joe Losey – le réalisateur. Ils l'ont rendu fou. Je crains que *Boom !* ne soit qu'un pétard mouillé.

– Le tournage est fini ?

– Hélas, non. Je redescends dans la mine d'ici une quinzaine de jours. Je dois dire que je suis assez brillant dans mon rôle, même si ça ne fera guère de différence. Mais assez parlé de mes aventures. Comment allez-vous, ma chère ?

– Je risque de perdre mon travail ; on a retrouvé un cadavre dans mon appartement, et la police pense que c'est moi qui ai fait le coup. À part ça, tout va bien.

– Franchement, Priscilla, on ne s'ennuie jamais avec vous. Un cadavre, vous dites ? Il me semble d'autant plus crucial qu'on aille boire un verre ensemble.

– Je dois accompagner quelqu'un à l'aéroport. Mais on peut se retrouver à l'American Bar à 19 heures, si vous voulez.

– Je vous attendrai avec un Buck's Fizz. Peut-être deux. Vous risquez d'en avoir besoin. Voyez-vous, j'ai une terrible confession à vous faire.

52

Des larmes d'adieu

– Il me semble que je devrais rester pour vous protéger, dit Eunice à Priscilla tandis que M. Bogans les conduisait à l'aéroport.

Malgré le ciel couvert, elle portait des lunettes de soleil qui la faisaient un petit peu ressembler à Jackie Kennedy.

– C'est très gentil de votre part, répondit Priscilla, mais ça va aller.

Elle se demanda si ce serait le cas.

– Je l'espère.

Eunice ôta ses lunettes pour braquer son regard sur Priscilla, et Jackie disparut.

– Mais écoutez-moi bien. Ce n'est pas facile pour vous dans cet hôtel, je le sais. Vous êtes une jeune femme qui lutte pour survivre dans un monde d'hommes. Vous avez besoin de quelqu'un comme moi pour protéger vos arrières.

– Et réciproquement, fit remarquer Priscilla.

Eunice eut un faible sourire.

– Je dois admettre que quand je viens à Londres, je semble avoir un flair très sûr pour me fourrer dans toutes sortes de guêpiers. Probablement à cause de mon envie irrépressible d'énerver ma fille. Je suis certaine que Daisee est ravie de se débarrasser de moi.

– Pour ce que ça vaut, madame Kerry, vous allez me manquer.

À la grande surprise de Priscilla, Eunice lui pressa la main.

– Je n'arrive pas à croire que je m'apprête à dire ça, lâcha-t-elle en secouant la tête, mais vous allez sans doute me manquer aussi, ma chérie. Au moins pendant quelques minutes.

Les deux femmes éclatèrent de rire. Eunice baissa les yeux vers sa main qui tenait toujours celle de Priscilla et la retira très vite.

– Mais qu'est-ce qui m'arrive, bon sang ?

– Un moment d'égarement, rien de plus, lui assura Priscilla.

– Pour l'amour du ciel, n'allez pas raconter ça à ma fille, dit Eunice en souriant.

Lorsqu'ils furent arrivés à Heathrow, M. Bogans s'occupa des bagages pendant que Priscilla accompagnait Eunice au comptoir d'enregistrement de la première classe de la Pan Am. Eunice s'arrêta au milieu du hall des départs, se tourna vers elle et la regarda avec intensité.

– Un conseil de la part d'une vieille dame… Disons, d'une dame plus *vieille* que vous.

– Volontiers, acquiesça Priscilla sans trop savoir à quoi s'attendre.

– Faites attention à vous, d'accord ? Je suis sérieuse. Je vous l'ai déjà dit : je vous aime bien, Priscilla. Mais je vous aime encore plus maintenant que nous avons passé du temps ensemble et que nous nous sommes protégées mutuellement. Vous êtes comme la fille que je n'ai certainement pas : intelligente, débrouillarde, mais aussi un peu imprudente.

– Je suis ravie que vous le pensiez, dit Priscilla, la gorge nouée par l'émotion. Sauf peut-être pour ce qui est de l'imprudence, ajouta-t-elle avec un sourire.

– C'est justement la partie qui me préoccupe, affirma Eunice. Je ne sais pas ce que vous trafiquiez au sous-sol tout à l'heure, mais soyez prudente. Ils vous ont déjà à l'œil – ma fille, surtout. Faites attention à Daisee : elle n'est pas votre amie.

– J'en suis navrée, répondit diplomatiquement Priscilla.

– Non, vous vous en fichez complètement, contra Eunice. En fait, vous brûlez sans doute d'envie de lui tordre le cou. Je sais que ce serait mon cas si j'étais à votre place. Mais étant donné qu'elle est ma fille et la femme de votre employeur, je suppose que nous sommes obligées de la laisser vivre.

Elles rirent de nouveau ensemble, et soudain, les yeux d'Eunice se remplirent de larmes.

– Je ne comprends pas ce qui m'arrive, dit-elle en remettant ses lunettes de soleil, faisant revenir Jackie O. Je deviens émotive. Ça ne me ressemble pas.

Puis Priscilla fondit en larmes, et les deux femmes s'étreignirent.

– Dieu merci, je retourne à New York, sanglota Eunice. Là-bas, il est interdit de pleurer. En revanche, se ronger les sangs est très à la mode. Donc, je m'inquiéterai pour vous.

– Ça va aller, je vous le promets, dit Priscilla d'une voix étranglée.

– Je l'espère, ma chérie, répondit Eunice avec beaucoup d'émotion. Je l'espère vraiment.

– Les adieux furent déchirants, à ce qu'on dirait, commenta Bogans avec une trace d'ironie dans la voix, à la vue des joues baignées de larmes de Priscilla.

– Difficile à croire, pas vrai ? lança Priscilla en tamponnant ses yeux rougis avec un mouchoir.

– Mme Kerry a causé beaucoup d'agitation par chez nous, c'est certain.

Cette fois, le chauffeur avait réussi à conserver une expression neutre.

– Vous faites allusion aux secrets du Savoy, monsieur Bogans ?

– Souvenez-vous de ce que je vous ai dit la dernière fois, Miss Tempest. Il n'y a pas de secrets au Savoy.

Ils remontèrent dans la Daimler et Bogans démarra.

– Et Karl Steiner ? demanda Priscilla.

Bogans manœuvrait pour s'insérer dans le flot de véhicules qui se dirigeaient vers la sortie de l'aéroport, mais il lui jeta un coup d'œil.

– Quoi, Karl ?

– Vous savez comment il a récolté un œil au beurre noir ?

– Si je devais commenter la chose, je supposerais que c'est le résultat d'une crise conjugale.

– Mais quel genre de crise conjugale ?

Bogans se concentra si bien sur la circulation que Priscilla crut qu'il n'allait pas lui répondre.

– Si je devais répondre à cette question, je suggérerais peut-être que le mari de Mme Holmes a découvert que Karl et elle font ensemble des choses qu'ils ne devraient pas faire. Son mari est ukrainien, un peuple apparemment peu porté sur l'indulgence en matière d'infidélité.

– Je vois, acquiesça Priscilla. Mme Holmes, qui s'appelle en réalité Irina Petrova.

– Je devrais reconnaître que oui, lâcha Bogans après une autre pause.

– Et comment se nomme son mari ?

– Grégoire, me semble-t-il.

– Comme Grégoire Balandin, le fournisseur de caviar du Savoy ?

– Disons plutôt qu'il travaille pour les gens qui fournissent son caviar au Savoy, corrigea Bogans. Et qu'ils n'embauchent pas beaucoup de braves types.

– J'en déduis donc que Grégoire n'est pas un gentil garçon ?

– Tout à fait. Demandez à Karl.

C'est peut-être bien ce que je vais faire, songea Priscilla.

53

Confession

Noël Coward était déjà assis à sa table habituelle quand Priscilla arriva à l'American Bar.

Le visage bronzé du dramaturge s'illumina à son approche.

– Vous voilà, ma chère. Comme promis, je vous ai commandé un Buck's Fizz.

– Vous m'avez manqué, Noël, dit Priscilla en s'asseyant près de lui. Je n'ai pas trouvé d'excuse pour boire un Buck's Fizz depuis votre départ.

– Seigneur ! Dans ce cas, je ne vous abandonnerai plus jamais.

– Enfin un homme sur qui je peux compter.

– Indubitablement, affirma Noël.

– Indubitablement, répéta Priscilla comme on lui apportait son cocktail. C'est rare d'entendre quelqu'un employer ce mot, et encore plus rare qu'il s'agisse d'un homme de confiance.

Ils trinquèrent ensemble. Puis un silence inhabituel s'installa entre eux tandis que Noël s'affairait à insérer une cigarette dans son fume-cigarette en ivoire.

– Vous avez parlé d'une confession, lui rappela Priscilla.

Noël fixa son fume-cigarette, les sourcils froncés.

– Vous savez, j'ai toujours cette chose à la main, et on m'a fait remarquer récemment que je l'utilisais comme un accessoire, une épée à brandir pendant que je me bats sur la scène de la vie.

Il détourna les yeux et poussa un soupir.

– Je m'interroge.

Il prit son verre et se tourna vers Priscilla avec un autre gros soupir.

– Mais, oui, une confession. Je crains justement que ça n'ait un rapport avec le sujet de la confiance.

Il s'interrompit le temps qu'un serveur se précipite pour allumer sa cigarette.

– Merci, c'est très aimable à vous.

Il tira une bouffée de tabac et souffla la fumée dans les airs.

– Vous voyez ? Parfois, c'est davantage qu'un simple accessoire. Parfois, j'ai réellement besoin d'une cigarette.

Il exhala un autre long filet de fumée.

– Priscilla, vous savez que je vous adore depuis le jour où j'ai fait irruption dans votre bureau en quête d'un stylo, et où vous m'avez prêté votre stylo-plume.

– En vous demandant de faire attention à la plume, se remémora Priscilla.

Noël eut un grand sourire.

– Je suis immédiatement tombé amoureux.

– Moi aussi.

Le dramaturge redevint sérieux. Il avait posé son fume-cigarette en travers d'un cendrier et apparemment oublié son Buck's Fizz.

– De ce fait, je culpabilise d'autant plus pour ce que je suis sur le point de vous avouer. Je crains de vous avoir trahie, Priscilla, et de n'avoir aucune excuse pour cela.

– Et comment auriez-vous fait ?

Priscilla se redressa. Un aveu de trahison de la part de Noël était bien la dernière chose à laquelle elle s'attendait.

– Il y a quelque temps, je me suis entretenu avec mon vieil ami Dickie Mountbatten, dit Noël comme s'il était en train de témoigner devant un tribunal. Et je lui ai transmis des informations que vous m'aviez révélées sous le sceau du secret, concernant des événements récents survenus au Savoy. Une fois au courant, Dickie m'a mis en relation avec un dénommé Peter Trueblood. Le commandant Peter Trueblood, pour être plus précis.

« Le commandant Blood, ainsi qu'on l'appelle, dirige un groupe d'agents surnommés les Walsingham, qui ont pour mission d'assurer la sécurité de la famille royale. D'après ce que j'ai compris, leur tâche principale consiste à étouffer dans l'œuf tout scandale potentiel. Ils passent sous les radars, principalement parce que les méthodes qu'ils emploient pour mener leur mission à bien sont parfois un peu extrêmes et s'affranchissent des contraintes de la loi. Quelles que soient les difficultés que vous avez rencontrées récemment, je crains que le commandant Blood n'en soit responsable, et que tout parte de ce que je lui ai raconté. Tout est de ma faute, et j'en suis vraiment désolé.

Noël s'interrompit pour prendre son verre et boire une longue gorgée.

– Voilà, ma chère. L'heure des confessions. J'ai vraiment honte de moi.

– Merci de m'en avoir parlé, dit Priscilla lentement, car elle ne savait pas de quelle façon réagir.

– Si ça peut vous consoler, ils voulaient que je vous soutire davantage d'informations. Par chance, j'ai pu m'enfuir en Sardaigne pour servir de nounou aux Burton ; il m'a donc été facile de fermer ma grande gueule et de ne rien leur dire d'autre.

– Parce que vous n'aviez rien pu apprendre d'autre.

Noël sourit.

– Précisément. Je suis globalement beaucoup moins dangereux quand je n'ai rien à dire.

– À un moment, j'étais certaine que ce groupe avait trempé dans les assassinats d'Amir Abrahim et de Bernard Bannister, lui confia Priscilla.

– Seigneur ! Si vous nourrissez ce genre de soupçon, pas étonnant que Blood et ses gars vous aient dans le collimateur.

– Mais à présent, je n'en suis plus si certaine.

– Vous avez d'autres suspects ?

– Oui.

– Vous voulez bien me dire qui ? demanda Noël.

Priscilla réfléchit, hésitant toujours sur la conduite à tenir.

– Ne vous vexez pas, Noël, mais pour le moment, vous êtes la dernière personne à qui je devrais faire des confidences.

– Je l'ai bien mérité, acquiesça doucement Noël.

Une fois de plus, il tenait élégamment son porte-cigarette entre deux doigts – l'indispensable accessoire était de retour.

Comme Priscilla l'espérait, Susie était déjà partie lorsqu'elle regagna la 205.

Elle s'assit à son bureau et se repassa sa conversation avec Noël Coward, tentant de se convaincre que son ami ne l'avait pas réellement trahie, mettant de côté la peine qu'elle éprouvait, décidant qu'elle gérerait son immense déception plus tard. Pour le moment, elle avait des problèmes plus urgents sur les bras.

Elle appuya sur le bouton Serveur.

De façon fort inhabituelle, Karl mit dix bonnes minutes à apparaître.

– Toutes mes excuses. J'étais sur le point de partir. Que puis-je vous apporter, Miss Tempest ?

Priscilla se leva de son bureau et alla fermer la porte. Puis elle se tourna vers Karl.

– Asseyez-vous, Karl. Je voudrais vous parler.

Le visage du serveur se ferma.

– Je n'ai pas beaucoup de temps. Vous êtes sûre que vous ne voulez rien boire ?

– Nous pouvons parler ici, ou bien je peux aller voir la police et leur raconter tout ce que je sais au sujet de Millicent Holmes, alias Irina Petrova.

La façade impénétrable de Karl se fissura légèrement. Très raide, il s'assit face à Priscilla.

– Parlez-moi de votre œil au beurre noir, réclama la jeune femme.

– En quoi cela vous intéresse-t-il ? demanda-t-il, nerveux.

– Ce qui m'intéresse, c'est l'homme qui vous l'a infligé. Le mari de Mme Holmes, Grégoire Balandin.

Karl se raidit encore davantage.

– Pourquoi pensez-vous que je sais quoi que ce soit à son sujet ?

– Parce que vous avez une liaison avec Mme Holmes.

– Ce n'est pas un sujet dont je souhaite discuter avec vous.

Il fit mine de se lever.

– Comme je vous l'ai dit, ou bien nous parlons ensemble, ou bien vous partez et je vais voir la police. À vous de choisir.

Il hésita avant de se laisser retomber sur sa chaise, l'air las.

– Que puis-je bien vous dire ? Cet homme est un salaud cruel, qui bat Millicent et la garde virtuellement prisonnière. J'ai tenté de la convaincre de le quitter, et il m'a fait savoir ce qu'il pensait de cette éventualité. Mais Grégoire réagit toujours ainsi quand il veut que les gens sachent ce qu'il pense.

– Vous le connaissez depuis longtemps ?

Hormis ses clignements d'yeux, Karl ne manifestait aucun signe d'émotion.

– Depuis l'hôtel Adlon, à Berlin-Est. Une grande partie de l'établissement originel a été détruite pendant la guerre. Mais après coup, les autorités est-allemandes ont autorisé la partie intacte de l'hôtel à rester ouverte. Grégoire était un de nos clients réguliers. Personne n'en était certain, mais on le soupçonnait de travailler pour les Soviets. On disait que s'ils avaient un sale boulot à faire, Grégoire était celui qui s'en chargeait. Tout le monde avait peur de lui.

– Puis il a débarqué à Londres.

Karl eut un léger hochement de tête.

– À ce moment-là, j'étais employé ici, au Savoy. Un poste merveilleux, auquel je tiens beaucoup et qui a changé ma vie. Et puis un jour, sans que je m'y attende, Grégoire est arrivé à l'hôtel. Il m'a dit qu'il connaissait certains détails sur ma vie à Berlin, des détails dont je ne souhaiterais pas que mes employeurs soient informés. En échange de son silence, il m'a demandé de trouver un emploi à sa femme au Savoy.

– Mme Holmes, qui se nomme en réalité Irina Petrova.

– Je lui ai fourni la recommandation nécessaire, et elle a été engagée comme femme de chambre. De manière assez ironique, elle s'est révélée une excellente employée et a très vite été promue au rang de gouvernante. Pendant ce temps, j'ai appris à la connaître, une chose en a entraîné une autre, et nous sommes tombés amoureux.

– Grégoire importe-t-il réellement du caviar ?

Karl réfléchit un instant et haussa les épaules.

– Apparemment. Mais vous pouvez être sûre que ce n'est pas la seule raison de sa présence à Londres.

– Quelle pourrait être son autre raison ?

– La même que d'habitude : faire le boulot que lui ont confié ses maîtres de Moscou.

– Si je voulais trouver Grégoire, ou devrais-je le chercher ?

– Vous ne voulez pas le trouver.

– Mais supposons que si.

– Une fois, j'ai entendu Millicent donner une adresse au téléphone, mais j'ignore si c'est la bonne.

– Quelle est cette adresse ?

– Vous êtes folle, Priscilla, protesta Karl avec une pointe d'angoisse dans la voix. Ne faites pas ça. Vous ne devriez pas vous approcher de lui.

– Dites-moi, insista la jeune femme.

54

Des coups de feu dans le noir

Plongée dans les ombres sinistres qui surplombaient la Tamise, la bâtisse de brique victorienne qui se dressait au bout d'une allée de gravier semblait déserte. Derrière le bâtiment, Priscilla apercevait une série de péniches amarrées contre la berge, le long d'un chemin de halage. Plus loin, un gros cargo baigné de lumière était entouré de grues géantes qui semblaient crever le velours du ciel.

Et maintenant ? se demanda Priscilla, plantée devant l'immeuble. C'était la bonne adresse, mais l'endroit paraissait abandonné. Ou bien Karl avait menti, ou bien il avait mal entendu. Décidant qu'elle devait s'en assurer, Priscilla prit une grande inspiration et gravit les quelques marches qui menaient à la double porte d'entrée, dont les vitres étaient couvertes de poussière. Elle essaya la poignée. Fermée à clé. Elle tenta de scruter l'intérieur mais ne put guère distinguer que le contour d'un escalier.

Priscilla rebroussa chemin vers l'allée de gravier. C'était une idée idiote. Elle devait vraiment avoir perdu la tête pour gâcher du temps à jouer les détectives amateurs. Globalement, elle gaspillait sa vie.

Une musique douce s'élevait d'une des péniches, portée par la brise nocturne. Un des occupants connaissait peut-être Grégoire. Faute d'autre piste, et commençant à croire qu'elle n'avait pas d'avenir, donc rien à perdre de toute façon, Priscilla se laissa entraîner dans la pente de la berge. Elle atteignit l'endroit où la péniche était amarrée. Ici, la musique était plus forte. De la lumière brillait dans la cabine ; au-delà, la Tamise n'était qu'un large ruban noir.

Priscilla réfléchit un moment puis grimpa sur le pont. Le mugissement d'une corne de brume au loin la fit frissonner tandis qu'elle se dirigeait vers la cabine sur la pointe des pieds. Par un hublot, elle vit une partie d'un salon éclairé par des lampes, mais apparemment désert. Elle s'approcha d'une écoutille. La musique s'était tue. Priscilla franchit l'écoutille et descendit dans la cabine.

Millicent Holmes dormait, son corps minuscule recroquevillé dans un fauteuil, comme si elle s'efforçait de disparaître. Près d'elle, une bouteille de vodka aux trois quarts vide reposait sur une table. L'aiguille d'un phonographe butait contre la fin du disque qu'elle venait de jouer. Priscilla souleva le bras, le remit en place et s'approcha du fauteuil.

– Madame Holmes ? Millicent ? appela-t-elle en la secouant doucement.

Au début, Millicent ne réagit pas. Puis elle redressa brusquement la tête et fit claquer ses lèvres. Ses yeux s'ouvrirent puis s'écarquillèrent sous l'effet de la peur quand elle reconnut celle qui venait de la réveiller.

– Miss Tempest, c'est vous ? demanda-t-elle lentement.

– Oui, madame Holmes.

– Qu'est-ce que vous faites là ?

Sa voix était faible et désorientée.

– Je m'inquiétais pour vous, répondit Priscilla sur un ton plein de sollicitude. Je suis venue voir si vous alliez bien.

– Vous vous inquiétiez pour moi ? (Cette idée parut effrayer Millicent.) Pourquoi ?

– Je crois que vous êtes en grand danger, à cause de ce que vous avez vu et fait.

– J'ignore de quoi vous parlez, chuchota-t-elle.

Elle se redressa dans le fauteuil, le regard flou, les doigts massant ses tempes.

– J'ai pris des cachets, je ne me sens pas bien…

– Laissez-moi vous aider, je vous en prie. Je sais que vous avez bien vu la princesse Margaret ce matin-là. Et ils le savent aussi. Mais pourquoi étiez-vous montée dans la suite d'Amir Abrahim en premier lieu ? Pour vérifier qu'il était bien mort ?

Millicent regarda autour d'elle sans comprendre. La présence de Priscilla la perturbait visiblement. Elle remua la tête et se dandina sur le fauteuil. Alors, Priscilla remarqua l'acier poli du pistolet enfoncé entre les coussins sur le côté du siège.

– Vous ne devriez pas être là, affirma Millicent d'une voix pâteuse. Il va revenir…

– Qui va revenir ? demanda Priscilla. Grégoire, votre mari ?

De plus en plus craintive et agitée, Millicent secoua la tête.

– Pas juste mon mari… Lui aussi…

– Qui ça, lui ?

– S'ils vous trouvent ici, ils vous… (Elle ne put achever sa phrase.) Vous devez partir.

– Je vous en prie, venez avec moi. Je veux vous mettre en sécurité pour que vous puissiez raconter ce qui s'est passé à la police.

– Je ne peux pas parler à la police… Ils le protègent…

– Qui protègent-ils, madame Holmes ?

– S'il vous plaît…

– Je vais vous emmener, d'accord ?

– Vous êtes folle… C'est de la folie…

Les protestations de Millicent parurent l'épuiser. Elle s'affaissa dans le fauteuil mais ne résista pas quand Priscilla la redressa et lutta pour la mettre debout. La jeune femme faisait de son mieux pour l'empêcher de tomber quand elle entendit l'écoutille s'ouvrir.

Millicent battit des paupières et hoqueta :

– Non…

Un homme grand et costaud avec une barbe noire, qui semblait avoir été taillé dans du granit, fit irruption dans la cabine.

La masse impressionnante de Grégoire Balandin semblait occuper tout l'espace. S'il existait quelqu'un à qui il suffisait d'apparaître pour inspirer la peur, c'était certainement lui.

– Que… Qu'est-ce qui se passe ici ? rugit-il.

Le visage irradiant l'agressivité, le prédateur reconnut sa proie.

– L'emmerdeuse du Savoy…

– Nous avons fait la promotion du caviar béluga ensemble, Grégoire. Vous ne vous en souvenez pas ?

Face au colosse, Priscilla s'exprimait d'une voix

anormalement forte et aiguë. Ce qui n'était pas du tout son intention.

– Bon sang, tonna Grégoire. Vous comptiez faire quoi exactement ?

– J'emmène Millicent avec moi, déclara Priscilla en feignant une bravoure qu'elle était loin de ressentir. Si vous avez deux sous de bon sens, vous ne m'en empêcherez pas.

Pour toute réponse, Grégoire poussa un rugissement de colère et chargea. D'un revers brutal, il projeta Priscilla dans le fauteuil. Millicent s'affaissa sur le sol avec un cri de détresse.

La pièce tournait autour de Priscilla, et un goût de sang lui emplissait la bouche. Quelque chose de dur et de métallique se pressa contre sa cuisse – le pistolet.

– Grégoire, ne fais pas ça, implora Millicent.

Avec un nouveau hurlement de rage, Grégoire se pencha et arracha Priscilla au fauteuil avec autant de difficulté qu'il en aurait fallu à une personne de corpulence ordinaire pour ramasser un livre.

Priscilla entendit vaguement Millicent protester :

– Grégoire, non !

Mais il ne l'écoutait pas. Il souleva Priscilla à bout de bras, puis la projeta à travers la cabine. La jeune femme heurta la cloison et tomba sur un buffet avant de s'écraser par terre. Le sang qui coulait d'une plaie sur son front brouilla sa vue tandis que Grégoire s'approchait d'un pas lourd.

– Pas juste une emmerdeuse… Une emmerdeuse idiote.

– Ils savent où je suis, parvint à bredouiller Priscilla. Ils vont venir vous arrêter.

– Une emmerdeuse idiote et une mauvaise menteuse, grogna Grégoire.

Il plongea.

La détonation résonna à travers la cabine. Grégoire s'arrêta, l'air soudain perplexe, comme s'il avait entendu un bruit mais ne parvenait pas à l'identifier.

Il était en train de pivoter pour en chercher la source quand un second coup de feu retentit. Ses traits devinrent flasques et il s'écroula par terre, révélant Millicent qui tenait encore le pistolet avec lequel elle venait de tirer deux fois.

Choquée, Priscilla fixa le corps de Grégoire. Millicent baissa son arme en sanglotant. Priscilla respira à fond en essayant de ne pas paniquer. Tout son corps lui faisait mal. Elle essuya le sang qui coulait de son front. Oui, c'était bien un cadavre qui gisait à ses pieds – celui d'un homme qui l'aurait peut-être tuée s'il n'était pas mort. Elle devait rester forte, ne pas se soucier de ses blessures et aider Millicent, la minuscule gouvernante qui venait juste d'abattre son mari.

– Venez, lui ordonna Priscilla à voix basse. Il faut filer d'ici.

Elle passa un bras autour de Millicent. Sans lâcher son pistolet, celle-ci se laissa entraîner. Priscilla lui fit contourner le corps de Grégoire, traverser la cabine et monter les marches. Alors qu'elles émergeaient sur le pont, un coup de tonnerre ébranla la nuit. Ensemble, les deux femmes descendirent de la péniche et longèrent lentement le chemin de halage. Priscilla boitait à cause de la douleur dans sa jambe. Le vent forcissait. Millicent marmonna quelque chose que Priscilla ne comprit pas. Elle la fit s'arrêter.

– Qu'y a-t-il, madame Holmes ? Que dites-vous ?

Le regard de Millicent était perdu dans le vide.

– Grégoire et lui, murmura-t-elle.

– Pardon ?

– Je ne savais pas… n'avais pas la moindre idée… de ce qu'il faisait… mais je lui ai obéi…

Elle articulait laborieusement et parlait si bas que Priscilla dut se pencher vers elle pour entendre ce qu'elle disait par-dessus le sifflement du vent.

– Vous parlez de Grégoire ?

Millicent opina.

– J'imagine que c'est lui qui a empoisonné le champagne. Mais comment ? Comment a-t-il fait ?

– Une seringue, il avait une seringue.

– Et il s'en est servi pour injecter la toxine à travers le bouchon ?

Millicent acquiesça vaguement.

– Il savait comment faire…

Elle s'écarta de Priscilla et se remit à marcher en titubant. La jeune femme n'eut pas d'autre choix que de la suivre tandis qu'elle gravissait la berge tel un petit fantôme, le vent agitant follement ses cheveux noirs qui s'étaient détachés.

Le tonnerre s'intensifiait. La pluie ne tarderait plus. La bâtisse de brique abandonnée au sommet de la pente semblait encore plus sinistre dans la maigre lueur de la lune. Soudain, la silhouette de Mark Ryde émergea de l'ombre. L'air d'abord stupéfait, il se ressaisit très vite pour adopter une expression neutre – prêt pour sa séance photo, comme toujours.

– Lui, articula péniblement Millicent. C'est lui qui a expliqué à Grégoire comment faire…

– Priscilla, lança Mark avec un mince sourire forcé. Vous surgissez toujours dans les endroits les plus inattendus.

– Je pourrais en dire autant de vous.

Priscilla pensa qu'il était bien meilleur acteur qu'elle : dans le rôle de l'espion cool et plein de ressources, il surpassait toutes ses propres tentatives d'afficher un calme olympien.

– Vous saignez, remarqua-t-il. Nous allons y remédier. Une fois de plus, il semble que j'arrive juste à temps pour vous sauver.

Millicent le foudroya du regard et tendit un doigt tremblant.

– C'est lui… il est du KGB… c'est sa faute…

Mark haussa les épaules face à cette accusation.

– Comme d'habitude à cette heure de la soirée, vous avez trop bu, Millicent, et vous racontez n'importe quoi.

Millicent secoua la tête avec véhémence.

– Il nous a dit qu'Amir Abrahim allait détruire le marché du caviar. Il a convaincu mon mari.

La haine, la colère ou le désespoir : quelle que soit l'émotion qui l'animait à présent, elle rendait ses propos plus cohérents.

– Il l'a convaincu… et mon mari avait ses méthodes pour me convaincre.

– Ridicule, dit Mark sans se troubler. Tuer quelqu'un pour du caviar, ça n'a pas de sens.

– Pas pour du caviar, pour des armes, répliqua Millicent. Si vous empêchiez Abrahim de vendre des armes à l'Est, les Soviets contrôlaient le marché.

– Sur ce point, vous n'avez pas tort, concéda Mark. Sans confesser quoi que ce soit, je dois dire que ça aurait été logique de se débarrasser de l'inefficace Amir et de sa famille pour laisser la place aux bonnes personnes, celles qui savent ce qu'elles font et sont capables d'exploiter un marché très lucratif en pleine expansion.

– Et vous représentez justement ces bonnes personnes, n'est-ce pas, Mark ? lança Priscilla.

– Il est vrai qu'il existe des avantages à jouer sur plusieurs tableaux dans ce genre d'affaires.

– Et Bernard Bannister ? Pourquoi l'avez-vous tué ?

– Alana couchait parfois avec lui. Je suppose que si quelqu'un devait avouer son meurtre, son mobile serait la jalousie… ainsi qu'une crainte grandissante que Bannister se montre trop bavard quant à certaines activités sur lesquelles il aurait mieux valu qu'il se montre discret. Malheureusement, sa mort a nourri les soupçons d'Alana. Là encore, si on était d'humeur à avouer des choses, on pourrait dire qu'il était devenu nécessaire de faire taire ses soupçons, si malheureux que ce fût.

– Ce dont vous vous êtes chargé après qu'elle s'est introduite chez moi par effraction.

– Vous supposez que c'est moi le coupable, dit Mark sans se départir de son impassibilité, tout au moins en apparence. Ce qui n'est pas nécessairement le cas, ajouta-t-il.

– Je crois que si, répliqua Priscilla, dont les simples soupçons venaient de céder la place à une certitude. Tout se goupillait à merveille. Vous avez tué Alana, et vous vous êtes esquivé à temps pour rejoindre la princesse Margaret et la raccompagner chez elle. Ainsi, c'est moi qui ai découvert Alana et qui ai été accusée du meurtre que vous aviez commis.

Mark eut un geste méprisant.

– Soyez sérieuse, Priscilla. Jamais ils ne vous auraient inculpée. Alana allait vous tuer. Je vous ai sauvée une fois de plus – tout en sachant que c'était une erreur, dois-je préciser.

Millicent se mit à pleurer brusquement, de gros sanglots désespérés. Sa main se tendit sous le clair de lune, et Priscilla vit trop tard la lueur métallique qui en émanait. Elle tenait toujours le pistolet.

– Salaud ! cria-t-elle.

Mark eut un mouvement de recul tandis qu'elle braquait son arme sur lui, le visage empourpré par la rage.

– Non ! cria Priscilla en se jetant sur Millicent pour la projeter à terre.

À quatre pattes, Priscilla tâtonna frénétiquement en quête du pistolet que Millicent avait lâché dans sa chute. Elle le trouva dans le gravier, et songea vaguement que c'était bien beau de l'avoir ramassé, mais qu'elle n'avait aucune idée de la façon de s'en servir. Néanmoins, elle se leva et, décidée à bluffer, le braqua vers Mark dans ses mains tremblantes.

Celui-ci ne se laissa pas impressionner.

– Qu'est-ce que vous comptez faire, Priscilla ? Me tirer dessus ?

Elle tenta de stabiliser l'arme tandis que Millicent continuait de sangloter à terre.

– Vous savez quoi ? lança Mark avec sa foutue nonchalance. Je crois que non.

– Vous vous trompez.

Comme toujours à son sujet, songea Priscilla. Il se méprenait sur elle depuis le début.

– Je ne pense pas.

– Je veux que vous restiez où vous êtes, ordonna-t-elle sur un ton qui se voulait autoritaire.

Mais qui n'y parvint pas. Elle n'avait aucune autorité. Pas face à quelqu'un d'aussi imperturbable que Mark Ryde.

Comme pour lui donner raison, celui-ci se détourna et commença à s'éloigner le long de l'allée de gravier.

– Mark Ryde ! s'époumona Priscilla dans son dos.

Mais il continua à marcher sans se presser, comme s'il avait l'habitude qu'on le tienne en joue avec une arme à feu. Et peut-être était-ce le cas. Peut-être connaissait-il suffisamment Priscilla pour savoir qu'elle ne tirerait pas. Qu'elle était faible, et lâche de surcroît.

Il se mit à pleuvoir. Le vent soufflait follement en direction de Priscilla, qui dut écarter les jambes pour ne pas perdre l'équilibre. Le pistolet tremblait dans ses mains. Elle envisagea d'appuyer sur la détente. Elle pouvait le faire. Un assassin s'enfuyait. Elle était capable de l'arrêter.

Priscilla hurla, de rage plus que pour n'importe quelle autre raison. Ses yeux étaient pleins de larmes.

Puis la nuit pluvieuse engloutit Mark, et il fut trop tard pour faire ce qu'elle n'aurait probablement jamais pu se résoudre à faire, faible comme elle l'était. Avec un gros soupir, Priscilla laissa tomber le pistolet.

– Il nous aurait tuées, bredouilla Millicent en se levant, chancelante. Il nous aurait tuées toutes les deux…

Seuls ses sanglots résonnaient dans le silence retombé sur un monde qui semblait s'être figé, tandis que la lune disparaissait derrière de gros nuages et que la pluie redoublait d'intensité. Priscilla s'examina, couverte de son propre sang. Millicent avait-elle raison ?

Mark aurait-il été capable de la tuer ? Peut-être. Ou peut-être qu'il avait réellement tenté de la sauver, mais que ça n'avait pas marché.

Au final, elle avait dû se sauver toute seule.

55

Derniers détails

Comme toujours, le hall d'entrée était animé par le ballet fascinant des riches et des privilégiés qui allaient et venaient, si bien mis, si débordants d'assurance – tellement à l'aise dans leur rôle. Aux yeux de Priscilla, qui observait leur parade tout en se traînant misérablement vers le bureau du directeur, ils avaient l'air très guilleret tandis qu'ils s'enregistraient à l'accueil pour être choyés par les mille cinq cents employés chargés d'exaucer tous leurs désirs. Ils allaient faire des réservations pour dîner au Grill après l'opéra, ou assister à la revue de cabaret au Restaurant dont le saumon fumé écossais, le magret de canard et les palourdes du Pacifique les faisaient saliver d'avance, ou encore donner rendez-vous à des amis pour prendre l'apéritif dans le cadre élégant de l'American Bar.

La vie au Savoy se poursuivrait comme elle l'avait toujours fait, dans cette bulle luxueuse à l'abri des soucis et des conflits du monde. Elle ne s'interromprait pas pour remarquer la silhouette solitaire en minijupe qui gravissait l'escalier, en route vers… quoi ? Étant donné les derniers événements, peut-être une vie en prison, comme Priscilla l'avait expliqué à Susie. Mais d'abord, avant de lui passer les fers, on procéderait au licenciement rituel – nécessaire, supposait-elle, dans l'intérêt de la réputation du Savoy.

Tandis qu'elle marchait probablement vers l'échafaud, Priscilla songea au jour où elle pourrait prétendre à la même félicité que les riches clients de l'hôtel. Lui suffirait-il pour cela de séjourner au Savoy ? Elle en doutait. Peut-être pourrait-elle se la faire livrer par un coursier, qui en profiterait pour emporter ses mauvais souvenirs – dont l'image de Mark Ryde s'éloignant dans la nuit pluvieuse de son pas plein d'assurance et d'elle restant plantée là, en sang, trempée jusqu'aux os et incapable de l'arrêter. Mais jusqu'ici, personne ne s'était donné la peine de la débarrasser de ses ténèbres pour faire de la place pour sa félicité. *Morosité et pessimisme*, songea Priscilla, mélancolique. Voilà tout ce qui l'attendait. Sans parler du chômage.

– Vous pouvez y aller, lança El Sid d'une voix pareille au son du glas.

Priscilla s'arrêta devant la porte du bureau de Banville, déglutit péniblement puis saisit la poignée et marcha vers sa perte.

Le directeur, qui faisait face à l'une des grandes fenêtres laissant entrer une lumière hésitante, se retourna brusquement vers elle. Un grand gentleman maigre comme un clou, au visage en lame de couteau, se tenait près de lui.

– Ah, vous voilà, Miss Tempest, lança Banville d'une voix curieusement peu hostile étant donné les circonstances. Comment allons-nous ?

– Nous nous remettons peu à peu, dit Priscilla – la meilleure réponse qu'elle avait trouvée.

– Une petite plaie sur le front, à ce que je vois. Mais on dirait qu'elle cicatrise bien.

– En effet, monsieur. Merci.

– Après les épreuves que vous avez traversées, je dois dire que vous semblez plutôt en forme. Et vous voici de retour au travail comme un bon petit soldat, n'est-ce pas ?

– Absolument, monsieur.

– Je vous ai fait venir aujourd'hui parce que j'aimerais vous présenter le commandant Peter Trueblood.

Celui-ci serra gravement la main de Priscilla.

– Bonjour, Miss Tempest.

La jeune femme nota qu'il s'était bien gardé de dire qu'il était enchanté de faire sa connaissance. Tout de même, elle se trouvait enfin en présence du célèbre commandant Blood.

– Le commandant Trueblood est venu ici parce qu'il aimerait vous parler, reprit Banville.

Il fit un signe de tête à son hôte.

– Je vous laisse tous les deux.

Il se faufila hors de son bureau et referma la porte derrière lui. Un silence gêné enveloppa brièvement Priscilla et Trueblood.

– Je vous en prie, asseyez-vous, Miss Tempest, dit ce dernier en désignant le canapé et les fauteuils au fond de la pièce – un *no woman's land* dans lequel Priscilla n'avait encore jamais été invitée à s'asseoir.

– Si ça ne vous fait rien, je préférerais rester debout, commandant, répondit Priscilla.

Sur mes jambes tremblantes, songea-t-elle, faisant un

gros effort pour maîtriser son pouls dont elle craignait qu'il ne brise du verre – ou pire, ne trahisse sa nervosité.

– Très bien, Miss Tempest. Tout d'abord, je dois vous dire que…

– Je sais qui vous êtes, commandant. Vous dirigez les Walsingham.

Trueblood marqua une pause.

– Ce n'est pas un nom que j'apprécie particulièrement. Néanmoins…

– Vous n'appréciez sans doute pas non plus qu'on vous surnomme commandant Blood, coupa Priscilla en se disant qu'au point où elle en était, elle n'avait plus rien à perdre.

Trueblood eut un faible sourire.

– Vous essayez de m'énerver, Miss Tempest. Autant vous dire que ça n'est pas nécessaire.

– Vraiment ?

– Il nous sera impossible de le reconnaître publiquement, mais le palais de Buckingham a une dette envers vous.

Priscilla avait du mal à en croire ses oreilles.

– Vraiment ? répéta-t-elle.

– Si vous n'aviez pas découvert la vérité au sujet des meurtres du Savoy, des accusations et des soupçons auraient peut-être continué à planer au-dessus de la famille royale.

– Tout à fait, acquiesça vivement Priscilla qui commençait à réaliser que la hache du bourreau n'allait peut-être pas s'abattre sur son cou en fin de compte. Apparemment, Scotland Yard préférait protéger la famille en question, quitte à refuser d'admettre l'existence même d'un crime. De plus, Millicent Holmes avait dit la vérité : elle avait bien vu la princesse Margaret dans le couloir de la suite d'Amir Abrahim. Vous saviez que Son Altesse avait une liaison avec lui, et vous, commandant, aviez déjà dû le menacer, puisqu'il craignait d'être assassiné.

– C'est ridicule, affirma le commandant Trueblood.

– Cependant, c'est ce qu'il pensait. Et il y croyait suffisamment pour me dire qu'il craignait pour sa vie le soir où il a été empoisonné.

Trueblood recula de deux pas comme pour mieux jauger Priscilla.

– Visiblement, vous n'êtes pas une idiote, Miss Tempest. Il semble que la police et vos employeurs vous aient largement sous-estimée.

– Je pense qu'aujourd'hui, vous connaissez la véritable identité de Mark Ryde, poursuivit Priscilla, le fait qu'il travaillait pour le KGB et que c'est lui qui a orchestré la mort d'Amir Abrahim ainsi que celle de Bernard Bannister. Vous avez dû apprendre qu'il est également responsable du meurtre d'Alana Wynter, qui travaillait pour vous au sein des Walsingham. Il me l'a quasiment avoué. Pourtant, vous laissez les soupçons planer sur moi, et je continue à craindre d'être arrêtée et inculpée de ce crime d'un instant à l'autre.

– C'est justement ce dont je souhaitais m'entretenir avec vous aujourd'hui, contra aimablement le commandant Trueblood. J'ai parlé à l'inspecteur principal Robert Lightfoot de Scotland Yard, et il est d'accord avec moi sur le fait qu'aucun chef d'accusation ne doit être retenu contre vous.

– Vous m'en voyez très reconnaissante, dit Priscilla avec un mélange de surprise et de soulagement.

Des hommes puissants au visage dur et à l'expression impitoyable n'avaient pas eu d'autre choix que de l'écouter, elle. *Stupéfiant*, songea-t-elle.

– Toutefois, poursuivit-elle, ça ne répond pas à la question de ce qui est arrivé à l'homme que nous savons tous deux être responsable du meurtre d'Alana. Mark Ryde semble s'être volatilisé, purement et simplement.

Elle sentit Trueblood se raidir et l'entendit répondre sur un ton défensif :

– Au vu des circonstances, le gouvernement a décidé d'invoquer la loi sur les secrets d'État, ce qui signifie…

– Ce qui signifie, coupa Priscilla, que vous avez interrompu l'enquête sur la mort d'Alana, sans parler des recherches sur la véritable identité de Mark Ryde.

– Une chasse à l'homme est en cours à travers l'Europe. Tôt ou tard, Ryde sera amené devant la justice.

– À moins qu'il ne soit déjà en sécurité à Moscou, comme je le soupçonne.

– Quoi qu'il en soit, Mme Holmes – ou Irina Petrova, pour employer son vrai nom – a coopéré avec l'inspecteur Lightfoot et lui a fourni des aveux complets. C'est son mari qui a empoisonné Amir Abrahim, non parce qu'il représentait une menace envers la monarchie ou parce qu'il menaçait d'importer du caviar Payusnaya d'Espagne, même si le meurtre devait en donner l'impression.

De nouveau, Priscilla se sentit suffisamment en confiance pour passer à l'attaque.

– Mme Holmes m'a dit que le véritable mobile du crime, c'est que les Russes avaient décidé d'éliminer un concurrent gênant dans le trafic d'armes international. C'est Mark Ryde qui a recruté Grégoire Balandin pour l'aider à empoisonner sa cible.

– Naturellement, je ne puis confirmer vos suppositions, Miss Tempest.

– Vous n'en avez pas besoin.

– Quoi qu'il en soit, reprit Trueblood qui se trouvait à présent en terrain plus solide, je puis vous annoncer que la toxine employée est simplement connue sous l'appellation A-232.

– Je le savais, contra Priscilla. En fait, la presse en a déjà parlé.

– Vous le soupçonniez seulement, répliqua Trueblood. C'est désormais confirmé. Le A-232 est produit près de Moscou, dans un lieu du nom de Krasnoarmeysk. Mes amis du MI5 me disent que la police secrète russe, le KGB, est impliquée dans sa fabrication. Sous sa forme liquide, il est facile d'en introduire une quantité minuscule dans une bouteille, disons, de champagne à l'aide d'une seringue.

– Voilà comment Grégoire a empoisonné Amir.

– Tout à fait. C'est un poison mortel. La mort survient assez vite, et sans cause apparente. Le duo Mark Ryde-Grégoire Balandin est passé à un cheveu de s'en tirer.

– Et Mme Holmes ?

– La police et le MI5 s'efforcent de déterminer son implication dans cette affaire.

– Ce que vous venez de me raconter… C'est la version officielle ?

– Oui.

– Je vois. Et pour Bernard Bannister ?

– Le médecin légiste a établi qu'il était mort d'une crise cardiaque. Aucune trace de toxine n'a été détectée dans son corps.

– Sans ça, on pourrait croire qu'il a été empoisonné par un agent du KGB jaloux.

– À la connaissance de Scotland Yard, Mark Ryde n'a rien à voir avec ce meurtre. L'affaire est close.

– Rien de tout cela n'est satisfaisant de mon point de vue, déclara Priscilla.

Immédiatement, elle sentit qu'elle avait peut-être poussé le bouchon un ou deux mètres plus loin que ce que Trueblood était prêt à tolérer.

– Peu importe que vous soyez satisfaite ou non, Miss Tempest, répliqua-t-il avec mauvaise humeur. C'est comme ça.

Puis il se radoucit légèrement.

– Si ça peut vous consoler, je me suis entretenu avec M. Banville et lui ai fait savoir combien le palais de Buckingham vous était reconnaissant pour votre assistance. Il m'a assuré que vous aviez son soutien total, et qu'il sera ravi que vous continuiez à gérer le bureau de presse du Savoy.

– En d'autres termes, résuma Priscilla, ravalant sa colère grandissante, je peux garder mon travail à condition de garder aussi le silence.

– J'imagine que votre travail nécessite une certaine discrétion, nécessaire pour préserver la dignité et la réputation de cet hôtel, acquiesça Trueblood.

Et il se détourna pour partir.

– Vous n'avez pas fini d'entendre parler de moi, lança Priscilla.

– Oh, je crois que si, Miss Tempest.

– Ne pariez pas là-dessus.
– Bonne journée, Miss Tempest.
Priscilla décela-t-elle un léger soupçon d'inquiétude sur le visage sévère du commandant Blood tandis qu'il sortait ?
Elle se plut à croire que oui.

56

Un baiser

– Alors, tu travailles toujours ici ? demanda Susie, ses grands yeux débordant d'un mélange de crainte et d'espoir, lorsque Priscilla regagna la 205.

Priscilla regarda ostensiblement autour d'elle, puis se pencha par-dessus le bureau de sa collègue pour lui chuchoter à l'oreille :

– Nous travaillons toujours ici. Du moins, jusqu'à la fin de la journée. Le cauchemar est fini… pour le moment.

Susie parut soulagée.

– Dieu merci !

Puis elle redevint sérieuse.

– Mais le cauchemar recommencera. Ce n'est qu'une question de temps, j'en suis sûre. Au fait, en parlant de cauchemars, Percy Hoskins t'a appelée.

– Qu'est-ce qu'il veut encore ?

– Il m'a dit de te dire de le rejoindre à l'endroit habituel à 13 heures. Tu veux savoir ce que je pense ?

– Pas si ça a un rapport avec Percy.

– Je pense qu'il est amoureux de toi.

Priscilla s'efforça de prendre un air détaché.

– Je doute que Percy soit capable d'aimer quelqu'un d'autre que lui-même.

– 1 heure, à l'endroit habituel, répéta Susie. Où que ça puisse être.

Dommage, songea Priscilla. Endroit habituel ou non, elle n'irait pas au rendez-vous. Elle en avait assez de Percy Hoskins et de ses semblables – des hommes en général, après ce qu'elle venait de vivre.

Elle en avait fini avec eux, point. Sa décision était prise.

– Je ne suis pas là, dit Priscilla en s'asseyant près de Percy dans les jardins de Victoria Embankment. Il se trouve simplement que je passais dans le coin, ajouta-t-elle.

Percy garda le regard fixé sur la tête en bronze de Henry Fawcett et ne répondit pas. Au bout d'un moment, Priscilla ne put s'empêcher de lui jeter un coup d'œil. Elle remarqua que ce jour-là, il avait choisi de promener un rasoir autour de son menton, et qu'un peigne s'était frayé un chemin à travers sa tignasse rebelle.

– Je vais lancer une pétition pour faire retirer ce mémorial, lâcha enfin Percy.

– Tu m'as entendue ? insista Priscilla. Je ne suis pas là. C'est juste que je passais dans le coin.

Percy l'ignora.

– C'était un homme si bon. Voilà pourquoi je veux qu'on l'enlève d'ici. Il était trop pur pour ce monde horrible. Je ne veux pas qu'il voie toutes les choses affreuses qui se passent autour de lui.

– Puis-je te rappeler que Henry était aveugle, et que donc, il ne voyait rien du tout ? suggéra Priscilla en se radossant au banc.

Le soleil était de sortie. Les amateurs de bronzage se

prélassaient à nouveau sur la pelouse, et malgré elle, Priscilla se sentait bien à côté de Percy.

– Eh oui, forcément, acquiesça Percy avec tristesse. Le dernier homme bon était aveugle. Quelle insupportable ironie.

Il leva les yeux vers le mémorial.

– Désolé, Henry. Je vais vous laisser là où vous êtes. Contentez-vous de vous réjouir de ne rien y voir.

– Tu as l'air bien déprimé, commenta Priscilla sur un ton plus compatissant qu'elle ne l'aurait voulu.

– C'est parce que la femme que j'adore a traversé l'enfer récemment. Je brûle de lui dire que c'est une héroïne et qu'elle ne doit pas se laisser abattre parce qu'elle a fait ce qu'il fallait alors que tant d'autres se sont abstenus... mais je ne peux pas, car elle refuse de me rappeler.

– J'en parlerai à Susie. Elle a été assez occupée ces derniers temps, mais ça commence à se tasser. Je suis sûre qu'elle finira par te rappeler.

– Ha ha !, lâcha Percy sur un ton lugubre. Tu sais parfaitement bien que c'est toi que j'adore. Et à qui je téléphone.

– Susie pense que tu es amoureux de moi.

Rejette la faute sur elle, c'est plus sûr, se dit Priscilla.

– Je n'irais peut-être pas jusque-là.

– Non ? Jusqu'où tu irais ?

– Pour l'instant, je m'arrêterai à « je t'adore ». Jusqu'à ce que tu te décides à me rappeler.

– Moi aussi, j'ai été très occupée ces derniers temps.

C'était bien le moins qu'on pouvait dire.

– C'est ce que j'ai cru comprendre. D'après mes sources à Scotland Yard, Bulldozer Lightfoot avait hâte de te coffrer pour meurtre. Et soudain, la nouvelle est tombée depuis les hautes sphères qu'il ne devait pas te toucher. Que s'est-il passé ?

– Eh bien, pour commencer, je n'ai tué personne. Ça a dû aider.

– Certes, mais l'innocence n'a jamais arrêté nos braves petits gars de Scotland Yard.

– Le fait est que je ne peux rien te dire.

– Ah, pourquoi ?

Priscilla baissa la voix et se pencha vers Percy.

– À cause de la loi sur les secrets d'État.

– Tu plaisantes ?

– Non. Mais toi, rien ne t'empêche de parler.

– Malheureusement, si.

– Tu te moques de moi. Qu'est-ce qui pourrait bien te retenir ?

– Des gens puissants qui font pression sur mes supérieurs, toujours très désireux de satisfaire leurs maîtres.

– Je suis vraiment désolée, Percy.

– Hé, tu vas bien, et d'après ce que j'ai pu découvrir, tu as forcé les Hommes en Gris qui nous dirigent à affronter la réalité des meurtres au Savoy, puis tu as découvert le véritable assassin. Pas mal pour une môme qui bosse au bureau de presse.

– Je ne suis pas une môme, Percy.

Il avait un don remarquable pour lui taper sur les nerfs.

– Pardon : pour une jeune femme remarquablement séduisante et intelligente qui bosse au bureau de presse.

– C'est mieux, même si je ne suis pas certaine qu'avoir élucidé un crime au Savoy me rapporte grand-chose… hormis le fait de conserver mon emploi jusqu'à nouvel ordre.

– Et je n'en ai pas terminé, ajouta Percy. Je cherche des moyens de révéler une partie de ce qui s'est passé dans le journal. On verra.

– Tant que tu ne me mentionnes pas. J'ai déjà assez d'ennuis comme ça. Évidemment, chaque fois que je dis ça, je réussis à m'en attirer davantage.

– Tu sais quoi ? Je m'abstiendrai de te mentionner à condition que tu acceptes de dîner avec moi.

– Encore du chantage.

– Je n'appellerais pas exactement ça du chantage.

– Non ? Tu appellerais ça comment, alors ?

– Je dirais que je te propose un rendez-vous.

Priscilla se leva.

– Je vais réfléchir.

Percy se mit debout face à elle.

– Ne réfléchis pas trop longtemps.

Et il l'embrassa à pleine bouche. Au bout d'un long moment, elle se força à s'écarter de lui.

– C'est la deuxième fois que tu m'embrasses, fit-elle remarquer.

– Tu comptes ?

– Oui.

– Et tu ne trouves pas que c'était encore mieux cette fois ?

– Je n'en suis pas certaine.

– Non ?

– Je vais avoir besoin d'être convaincue.

Cette fois, ce fut Priscilla qui embrassa Percy. Et elle prit tout son temps : après tout, ce n'était pas comme si Henry Fawcett pouvait voir ce qu'elle faisait.

57

Un amour éternel

Le téléphone sonnait quand Priscilla pénétra dans la 205. D'un autre côté, le téléphone était toujours en train de sonner au bureau de presse ; tout le monde réclamait de l'attention. Susie n'était nulle part en vue, et Priscilla ne se sentait pas d'humeur à s'occuper de qui que ce soit. Mais mue par son professionnalisme inné, elle finit par décrocher.

– C'est l'heure des Buck's Fizz, ma chère ! Du moins, si vous consentez encore à me fréquenter, ajouta Noël Coward d'une voix douce et plaintive.

Priscilla ne put réprimer un sourire.

– Vous êtes à l'American Bar ?

– Et je vous attends, mon unique adorée.

– J'arrive tout de suite.

Comme d'habitude, le bar était bondé à l'heure des cocktails. Une fois de plus, l'air vibrait d'excitation, et ça ne pouvait signifier qu'une chose : Elizabeth Taylor et Richard Burton, tous les deux extrêmement bronzés par le soleil de Sardaigne, étaient revenus au Savoy pour y tenir leur cour avec Noël Coward.

Celui-ci se leva d'un bond pour étreindre Priscilla d'un air soulagé.

– C'est si bon de vous voir, dit-il avec une sincérité inhabituelle. Bien entendu, vous vous souvenez d'Elizabeth et Richard. Notre heureux couple s'est échappé de Sardaigne pour quelques jours de repos et de divertissement.

Elizabeth tendit la main à Priscilla et lui décocha un sourire de bienvenue.

– Ravie de vous revoir, Priscilla. Noël me dit que vous venez de traverser des moments difficiles.

– Des moments difficiles ? intervint Richard. Je vais te dire ce que c'est, un moment difficile : celui où tu te tiens au bord d'une falaise dans un vent déchaîné, vêtu d'une longue robe noire, et où tu dois marmonner des dialogues ineptes de Tennessee Williams en te demandant ce que tu as fait de ta vie.

– Si tu trouves *Boom !* mauvais, mon cher, je vais organiser une projection de *La Tunique*. Tu t'en souviens sûrement : c'est le film où tu montes au ciel avec Jean Simmons parce que vous croyez tous les deux en Jésus. Mais vu ce que vous fricotiez ensemble, Jésus n'avait pas grand-chose à voir avec votre mine radieuse.

– Ah, ma douce, dans ce cas, autorise-moi à riposter avec *La Vénus au vison*, dans lequel tu joues une prostituée très attirante dans sa nuisette. Mais qui ne va pas au paradis.

– Richard et Elizabeth ont malheureusement pris

quelques Buck's Fizz d'avance, expliqua Noël en faisant asseoir Priscilla.

Un serveur déposa promptement une coupe de champagne devant elle.

– Juste à temps, dit la jeune femme en levant son verre.

L'air ébloui, Richard se pencha en avant pour l'examiner de plus près.

– Vous êtes vraiment une beauté, dans le genre garçonne. Je parie que vous vous étiolez, ici au Savoy. Pourquoi ne nous sommes-nous jamais rencontrés ?

– Espèce d'idiot ! dit Elizabeth. Tu ne te souviens pas ? Tu as juré un amour éternel à cette femme. Tu voulais me quitter et t'enfuir avec elle.

– C'est précisément ce que j'ai l'intention de faire, affirma Richard.

Il jeta à Priscilla un regard flou d'adoration.

– Faites vos bagages, ma chérie. Je vous rejoins dans le hall, et on met les voiles.

– Bon débarras, lâcha Elizabeth.

– Je te manquerai, ma puce, lui dit Richard. Mais c'est trop tard, je m'en vais nager dans le bonheur avec…

Il s'interrompit et se tourna vers Priscilla.

– Comment vous appelez-vous, ma chérie ?

Tout le monde éclata de rire, et l'atmosphère chaleureuse d'une fin d'après-midi passée à bavarder à l'American Bar du Savoy les enveloppa.

ÉPILOGUE

Nos clients du Savoy

Suite à sa performance dans *Rigoletto* à Londres, le signor Luciano Pavarotti connut une immense gloire internationale. Le Roi des Ténors, ainsi qu'on le surnommait, vendit plus de cent millions de disques. Sa dernière représentation en public eut lieu en 2006, lorsqu'il interpréta « Nessun dorma » pendant les Jeux olympiques d'hiver de Turin. Il mourut d'un cancer du pancréas en 2007, à l'âge de soixante et onze ans.

Même si sa carrière cinématographique s'acheva en 1972 alors qu'il avait tourné cinquante-quatre films, M. Leslie Townes (Bob) Hope demeura l'humoriste préféré des Américains durant toutes les années 1970, et ce malgré son soutien controversé à l'intervention militaire des États-Unis au Viêt Nam. Chacune de ses émissions spéciales sur NBC connut un énorme succès d'audience, et il continua à tourner infatigablement à l'étranger pour divertir les troupes américaines. Il fit sa dernière apparition à la télévision en 1996 puis, alors qu'il perdait la vue, annonça en 1997 qu'il se retirait de la vie publique. Il mourut d'une pneumonie en 2003, à l'âge de cent ans.

Noël Coward fut enfin fait chevalier en 1970. Même s'il avait alors renoncé à écrire des pièces et des comédies musicales, sa célébrité était à son apogée grâce aux revues et aux reprises de ses œuvres les plus populaires. Le *New Statesman* le qualifia de « grand homme du théâtre britannique ». Toutefois, quelques années plus tard, il fut assailli par divers problèmes de santé et troubles de la mémoire. Il mourut d'une crise cardiaque en 1973 dans sa maison de Jamaïque, à l'âge de soixante-treize ans.

Comme le soupçonnaient Miss Elizabeth Taylor et M. Richard Burton, *Boom !* fut à sa sortie un échec colossal, aussi bien du point de vue critique que commercial. Même si M. Burton connut encore quelques succès commerciaux par la suite (*Quand les aigles attaquent*, *Anne des mille jours*, *Les Oies sauvages*), le pouvoir du couple sur le box-office commença à s'estomper après *Boom* ! The Battling Burtons (les Belliqueux Burton), ainsi qu'on les surnomma, divorcèrent en 1974, se remarièrent seize mois plus tard et divorcèrent de nouveau en 1976. M. Burton fut victime d'une crise cardiaque et mourut en 1984 à son domicile de Céligny, en Suisse, à l'âge de cinquante-huit ans. À l'âge de soixante-dix-neuf ans, après avoir vaincu diverses maladies et être devenue milliardaire – grâce non pas à ses films, mais à son parfum signature appelé *White Diamonds* – Miss Taylor finit par succomber à une insuffisance cardiaque à Los Angeles, en 2011.

Même si S.A.R. la princesse Margaret épousa M. Anthony Armstrong-Jones (qui devint plus tard comte de Snowdon) en 1960, peu de temps s'écoula avant que des rumeurs commencent à circuler sur ses différentes liaisons – et celles de son époux. Parmi les amants qu'on lui prête : M. Mick Jagger, M. Peter Sellers, M. David Niven et M. Warren Beatty, ainsi que le moins célèbre M. Roddy Llewellyn. Lord Snowdon et elle finirent par divorcer en 1978. Grosse fumeuse et grande buveuse, S.A.R. la princesse Margaret fit un AVC en 2002 et mourut trois jours plus tard à l'âge de soixante et onze ans.

La collaboration de Lord Louis Mountbatten avec les Walsingham, au palais de Buckingham en 1968, ne fut pas la seule intrigue à laquelle il se retrouva mêlé. La même année, on présuma qu'il avait pris part à un complot visant à renverser le gouvernement travailliste agité de M. Harold Wilson. La reine en personne dut soi-disant intervenir pour mettre un terme à son implication. En 1979, à l'âge de soixante-dix-neuf ans, Lord Mountbatten fut tué quand l'Armée républicaine irlandaise fit exploser une bombe dans son bateau de pêche au moment où celui-ci quittait le port du village irlandais de Mullaghmore.

La chasse au double agent soviétique Mark Ryde se poursuivit à travers plusieurs continents. Toutefois, les efforts des autorités n'ont pas encore permis de le capturer. En privé, les agents du MI5 comme du MI6 racontent que M. Ryde s'est réfugié à Moscou, dans les bras accueillants de ses maîtres du KGB. Mais ils gardent l'œil ouvert, craignant de n'avoir pas fini d'entendre parler de lui. Selon des sources sûres, la princesse Margaret n'a jamais été informée qu'elle entretenait une liaison avec un espion russe.

Depuis son appartement de Park Avenue, à New York, Mme Eunice Kerry continua à irriter joyeusement sa fille Daisee en insinuant qu'elle allait très bientôt revenir à Londres. Jusqu'ici, elle n'a pas mis ses menaces à exécution, sans doute parce qu'elle est trop occupée par un séduisant jeune Italien du nom d'Antonio, qui affirme être mannequin. Mme Kerry a choisi de le croire et de ne pas poser de questions – elle ne lui a même pas demandé pourquoi il n'était pas capable de payer son propre loyer.

Quant à Miss Priscilla Tempest, l'honnêteté nous oblige à avouer que la hiérarchie du Savoy continue à la tenir à l'œil. Par ailleurs, de façon assez peu surprenante, sa vie amoureuse demeure le sujet de maintes rumeurs et la cause de maints sourcils levés. Il y aurait apparemment d'autres aventures à raconter si elles n'étaient pas, pour le moment, soumises aux restrictions prévues par la loi sur les secrets d'État. À sa décharge, on peut dire qu'elle a jusqu'ici réussi à éviter la prison, ce qui serait assez normal pour n'importe qui d'autre, mais qui constitue un accomplissement non négligeable pour Miss Tempest.

Remerciements

De toutes les joies que nous a apportées l'écriture de *Bienvenue à l'hôtel Savoy*, la plus grande est qu'elle nous a permis de ressusciter une amitié née sur le plateau de tournage d'un film intitulé *Black Christmas* il y a très longtemps, dans les années 1970. Ce fut délicieux, non seulement de reprendre contact, mais aussi de découvrir que nous collaborons sacrément bien quand il s'agit d'inventer des meurtres et des mystères dans le cadre d'un des hôtels les plus luxueux et les plus célèbres du monde.

Pour ce faire, Pru a puisé dans les souvenirs de vieux amis qui se sont mobilisés afin que nous ne nous trompions pas dans les éléments historiques (ou seulement très peu). Merci à Susie Grandfield qui non seulement a couvert les arrières de Pru pendant ses années au bureau de presse du Savoy (de 1968 à 1973), alors que le champagne coulait à flots, mais qui, un demi-siècle plus tard, a également enduré d'innombrables questions qui ont permis de préciser les détails cruciaux servant à étoffer ce roman.

Feu le grand hôtelier Michael Bentley est également venu à notre secours en se remémorant une carrière qui l'a vu passer de directeur adjoint du Savoy à directeur général adjoint du Claridge et du Ritz, et finir ambassadeur du Mandarin Oriental – toujours à Londres.

John Iversen, qui s'est formé au Savoy et qui a documenté ces années uniques dans ses Mémoires *Inn Jokes*, nous a fourni des anecdotes précieuses sur ce qui se passe en coulisses. Plus tard, John a géré l'hôtel Lancaster de Paris, qui appartient au Savoy. Il était tellement obsédé par les détails qu'il réarrangeait les bouquets de fleurs tout en inspectant le hall d'entrée et les restaurants. Il a également été sous-directeur du célèbre palace Reid de Madère, et enfin, directeur général de l'hôtel de luxe Sandy Lane à la Barbade.

Pru se souvient : « Michael et John étaient des amis très chers qui faisaient en sorte que je profite du meilleur de tout, comme seuls savaient le fournir les hôtels mondialement réputés en cette époque joyeuse mais révolue. »

Merci également à Victor Emery d'avoir partagé ses souvenirs des années passées au Savoy, et de nous avoir indiqué la marque des limousines de l'hôtel : des Daimler.

Et il a réellement existé un Percy Hoskins, célèbre en ce temps-là, journaliste vedette de Fleet Street souvent décrit comme le Dr Watson de Scotland Yard. Sa présence dans le roman est un hommage discret à un vieil ami disparu depuis longtemps.

Pour donner vie à *Bienvenue à l'hôtel Savoy*, nous avons bénéficié de l'aide incommensurable des éditeurs et des lecteurs de deux continents : à Londres, en Angleterre ; à Vancouver, en Colombie-Britannique ; et à Milton, dans l'Ontario. L'équipe de West-End Books, la relectrice Katherine Lenhoff à Milton, les éditeurs Ray Bennett à Londres et James Bryan Simpson à Campbellville ont effectué le dur labeur de mettre notre manuscrit en forme afin de le rendre présentable pour le reste du monde. Les suggestions et corrections clairvoyantes des éditeurs Pam Robertson et Jonathan Dore en ont fait un bien meilleur roman.

Mille mercis à tout le monde chez Douglas & McIntyre d'avoir plongé dans notre histoire, nous donnant l'impression que nous avions trouvé une bonne maison pour elle.

Et enfin, un million de mercis à notre agent Bill Hanna. Bill et Ron sont amis depuis de nombreuses années. Avec les aventures qu'ils ont vécues quand ils chassaient les éditeurs à Toronto, à Los Angeles, en Italie et en Allemagne, on pourrait… eh bien, on pourrait écrire un roman. Imperturbable, inarrêtable et infatigable, Bill est le derviche tourneur des agents littéraires. Il a cru en notre livre dès le début, et il ne l'a (il ne nous a) jamais abandonné(s).

Retrouvez bientôt Priscilla Tempest
dans une nouvelle enquête.
Pour en être informé.e en avant-première, recevoir
d'autres idées de livre à découvrir ou jeux-concours,
vous pouvez nous laisser votre adresse e-mail
sur www.editionsdelamartiniere.fr

Vous pouvez également nous retrouver sur Facebook
et Instagram : @lamartiniere.litterature

L'équipe de **Éditions de La Martinière**

Dans la même série

Bienvenue à l'hôtel Savoy

Retrouvez deux nouvelles enquêtes de Priscilla Tempest.

Qui a tué Miss Kane ? (vol. 2)

Quand Miss Kane, une jeune danseuse du cabaret du Savoy, est retrouvée morte à la fin d'une représentation, un nouveau scandale menace l'établissement. Qui a pu commettre un tel crime, alors que seules les personnalités les plus éminentes résident dans l'hôtel ? Priscilla Tempest, l'attachée de presse du Savoy, va devoir à nouveau faire preuve d'ingéniosité pour démasquer le véritable tueur.

Complots à Wanderworth (vol. 3)

À peine Priscilla s'est-elle remise de sa précédente enquête qu'elle se retrouve impliquée malgré elle dans une conspiration, fomentée par l'un des richissimes clients de l'hôtel, qui vise à renverser le gouvernement britannique – rien de moins. Hors de question pour Priscilla de participer à cet acte de trahison. Elle va devoir à nouveau faire preuve de roublardise pour infiltrer les sphères perfides de la haute société londonienne et sauver l'Angleterre…

UN LIVRE A LE MÊME PRIX PARTOUT

En France, un livre a le même prix partout. C'est le « prix unique du livre » instauré par la loi de 1981 pour protéger le livre et la lecture.
L'éditeur fixe librement ce prix et l'imprime sur le livre. Tous les commerçants sont obligés de le respecter.
Que vous achetiez votre livre en librairie, dans une grande surface ou en ligne, vous le payez donc au même prix.
Avec une carte de fidélité, vous pouvez bénéficier d'une réduction allant jusqu'à 5 % applicable uniquement en magasin (les commandes en ligne expédiées à domicile en sont exclues). Si vous payez moins cher, c'est que le livre est d'occasion.

La
Martinière
littérature s'engage à
imprimer ses livres en France
pour réduire la production de $C0_2$;
à imprimer sur du papier PEFC
qui garantit une gestion durable
des forêts ; à ne faire appel qu'à des
imprimeurs appliquant la charte Imprim'vert.
La certification Imprim'vert impose la collecte
et l'élimination des déchets en conformité
avec la réglementation, un suivi régulier
des consommations d'énergie et
interdit
l'utilisa-
tion de
produits
toxiques.

RÉALISATION : NORD-COMPO À VILLENEUVE D'ASCQ
IMPRESSION : NORMANDIE ROTO IMPRESSION S.A.S À LONRAI
DÉPÔT LÉGAL : FÉVRIER 2024. N° 155764 (2305474)
IMPRIMÉ EN FRANCE